Écrit par
DANIEL SAINT-HAMONT
sur une idée originale de
ALEXANDRE ARCADY
et avec la collaboration au scénario de
ALAIN LE HENRY

Le Grand Pardon

ROMAN

W0340612

FAYARD

© Librairie Arthème Fayard, 1982.

Je m'appelle Raymond Bettoun. J'ai cinquante-six ans. Quand j'aurai disparu, j'aimerais que les gens disent : c'était un homme digne qui n'a jamais trahi sa parole...

LE GRAND PARDON

Né en Algérie, en 1944, Daniel Saint-Hamont a déjà consacré plusieurs ouvrages à sa terre natale.
A sa vocation de romancier, Daniel Saint-Hamont ajoute celle de scénariste-dialoguiste de cinéma, puisqu'il a participé aux adaptations du Coup de sirocco *et du* Grand Pardon, *qui ont connu un immense succès à l'écran.*
Alexandre Arcady est un metteur en scène de théâtre (Haute Surveillance, *de Jean Genêt*) *et de cinéma* (Le Coup de sirocco). *Il vient de réaliser* Le Grand Pardon *dont est tiré ce roman.*

Ces gangsters pieds-noirs, minuscule minorité dans leur communauté, ne respectent rien; et rien ne leur est sacré, sauf le Dieu d'amour et de vengeance qu'ils retrouvent chaque vendredi soir à la synagogue. Au son des revolvers, dont ils usent avec une grande facilité, ils ont ajouté celui, inimitable, et parfois si drôle, des accents du soleil...
A leur tête, Raymond Bettoun, la cinquantaine, la stature d'un athlète, jovial et chaleureux. Il règne en maître incontesté sur sa « Famille »; et patron d'un « nouveau milieu », sur le Paris trouble de la nuit.
Pour le baptême de son petit-fils, il organise dans sa magnifique propriété l'une de ces fêtes grandioses et fraternelles où tous les proches sont réunis.
Un homme surveille la fête d'un œil glacé et impitoyable : le commissaire Duché, irréductible adversaire de Raymond Bettoun, dont il guette les méfaits depuis des années, attendant le moment propice pour frapper. Un autre ennemi des Bettoun, bien plus redoutable, a commencé lui aussi à tisser sa toile d'araignée : Pascal Villars, la trentaine, un visage lisse et des yeux bleus qui dissimulent un cerveau machiavélique. Villars, c'est la criminalité des années 80, subtile dans la préparation, brutale dans l'exécution. Il entraînera Raymond Bettoun et son clan dans une guerre désastreuse contre les Arabes de Pigalle. Une guerre que Raymond aurait peut-être évitée s'il n'avait été rendu aveugle par son désir forcené de devenir le « parrain » en France, et même en Europe.
Quand le malheur s'abattra sur la Famille, il sera trop tard. Avec une implacable logique, le plan infernal de Pascal Villars s'est abattu sur les Bettoun.
Il ne restera plus alors à Raymond que la vengeance. Il l'accomplira en un jour sacré, celui du *Grand Pardon*...

ŒUVRE DE DANIEL SAINT-HAMONT

Dans Le Livre de Poche :

LE COUP DE SIROCCO.

A Charly-la-Balise
La voiture est dans le parking Avis.
A. A., D. S.-H., A. L. H.

Prologue

DEUX gardiens escortaient le détenu au long des couloirs peints en gris. Leurs silhouettes confondues se reflétaient sur le linoléum brillant. Tous les vingt mètres environ, les trois hommes s'arrêtaient. L'un des gardiens manipulait avec dextérité un impressionnant trousseau de clefs, actionnant successivement les grilles qui compartimentent la prison de la Santé. L'homme enchaîné gardait les yeux baissés, comme si toutes ces opérations ne le concernaient en rien. Le trio arriva bientôt devant un bunker vitré, centre nerveux du dispositif. De là rayonnaient les allées menant aux différentes sections de l'établissement pénitentiaire. A l'intérieur, deux fonctionnaires en uniforme surveillaient une batterie d'écrans de contrôle.

Le cortège, toujours suivi par l'œil discret des caméras, s'immobilisa devant une double porte qui s'ouvrit lentement, laissant apparaître l'arrière d'un fourgon cellulaire. Le prisonnier cligna des yeux, ébloui par la lumière du jour dont il avait perdu l'habitude au Q.H.S. Déjà, on le poussait à l'intérieur du fourgon, divisé en minuscules alvéoles. Le lourd véhicule démarra au pas, pour s'immobiliser presque aussitôt devant un ultime portail dont les battants s'écartèrent comme à regret.

Ce jour-là, sur Paris, un chaud soleil faisait encore mieux ressortir l'aspect austère et lugubre du fourgon. A le regarder, les passants ne pouvaient s'empêcher d'éprouver un fugitif sentiment de pitié pour les malheureux ballottés dans l'obscurité de cette prison sur roues. Le chauffeur fit la grimace en s'arrêtant à un feu rouge. Les freins avaient sérieusement besoin d'être réparés. Heureusement que le fourgon sortait de révision, il avait failli emboutir la voiture devant lui. Il irait leur dire deux mots, à l'atelier!...

« C'est qui, le client derrière? » demanda-t-il à son collègue, plus pour meubler le silence que par réelle curiosité.

L'autre finit d'embraser une Gauloise et souffla sur l'allumette :

« Le Sacristain... »

Le chauffeur poussa un léger sifflement :

« On est gâtés... »

Le fourgon doubla à bonne distance un cycliste peu sûr de lui qui zigzaguait sur sa machine : « Celui-là, rigola le chauffeur, il doit en avoir un coup dans le nez!... » Il jeta un coup d'œil à son compagnon et fit un signe du pouce en direction de l'arrière : « Dis donc, tu sais, toi, pourquoi on l'appelle le Sacristain? Il était curé ou quoi?... »

Ce fut au tour de l'autre de sourire :

« Mais non! En réalité, il s'appelle Van Eyck... Bernard Van Eyck, je crois... Seulement, tu vois, ce mec il est complètement barjot. Chaque fois qu'il descend un type, il s'habille en cureton... Tout en noir, avec le petit col blanc... Il paraît qu'il a une bonne douzaine de macchabs sur la conscience...

– Rien que ça !

– Tiens, tu te rappelles Mesrine ? Eh bien, c'est le même genre de mecton... »

Le fourgon se trouvait maintenant à la hauteur du lycée Louis-le-Grand, dans une rue habituellement peu passante, et encore moins fréquentée à cette heure matinale. La circulation était fluide, composée principalement de véhicules utilitaires sur le chemin d'une livraison. Le chauffeur du fourgon en profita pour accélérer l'allure. Au Palais de Justice, il récupérerait d'autres détenus qu'il déposerait à la Santé, avant d'aller déjeuner avec les copains.

Du coin de l'œil, il nota qu'un camion entreprenait de le dépasser, ce qui pouvait constituer un danger si quelqu'un arrivait en sens inverse. Il allait en faire la réflexion à son collègue quand, brusquement, le camion se rabattit vers la droite, lui bloquant le chemin. A peine le chauffeur eut-il le temps de se dresser sur la pédale de frein en hurlant : « Mais il est con, celui-là ! » que les portes arrière du camion s'ouvraient brutalement, allant heurter les parois latérales. Les deux employés de l'administration pénitentiaire commencèrent à tirer fébrilement leurs armes. A moins d'un mètre d'eux, deux hommes venaient d'émerger de l'intérieur du camion. Ils tenaient à la main un étrange tuyau relié sur leurs épaules à une sorte de harnachement métallique, comparable à un sac de camping. D'autres hommes armés, eux, de mitraillettes, jaillissaient à présent du véhicule. Le chauffeur sentit son cœur s'arrêter de battre : des lance-flammes ! C'étaient des lance-flammes ! Ces mecs allaient faire griller le fourgon. Il réussit enfin à arracher son pistolet de service : dire qu'il aurait pu entrer dans les Douanes et être peinard... Au moment où il allait tirer, les agresseurs actionnèrent leurs appareils en direction du pare-brise du fourgon. Ce n'est pas une flamme mortelle qui jaillit du tuyau, mais un jet épais et visqueux de peinture noire. En trois secondes, le chauffeur et son collègue furent plongés dans l'obscurité absolue, aussi désemparés que des aveugles privés de tout secours... A l'arrière, le reste du commando s'affairait déjà. Il y eut des cris, puis une violente explosion qui chahuta le fourgon.

« Fais pas le con, Michel ! Laisse-les faire ! » hurla le chauffeur au troisième gardien, celui qui veillait directement sur le prisonnier.

Une minute plus tard, au terme d'une opération qui, le lendemain, ferait les gros titres de la presse, le Sacristain tout étonné se retrouvait à l'air libre. Dans un premier temps, le tueur avait d'abord cru que l'un quelconque de ses nombreux ennemis voulait l'abattre, mais il comprit rapidement qu'on venait le libérer et il s'engouffra avec les autres dans l'une des voitures qui venaient de s'immobiliser derrière le fourgon.

En fin de matinée, le Sacristain fut discrètement abandonné dans un coin perdu de banlieue. Il se tourna vers ces hommes qu'il ne connaissait pas et qui, pourtant, lui avaient fourni argent et vêtements : de quoi passer inaperçu pour le moment.

« Qui êtes-vous ?

– T'occupe, répondit l'un des truands. Disons que c'est un petit cadeau de Raymond Bettoun... »

Le Sacristain contempla longtemps les voitures qui s'éloignaient. Bettoun? En quel honneur?... Mais, après tout, il était libre, et c'était l'essentiel. Libre d'agir à nouveau, libre de frapper, libre de se venger...

1

C'EST avec d'infinies précautions que les hommes manipulaient la haute chaise richement décorée, sous l'œil vigilant du rabbin. Satisfait de constater que ce meuble suprêmement précieux avait bien supporté le voyage depuis la synagogue de la rue Buffault, le vieil Isaac emboîta le pas à ses aides et pénétra à leur suite dans la maison.

De sa fenêtre du premier étage, Raymond Bettoun avait lui aussi suivi les opérations de déchargement avec une légère angoisse. Un jour comme celui-ci, il ne fallait pas que le moindre incident se produisît, ou alors ce serait de très mauvais augure pour le petit... Mais tout s'était bien passé, Dieu merci, la chaise était maintenant dressée dans le salon, et Isaac devait déjà préparer les instruments rituels du baptême.

Le regard de Raymond s'attarda sur le parc où les préparatifs de la fête touchaient à leur fin. Il était temps, les premiers invités arrivaient! Les hommes dans leur plus beau costume, les femmes dans des toilettes qui ne venaient pas de la petite couturière du coin... Tout à l'heure, après la cérémonie, on mangerait sous la tonnelle où le traiteur s'affairait à dresser les dernières tables.

Plus tard, on danserait en contrebas, sur la piste spécialement construite pour l'occasion. Un immense dais fournirait une ombre précieuse qui ne serait pas de trop, avec ce soleil. « Toutes ces dépenses ! pensa Raymond : il y en avait pour des millions ! Le moindre petit four, aujourd'hui, une fortune il coûtait. Le traiteur, on n'aurait pas pris Hadjadj, qui faisait tous les mariages au Faubourg-Montmartre, non, Maurice, un Français il avait voulu, le plus cher de tout Paris. Tout ce qui se faisait de mieux, il avait choisi. Même du caviar ! Que tous ces coulos d'invités, ils croiraient quand même manger des œufs de lump... Enfin, l'arrivée d'un petit-fils, c'est sacré. Il y a des jours où il faut pas regarder à la dépense, ou alors juste du coin de l'œil, en louchant... Parce que la facture, pour qui elle serait ? Pour le couillon de parrain. Et qui c'était le parrain du petit ? Raymond Bettoun... »

Après avoir soigneusement ajusté son smoking, Raymond se tourna vers la glace de l'armoire, la seule où il puisse se regarder en pied. Elle lui renvoya l'image d'un homme frôlant la soixantaine. Mais une soixantaine épanouie, bien plantée sur des jambes solides, imperceptible dans la carrure d'athlète que les années n'avaient pas encore réussi... à courber. Raymond Bettoun était une force de la nature, l'un de ces chênes que seule la mort peut abattre. Il connaissait la capacité de persuasion de ses poings massifs, comme de ses épaules puissantes ou de son poitrail large et arrogant, semblable à la proue d'un vaisseau de haut bord. Son visage, bronzé à la lampe à longueur d'année, s'était légèrement empâté avec l'âge. Mais les mâchoires avaient gardé le désir adolescent de mordre et de déchirer, pendant que les yeux, étrangement dorés, ne cessaient pas une seconde leur inlassable recherche de l'ennemi potentiel.

Bettoun était un homme de signaux et de vibrations. Dans l'air raréfié du Milieu, il captait les messages les plus ténus, imperceptibles pour tout autre que lui. Ainsi avait-il déjoué bien des complots et des menaces mortelles. A son insu, cependant, ces capacités-là s'étaient quelque peu amoindries, dans les dernières années. Ce qu'il prenait pour silence respectueux de la jungle pouvait bien n'être, en réalité, qu'attente un peu anxieuse avant la chute inévitable de l'arbre le plus vieux...

Pendant qu'il peignait avec soin ses cheveux à peine striés d'argent, il perçut derrière lui un mouvement qui le fit se retourner. Sa mère Blanche venait d'entrer dans la chambre. Il sourit avec amour à la frêle silhouette, si petite, si dépendante de lui. Et lui d'elle...

« Alors, manman, dit-il en écartant les bras pour se mettre en valeur, comment tu me trouves ? »

Elle contemplait d'un air extasié cet aîné qui, parti de leur misérable condition constantinoise, était allé si loin, si vite et si haut, par des moyens qu'elle n'avait jamais voulu vraiment connaître.

« Que tu es beau, mon fils ! Tu ressembles à ton père le jour où on s'est mariés... Lui aussi, il portait bien les affaires du dimanche... »

Elle s'approcha, serrant entre ses doigts un petit sac de velours pourpre, brodé de fils d'or. Raymond vit que ses lèvres tremblaient.

« Bon, dit-il avec fermeté, manman, je te

demande une chose, c'est de pas commencer à pleurer maintenant. Tu vas avoir tellement d'occasions de pleurer aujourd'hui que tu devrais un peu économiser les larmes... D'accord ? »

De l'index, il lui soulevait le menton. Elle eut un sourire courageux et, pour dissimuler son trouble, ouvrit le sac de velours qu'elle tenait entre les mains.

« Tourne-toi ! » ordonna-t-elle d'un ton soudain très ferme qui ramenait Raymond loin en arrière, lorsqu'il n'était encore qu'un enfant, à Constantine. Il s'exécuta docilement et sentit une caresse légère sur son dos. Sa mère venait de déployer sur ses épaules l'objet le plus sacré qui fût en sa possession : le *taleth,* le châle de prières de son mari disparu.

« Mon Dieu... », murmura Blanche. Elle dut s'appuyer au lit pour ne point défaillir.

A son tour, Raymond se sentit étrangement ému et impressionné, comme si, à travers ce châle, une volonté étrangère à la sienne pouvait se manifester : celle de ce père trop tôt disparu qui lui avait si souvent et si cruellement manqué. Il attira sa mère contre lui et l'embrassa sur le front :

« Manman, jure-moi que tu vas faire attention aujourd'hui... je veux pas que tu te fatigues à courir à droite et à gauche. »

Une voix s'éleva dans le couloir :

« Blanche ! Blanche ! Où tu es ? »

Elle s'écarta de Raymond, brusquement inquiète :

« Et toi, Salomon, d'où tu m'appelles ?

– Je sais pas, répondit la voix, on dirait un couloir...

– Ne bouge pas ! Tu es tout près de l'escalier ! J'arrive ! »

La vieille femme se précipita à l'extérieur de la chambre, laissant même tomber, dans sa hâte, le précieux sac que Raymond ramassa.

Quand il sortit à son tour, il vit Blanche guider doucement un vieillard qui se tenait très droit, avançant d'une démarche saccadée. C'était son frère Salomon, l'oncle de Raymond, parti bien des années auparavant vivre sa vie de musicien en Israël. Pour Salomon, peu importait que le soleil brillât ou non, pourvu qu'il pût gratter les cordes de son *houd*[1] en contemplant le monde de ses yeux éteints : il était aveugle...

En attendant le début de la cérémonie, Maurice et sa femme Hélène s'étaient installés dans l'une des chambres du premier étage. La grande maison offrait ainsi plusieurs pièces inoccupées, mais parfaitement équipées et meublées de manière à pouvoir accueillir sur-le-champ l'invité impromptu de tel ou tel membre de la famille : prolongement, qui semblait bien naturel à chacun, de l'hospitalité nord-africaine.

Dans le couloir, Raymond hésita quelques secondes : devait-il se rendre auprès du rabbin, dont on entendait au rez-de-chaussée les instruments cliqueter sur un plateau métallique ? Mais le vieil Isaac n'était pas d'un caractère facile... Aussi valait-il mieux retarder une rencontre qui pouvait s'avérer déplaisante. Le chef de clan pré-

1. Instrument de musique nord-africain.

féra donc se diriger vers la chambre où il savait trouver Maurice.

Tout au fond de lui-même, Raymond n'avait jamais vraiment admis le mariage de son fils avec une « ashkénaze », une juive du Nord. Il lui semblait, à lui qui était « sépharade », juif du Sud jusqu'au bout des ongles, que cette union constituait une mésalliance plus formidable encore que si Maurice avait tout simplement épousé une catholique. Les ashkénazes, certes, étaient des juifs, personne ne pouvait le nier. Mais des juifs avec lesquels Raymond ne se sentait pas le moindre atome crochu. Vis-à-vis d'eux, sa méfiance était sans cesse en éveil, et pour un peu, il leur eût volontiers appliqué les pires schémas de la propagande antisémite... « Ces juifs-là, pensait-il (et disait-il parfois), sont tous des voleurs et des menteurs, dont l'unique préoccupation est de vous dépouiller de votre bien. » Dans la mesure du possible, il limitait au maximum ses contacts avec les ashkénazes dans la vie quotidienne. C'était déjà bien assez d'être obligé de prier à côté d'eux à la synagogue...

Quand il s'interrogeait vraiment, il était cependant contraint d'avouer qu'il n'avait aucun sujet de mécontentement spécifique à leur égard. Confusément, et comme bien des juifs d'Afrique du Nord, ce que Raymond reprochait principalement aux ashkénazes, c'était de s'être laissé massacrer sans réagir par les nazis. Il lui semblait qu'il y avait là une injure au bon sens et à l'intelligence. Lorsqu'un jour, Charles Feldman, le père d'Hélène, épouse de Maurice, avait entrepris Bettoun sur l'holocauste, révélant que plusieurs membres de sa famille avaient péri à Auschwitz, la réaction du chef de clan avait été immédiate :

« Chez nous, en Algérie, jamais une chose comme ça elle serait arrivée ! On se serait battus jusqu'au dernier ! Jamais les Allemands ils nous auraient pris vivants !

– Nous aussi, à Strasbourg, on disait cela ! » avait répliqué l'Alsacien, piqué au vif, qui pour sa part haïssait cordialement les sépharades, qu'il trouvait vulgaires, bruyants et arrogants.

« Oui, mais la différence, c'est que vous n'avez rien fait ! Regardez en Israël, avait ajouté Raymond, si les pieds-noirs n'étaient pas arrivés là-bas en 1962, il n'y aurait plus d'Israël aujourd'hui ! On est les meilleurs soldats ! On l'a prouvé en 67 et en 73 !

– Mais qui a fondé Israël ? rétorqua Charles Feldman, excédé par la mauvaise foi du personnage. Les juifs du Nord ou ceux du Sud ? »

Ce genre de discussions pouvait se poursuivre à l'infini et n'aurait pu entamer l'irréductible opinion de Raymond Bettoun sur les ashkénazes : moins on les fréquente, mieux on se porte... Seul Maurice, hélas ! avait cru devoir innover en engageant un avocat, Edouard Grimberg, qui était de « ceux-là », mais sa compétence faisait, paraît-il, oublier ses fâcheuses origines... Hélène Feldman, en tout cas, avait apporté dans sa corbeille de mariée une superbe dot, composée d'un grand magasin de Strasbourg ainsi que de plusieurs immeubles de rapport. Ce capital, soigneusement entretenu par les soins paternels, tomberait un jour entre les mains de Maurice qui, Raymond était obligé de l'admettre, ne s'était pas si mal débrouillé...

Il étouffa un soupir de regret : tout de même, il aurait pu épouser une belle fille de chez nous, au lieu de cette maigrichonne d'Hélène, pleine de taches de rousseur sur la figure... En poussant la porte, le chef de clan peignit cependant sur sa physionomie les apparences de la plus extrême cordialité.

A son entrée, trois visages se tournèrent vers lui : à Hélène et Maurice s'était ajoutée une jeune femme que Raymond n'avait encore jamais vue dans la maison. Puis il se rappela que Maurice, pour se rendre encore original, ne faisait guère confiance au rabbin dans l'application des règles de l'hygiène autour d'une circoncision. Des millions de juifs avaient été circoncis de la même manière depuis que le monde était monde, mais pas le fils de Maurice Bettoun. Le fils de Maurice Bettoun, c'est tout juste si on devait pas déplacer le SAMU pour être sûr que tout irait bien!... C'étaient encore les Feldman qui avaient dû avoir cette idée d'appeler un docteur : rien que des ashkénazes ils pouvaient se ridiculiser comme ça... Donc, cette jeune femme, ce serait le fameux docteur chargé de superviser le travail du rabbin ?

Assise sur un divan, encore pâle et affaiblie par l'accouchement, Hélène berçait son bébé qui, dans quelques minutes, entrerait officiellement, par la volonté de Dieu, dans la communauté.

« Alors, dit Raymond en se penchant sur l'enfant endormi, comment il va, notre petit Bettoun ? »

Il avait davantage posé la question à celle qui demeurait encore une inconnue pour lui, qu'à Maurice ou à son épouse. L'étrangère baissa les cils d'un air rassurant pour indiquer que tout se passait très bien... Au deuxième regard, elle apparut extrêmement séduisante à Raymond : un peu grande, peut-être, mais un visage ravissant, et surtout une classe qui se sentait dans ses moindres gestes, et frappait d'autant plus un homme qui s'en savait dépourvu...

Enervé, Raymond se tourna vers son fils :

« Tu me présentes pas à votre amie ? » Déjà il tendait la main, avec son sourire le plus dragueur : « Alors je vais me présenter, parce que les jeunes, si on compte sur eux, hein... Raymond Bettoun... le grand-père du bébé... »

La jeune femme eut un charmant mouvement de tête en lui décochant à son tour un sourire qui le fit fondre intérieurement :

« Carole Saunier... Enchantée de vous rencontrer, monsieur Bettoun...

– Carole est le docteur dont je t'avais parlé », intervint Maurice, visiblement amusé par le trouble persistant de son père.

Raymond lâcha enfin la main de la jeune femme qu'il avait retenue plus longtemps que nécessaire, et dans laquelle il avait senti passer, lui semblait-il, plus que de la simple sympathie.

« Raymond, calme-toi ! s'ordonna-t-il à lui-même. Ne commence pas à t'emballer ! Elle est docteur et t'as aucune chance ! » Mais il ne pouvait empêcher son regard de rester attaché à ce visage expressif et d'une beauté qui, chaque fois que l'œil venait à s'y poser, provoquait un choc douloureux.

Dans le grand salon du rez-de-chaussée où aurait lieu la circoncision, la foule des invités se faisait de plus en plus compacte. La haute chaise cérémoniale dominait la pièce au plafond ouvragé. Des hommes et des femmes venaient saluer le rabbin qui finissait ses préparatifs, alignant ses instruments sur un linge blanc. Dans quelques instants, le couteau trancherait la chair vive et le sang jaillirait dans un pacte sacré et immémorial...

Au fond du salon, à l'écart des invités qui bavardaient joyeusement, Viviane jouait avec son fils Alexandre, âgé d'à peine trois ans. Pour la jeune femme, cette journée était l'une des plus tristes de sa vie. Jusqu'à présent, elle avait toujours gardé au fond d'elle-même un espoir, aussi ténu fût-il. Même après le mariage de Maurice. Car la pauvre Hélène, avec ses airs de paysanne alsacienne, n'était vraiment pas de taille. Mais, aujourd'hui, elle lui avait donné un fils : l'acte le plus essentiel pour une femme. Avec ce bébé, elle s'attachait définitivement Maurice. Elle l'enchaînait à elle. On ne luttait pas contre un enfant mâle dans une famille comme celle des Bettoun.

Attiré par la beauté sauvage de Viviane dont l'abondante chevelure bouclée, couleur de jais, encadrait un visage aux traits fins et à la bouche charnue, un invité s'approcha d'elle : l'un de ces dragueurs pieds-noirs, bellâtres de pacotille, qui n'ont jamais conscience de leur propre ridicule. D'un regard glacial, Viviane réduisit à néant le macho orgueilleux qui, tout penaud, rejoignit ses amis riant sous cape.

De toute la vitesse de ses petites jambes,

Alexandre traversa le salon pour se jeter dans les bras de sa mère. Elle se pencha pour ajuster sur sa tête blonde le *capélé* traditionnel que portaient tous les hommes de l'assemblée, les femmes s'étant coiffées d'une fine mantille. Un instant, Viviane contempla ce fils qu'elle adorait. Depuis longtemps, elle avait oublié l'homme qui le lui avait fait. Un jour, le scandale était venu sur la famille, Raymond avait hurlé, tempêté, Pépé ouvrait les mains dans un geste d'impuissance : qu'est-ce qu'on pouvait faire, maintenant que sa fille elle avait un enfant dans le ventre ? On pouvait pas lui arracher, quand même... Et naturellement, dès la venue d'Alexandre, chacun avait voulu se l'approprier, à commencer par Raymond lui-même... Ce bébé, pour Viviane, avait été la meilleure manière de réagir contre le mariage de Maurice, d'échanger contre cette douleur fulgurante et incessante la certitude d'un bonheur qui ne pourrait que s'épanouir. Si scandale il y avait, n'était-il pas plutôt dans ce mariage de Maurice avec « la » Feldman ?

A quelques mètres de là, Pépé contemplait sa fille d'un air soucieux. Elle paraissait tellement malheureuse... Il ressentit un élan de tendresse qu'il réprima aussitôt. S'il allait maintenant vers elle, elle le repousserait avec les mots les plus durs. Quand elle était de cette humeur-là, mieux valait ne pas s'approcher. Il sentit une présence à ses côtés : Roland s'était lui aussi arrêté pour observer Viviane. Il montra la jeune femme du menton :

« Elle n'a pas l'air en forme, ta fille... »

Pépé savait que derrière la neutralité du propos se dissimulait un amour blessé, semblable à une plaie constamment à vif. Le neveu de Raymond aimait Viviane depuis toujours. Mais elle n'avait jamais répondu aux discrètes sollicitations du chef de guerre des Bettoun. Roland était l'homme de la rue, celui qui veillait, souvent de la manière la plus brutale, sur les intérêts essentiels de la famille. Il était d'un physique ingrat, comme si son visage taillé à coups de serpe s'était mis au diapason de ses activités quotidiennes. Mais la réserve de Roland que certains, jusqu'au sein du clan, prenaient parfois pour de l'orgueil, n'était en réalité que cette retenue propre à bien des orphelins. Dans la famille, personne ne pouvait se vanter de le connaître vraiment, pas plus que son frère Elie. Après la mort tragique de leurs parents en Algérie, ils avaient trouvé dans un dévouement aveugle à Raymond le courage de continuer.

Un mouvement de curiosité poussa soudain les invités vers l'entrée du salon. Le regard de Pépé remonta le long du grand escalier d'honneur en haut duquel Raymond Bettoun venait d'apparaître, accompagné de son fils Maurice. Tous deux portaient le châle de prière et le *capélé*. La gorge de Pépé se serra et il sentit les larmes lui monter aux yeux : combien éclatante la joie de Raymond de tenir son petit-fils entre ses bras ! Quel bonheur se lisait sur le visage épanoui de ce grand-père à qui Dieu avait envoyé le plus merveilleux des cadeaux : la certitude de voir ce qu'il avait entrepris poursuivi pour au moins deux générations, par son fils Maurice, puis son petit-fils David. Derrière les deux hommes, Blanche descendait lentement les marches, ne quittant pas une seconde des yeux le bébé assoupi dans les bras de Raymond. De la foule émue montaient des commentaires extasiés :

« Mon Dieu, qu'ils sont beaux !... Regardez-les, madame Fitoussi...

– Taisez-vous, ma fille, que déjà je pleure...

– Et Raymond, qu'est-ce qu'il lui va bien, le smoking ! Né dedans, on dirait qu'il est...

– Et le petit, comme il ressemble à Maurice... C'est lui tout craché...

– Il a déjà un de ces caractères, il paraît...

– Qu'est-ce que vous croyez, c'est un Bettoun, tiens ! »

Respectueusement, les invités s'écartaient devant Raymond et Maurice pour se regrouper derrière eux en une sorte de lent cortège qui les portait jusqu'à la chaise cérémoniale. Pépé essuya discrètement une larme sur sa joue. Il faudrait qu'il pense à remercier Dieu de l'avoir laissé vivre assez longtemps pour vivre cette journée. Puis son esprit se fit plus pratique : si, en plus, ça tournait comme on espérait avec l'autre enculé de Carréras, alors là ce serait vraiment le couronnement ! Déjà, avec le Sacristain, ce matin, tout avait marché comme sur des roulettes. Dédé avait téléphoné pour annoncer le succès complet de l'opération, mais ce n'était encore que la première phase d'un plan d'ensemble qui ferait de cette journée, si Dieu le voulait, l'apothéose personnelle de Raymond Bettoun...

Arrivé à la haute chaise devant laquelle attendait le rabbin, Raymond y prit place d'une manière à la fois simple et majestueuse. Ces deux extrêmes se côtoyaient et se confondaient constamment dans la personnalité du chef de clan, capable des actes les plus nobles comme des gestes les plus crapuleux. En lui, aucune frontière morale ne semblait exister. Puritain jusqu'au bout des ongles, il ne voyait aucun inconvénient à tirer une partie de ses ressources du proxénétisme, considérant les filles qui faisaient le trottoir pour le clan comme du simple bétail. Bétail doué de raison, mais bétail tout de même. Ce n'était pas seulement Raymond Bettoun, mais aussi Maurice, Pépé, Roland et tous les membres de la famille qui étaient atteints de cette étrange schizophrénie. Ce dédoublement de leur personnalité expliquait la bonne conscience générale qui régnait dans la famille, et leur fureur devant les attaques de l'extérieur, en particulier celles de la presse.

Tout le monde était maintenant réuni autour de Raymond qui tenait l'enfant sur ses genoux. Il soupesa légèrement le nourrisson pour mieux éprouver sa fragilité : qu'il était petit et désarmé! Dire que lui aussi avait été comme ça, emmailloté dans les langes... Ce bébé, il valait mieux pas que quelqu'un s'approche de lui pour lui faire du mal, parole de Bettoun!... Que c'était beau, un enfant. La maison elle serait si gaie, bientôt... Et puis Alexandre, le petit de Viviane, il pourrait jouer avec son cousin.

Blanche se pencha vers Raymond, semblant avoir deviné ses pensées :

« Toi aussi, mon fils, ton père il t'a tenu sur la chaise... »

Elle souleva délicatement la robe de l'enfant, s'assurant qu'il portait bien autour du ventre un ruban de soie rouge : « On t'avait mis le ruban pour détourner le mauvais œil des jaloux et des méchants... »

Raymond contempla le bébé, puis Maurice, puis Blanche. Il sentit son cœur s'enfler d'un amour sans bornes. Comme il les aimait tous !

Par-dessus la foule, il avisa Pépé et lui fit un signe interrogateur. De loin, Pépé dessina un O avec les doigts, pour dire OK. « Chaque chose en son temps », pensa Raymond, satisfait. Suivi par tous les hommes de l'assemblée, le rabbin entamait la longue litanie des prières : « *Ha yeled Azze...* »

Sur le visage des hommes présents, à mesure qu'approchait le moment où David Bettoun, 7 jours, serait des leurs, se lisait une expression de profond recueillement. Tous avaient vécu cette seconde pénible qui donne à un juif de sexe mâle sa spécificité fondamentale. La circoncision, acte à la fois barbare et sacré, blessure intime, geste initiatique, touchait chacun dans ce qui le rattachait de manière indissoluble à la communauté. Sammy, fine moustache et dégaine digne du Chicago des années 30, chauffeur et homme de confiance de Raymond, toucha du coude la Guêpe :

« Moi, ça me fait quelque chose pour le petit... Il va avoir mal... »

Celui qui portait ce pseudonyme piquant et bourdonnant était un garçon d'une vingtaine d'années, entré depuis quelques mois au service des Bettoun. Ce boxeur poids mouche, en blouson de cuir et jeans, représentait la vague montante de la criminalité. Par sa gentillesse et son sourire permanent, la Guêpe avait été très vite admis dans le clan. Aux côtés de Roland, avec quelques autres loubards de cet acabit, il constituait une redoutable force de frappe. Raymond nourrissait pour lui de grands espoirs pugilistiques et le voyait déjà champion du monde.

Tout en reprenant la prière du vin, le *kiddouch,* après avoir trempé ses lèvres dans la coupe tendue par le rabbin, Maurice parcourait tous ces visages tournés vers lui et qui, pour nombre d'entre eux, tiraient profit, à un titre ou un autre, des Bettoun. Tout au moins des Bettoun sous leur physionomie actuelle...

Car le jour approchait où, grâce à ses efforts, la famille pourrait se livrer à des activités plus licites, tout en étant plus lucratives. Avec l'aide d'Edouard Grimberg, l'avocat, une reconversion totale était en train de s'opérer. Bientôt c'en serait fini des filles, du racket, de la traite des blanches et des machines à sous. Les Bettoun se préparaient à faire leur grande entrée dans le monde des affaires légitimes. Celles qui se traitent non dans une aveuglante lumière – l'argent se méfie des projecteurs –, mais dans un clair-obscur rassurant pour les âmes sensibles. Au terme d'une opération montée de longue date, le clan disposerait sous peu d'un formidable passeport pour acquérir une nouvelle virginité : un casino. Et pas n'importe lequel : celui de Biarritz, un établissement prestigieux qui ne demandait qu'à fonctionner à plein régime. Biarritz, c'était l'assurance d'un changement de vie complet pour le clan, la certitude, pour Maurice, de cette intégration réelle dans la communauté française à laquelle il aspirait de tous ses vœux, lui pour qui l'Algérie n'était qu'un pays comme un autre sur la carte. L'époque des Bettoun hors la loi était sur le point de s'achever. Raymond Bettoun avait creusé de ses mains les fondations de la famille, dans la boue et dans le sang. Lui, Maurice, avait donné au clan une assise sociale en épousant Hélène Feldman, et mondaine en ouvrant l'Odyssée, élégant lieu de plaisir nocturne. Il incomberait à David de faire fructifier cet héritage et de mettre définitivement la famille sur orbite dans la meilleure société française.

Tant de choses reposaient sur les épaules de ce bébé! Maurice contemplait avec tendresse la chair de sa chair, qui de ses petits poings tentait de repousser l'ombre menaçante du rabbin penché sur le ventre palpitant. Soudain, il y eut un hurlement déchirant, aussitôt couvert par l'assistance qui se mit à crier « *Semen tov! Semen tov!* » (Bonne chance!) pendant que les femmes, main sur la bouche, modulaient les youyous stridents qui remontaient du fond des âges.

En bons juifs alsaciens, Charles et Esther Feldman se regardaient, perplexes : ces pieds-noirs, décidément, quels sauvages! Et dire que cette pauvre Hélène en avait épousé un... Quel malheur pour la famille! A Strasbourg, personne ne comprenait...

David Bettoun continuait de hurler à pleins poumons. Il venait d'entrer dans la communauté.

2

Avec un bel ensemble, les trompettes se levèrent pour lancer vers le ciel un accord perçant, soutenu par le souffle plus rauque des trombones à coulisse, cependant que le batteur se déchaînait avec ses baguettes omniprésentes. Pour du jazz, c'était du jazz ! Un orchestre comme celui-là, Raymond n'en avait plus entendu depuis ses vingt ans. Cela lui rappelait l'époque bénie de l'arrivée des Américains en Algérie, en 1942, quand il sillonnait les routes du Constantinois dans une jeep pleine à ras bord de cartouches de Philip Morris. Une jeep qui appartenait à son ami le Sicilien Walter Giammanco, aujourd'hui patron éminent de la Mafia à New York... Qu'est-ce qu'on s'amusait dans ce temps-là ! Barres de chocolat, cigarettes blondes, sous-vêtements de nylon pour les filles : tout était prétexte à trafic. Les grands débuts de Raymond dans la criminalité ! Et, en fond sonore, ces grandes formations américaines que Walter écoutait religieusement dans sa chambre transformée en caverne d'Ali Baba. Seulement maintenant, on était aujourd'hui, en France ! Et ce genre d'orchestre devait coûter affreusement cher à louer pour la journée...

Sur la piste, surmontée d'un dais à larges raies blanches et jaunes, une vingtaine de couples nullement découragés par la chaleur torride swingaient à tour de bras, bien décidés à s'amuser au maximum. Autour de la piste, de gros messieurs à cigare guignaient, l'air de rien, les dessous féminins révélés par une pirouette trop rapide. Attablées à leur côté, leurs épouses cherchaient principalement à évaluer le prix et l'origine de la robe de leurs voisines. Entre deux morceaux de l'orchestre tonitruant, les conversations portaient sur les affaires, mauvaises par tradition, « et que d'ailleurs elles sont pas près de s'arranger, même que je me demande pourquoi je me casse encore la tête tous les matins à ouvrir le magasin, pauvre de moi, que je resterais au lit, au fond ce serait aussi bien avec les recettes que je fais... »

Un peu à l'écart, plusieurs hommes bien mis ne soufflaient mot, comme s'ils craignaient de commettre un impair dès qu'ils ouvriraient la bouche. Ils n'appartenaient visiblement pas au petit monde des commerçants du Faubourg-Montmartre. Néanmoins, chacun d'entre eux se trouvait là à la demande personnelle de Raymond Bettoun.

Dominant la piste de danse dont il était séparé par un talus abrupt, un somptueux buffet avait attiré la grande majorité des invités qui, plus tard, pourraient déguster sous la tonnelle une nourriture plus consistante. En l'occurrence, un magnifique méchoui préparé par Youssef, homme à tout faire de la famille, et dont les effluves venaient déjà chatouiller les narines agréablement surprises... Sur les grandes tables dressées par le traiteur, plateaux de petits fours et magnums de champagne fondaient et se vidaient à un rythme soutenu. Mais chacun boirait et mangerait à satiété, car telle était la tradition des Bettoun. Demain, dans le Faubourg-Montmartre, il se trouverait quantité d'âmes reconnaissantes pour chanter leur richesse et leur générosité : c'était aussi un des buts de la fête.

Sur l'immense étendue du parc qui descendait doucement, sous des arbres centenaires, vers les grilles d'entrée majestueuses, bergères mutines ou satyres aux cornes érodées par le temps contemplaient les jeunes gens allongés sur l'herbe. Ici et là, des flirts s'ébauchaient. Elie, le frère de Roland, un garçon de dix-sept ans à l'allure romantique, teint blafard, immense mèche sur l'œil, serrait de près une petite Sarah repérée pendant la cérémonie religieuse. Plus loin, les danseurs d'un groupe israélien venus tout spécialement, et qui se produiraient tout à l'heure sur la piste, s'organisaient en farandoles multicolores sur le gazon d'un vert très britannique.

Sur le grand perron de marbre blanc qui flanquait l'un des côtés du manoir, Maurice Bettoun et son père, verre de champagne à la main, observaient depuis un moment la joyeuse et bruyante agitation. Cette avancée constituait une sorte de piédestal qui donnait aux deux hommes l'impression de ne plus faire partie du commun des mortels, dont ils considéraient avec quelque dédain la vaine agitation autour du buffet.

« Regarde-les, dit Raymond, ils me dégoûtent... Ils s'ouvriraient la gorge pour une tranche de saumon !

– Il est tard, ils ont faim..., dit Maurice.

– Tu vois, poursuivit Raymond, ce qui m'écœure, c'est qu'un jour, s'il nous arrivait malheur, aussi nombreux qu'ils sont là à tout bouffer comme des sauterelles, il n'en resterait plus un seul... Ils nous laisseraient tous tomber. Ça, il faut le savoir...

– Oui, répondit Maurice avec simplicité, je ne me fais pas d'illusion. »

Vaguement irrité, sans raisons apparentes, peut-être parce que l'orchestre jouait trop fort, Raymond Bettoun scrutait le visage de ce fils qu'il n'avait jamais vraiment compris... Visage de sphinx comme celui de sa mère Lucie, trop tôt disparue. Si belle, Lucie, mais si énigmatique, si secrète. L'avait-elle seulement aimé, lui, Raymond ? Combien de fois il s'était surpris à épier ces traits parfaits, ces yeux en amande, ce profil noble, pour essayer de débusquer un état d'âme qui eût constitué une réponse à cette question torturante : m'aime-t-elle ? Mais, pas plus que Maurice, Lucie ne pouvait être devinée. Elle criait dans l'amour, brièvement, puis repoussait Raymond d'un sursaut de tout son corps, comme si elle ne supportait plus le moindre contact, voilant son regard derrière sa chevelure d'un noir absolu, plus profond que la nuit. Dans le garçon qu'elle lui avait donné à contrecœur, elle avait comme enfoui tous ses secrets. Lorsqu'un importun prétendait forcer ses retranchements, Maurice avait la même manière que sa mère de baisser les paupières pour pouvoir poursuivre tranquillement sa vie intérieure.

Raymond posa la main sur la nuque de son fils. Qu'est-ce qui lui prenait de penser à toutes ces bêtises ? Aujourd'hui, il fallait être joyeux ! Purée, il fallait s'amuser ! Surtout si l'événement attendu se produisait ! Alors là, quel triomphe ! Pourvu qu'il vienne, l'autre... Comment qu'on le recevrait... Mais, c'était sûr, Carréras allait bouger. Et il était pas au bout de ses surprises...

« Tu te rends compte, mon fils, dit Raymond, subitement ragaillardi par la perspective de la victoire, je viens de penser à une chose importante : David, c'est le premier Bettoun qui est né en France ! Le premier ! C'est un Français !

— Nous aussi, on est Français, sourit Maurice.

— Oui, bien sûr, on a la carte... Mais lui, c'est un vrai Français. Un qui est né ici, sur le territoire ! » Les mâchoires de Raymond se crispèrent pour modeler son énergie. « Putain, ce bébé, quand je le touche, il me donne une de ces forces, comme quand toi tu es arrivé... J'aurais tout bouffé ! Ta mère, la pauvre, que Dieu ait son âme, je lui faisais peur... Figure-toi même qu'un jour... »

La voix de Raymond se brisa net, son visage changea d'expression comme s'il venait d'aviser un spectacle qui le laissait pantois : Carole Saunier franchissait la porte-fenêtre et se dirigeait vers les deux hommes. « Ah ! pensa Raymond, elle est belle... purée, qu'elle est belle ! Ces yeux... cette bouche... pourquoi il faut qu'on vieillisse ?... » Il ne la dévorait pas du regard, il l'engloutissait, et il devait se retenir à grand-peine pour empêcher ses mâchoires de claquer bruyamment.

« Ça va ? Il ne saigne plus ? » demanda le jeune père.

Carole eut un sourire rassurant :

« Non, c'est fini... Je lui ai refait son pansement et il dort comme un ange... »

Elle regarda sa montre en haussant les sourcils.

« Pourquoi ? intervint Raymond qui avait vu là l'occasion d'entrer dans la discussion avant que Carole ne s'enfuie vers d'autres occupations, « il était pas bien le pansement du rabbin ? Sincèrement, dites-moi la vérité : il fallait vraiment vérifier ? »

Un peu surprise par la véhémence du ton pied-noir auquel elle n'était pas habituée, la jeune femme se tourna vers Maurice pour chercher un secours. Mais Raymond avait perçu son trouble et il posa sa main sur son poignet dans un premier contact qui le fit un peu bredouiller :

« Je... je voulais dire que moi aussi... enfin, c'était le rabbin... et ça s'était très bien passé sans qu'on ait besoin d'appeler le docteur, et tout...

– Bon, dit Maurice, moi je vais chercher Hélène pour lui faire prendre un peu l'air...

– C'est ça, approuva Raymond avec énergie, va la chercher... Moi, je vais offrir un verre à mademoiselle. Vous venez ? » demanda-t-il en arrondissant galamment son bras.

Dans le long regard que Carole Saunier jeta sur Raymond Bettoun, il crut lire l'amorce d'une reddition prochaine, quand ce n'était en vérité qu'un sentiment de curiosité amusée : on ne l'avait plus appelée mademoiselle depuis ses dix-huit ans.

Au cours des minutes qui suivirent, Carole eut l'occasion de prendre davantage la dimension d'un personnage dont la perspective d'une conquête féminine hypertrophiait, s'il était possible, les facultés de représentation. Il n'était rien au monde que Raymond appréciât davantage que de fendre la foule de ses sujets en tenant fermement le bras d'une femme ravissante qui semblait destinée, de toute évidence, à partager sa couche. Des mains se tendaient pour toucher timidement le chef de clan, des hommes occupés à discuter d'une voix forte se taisaient comme des écoliers à son approche. Carole vit même l'un d'eux baiser les doigts de Bettoun, comme il l'aurait fait pour un être presque surnaturel. Le respect général qui entourait Raymond Bettoun dans cette lente promenade à travers la fête semblait, aux yeux de Carole, dater d'une autre époque. D'une époque où cet homme aurait eu droit de vie et de mort sur les autres. Le plus fascinant, pour la jeune femme, était le naturel avec lequel Bettoun accueillait ces marques de respect. Tout, dans ce masque qui n'était pas sans rappeler ceux des empereurs de l'ancienne Rome, indiquait que cet homme se savait investi d'une autorité temporelle indiscutée et indiscutable. Or elle n'ignorait pas à qui elle avait affaire, car le nom des Bettoun revenait souvent dans les journaux, comme à la radio ou à la télévision. Pourtant, l'espace de ces quelques minutes, elle l'oublia radicalement, tant la personnalité de Raymond Bettoun, au milieu des siens, transcendait la prosaïque réalité de ses activités criminelles.

Un homme au front immense et aux fines lunettes dorées semblait surveiller d'un air absorbé les approches de la propriété.

« Oh! Pépé, dit Raymond, viens un peu ici que je te présente. »

A la manière dont Bettoun observait la réaction de Pépé Atlan, Carole comprit que celui-ci occupait une place importante dans ce qu'elle commençait à appeler inconsciemment la « Famille ».

Elle dut passer l'examen avec succès, car Pépé lui rendit son sourire, accompagné de surcroît d'un regard malicieux qui trahissait une intelligence aiguë. Le regard de Pépé signifiait littéralement : « Je sais que vous êtes mal à l'aise à l'idée qu'on pense que vous pourriez coucher avec Raymond. Mais regardez comme il est heureux, et comme il se pavane ! C'est son jour, aujourd'hui. Et vous, qu'est-ce que ça vous coûte de jouer cette comédie ? Demain, vous serez rentrée chez vous, vous ne penserez plus à nous. En attendant, tout ça n'est pas bien grave... Ne faites pas de mal à mon ami... »

Bettoun repoussa légèrement Pépé pour mieux l'admirer :

« Tu sais qu'il te va bien, finalement, le smoking ? »

Pépé tendit les bras devant lui, tentant de faire émerger ses manchettes :

« Tu trouves ? Il est pas un peu grand ?

– Mais non ! C'est la coupe, cette année ! Hein, mademoiselle Saunier ? »

Carole approuva ce jugement lapidaire en se retenant de rire. Mais Pépé n'était pas convaincu :

« Il faut quand même que j'achète un smoking, parce que quand on loue, ça tombe jamais bien...

– Celui-là, dit Raymond en regardant s'éloigner la silhouette chaplinesque, c'est mieux qu'un ami... c'est... c'est mon frère...

– Je crois, dit Carole d'une voix égale, que je vais rentrer... »

Le visage de Bettoun s'allongea à vue d'œil :

« Comment, vous allez rentrer ? Mais c'est pas possible ! Vous allez pas partir maintenant ! Vous avez ni même bu, ni rien mangé ! Manman, mets le chapeau sur la tête! Le soleil, c'est pas bon pour toi! » Carole vit qu'il s'adressait à une vieille dame accompagnée d'un aveugle. Déjà il reprenait : « Elle vous plaît pas, la fête? Vous êtes pas bien avec nous?

– Si... dit Carole, mais j'ai du travail.

– Ah! ne me parlez pas de travail aujourd'hui! s'enflamma Raymond, oubliez un peu les malades! Celui qui doit mourir vous l'empêcherez pas! Et les autres, ils attendront bien jusqu'à demain, non? »

L'outrance du pied-noir fit encore sourire Carole qui se laissa à nouveau entraîner. Elle en aurait à raconter, demain, aux collègues de la clinique! Mais déjà elle savait qu'elle n'en ferait rien et qu'au contraire, elle ne soufflerait mot à quiconque de cette rencontre...

Leurs pas les avaient entraînés aux abords du buffet dont les derniers vestiges étaient pris d'assaut comme à la fin d'un long siège.

« Vous avez fait les choses en grand, monsieur Bettoun », dit Carole.

Il haussa les épaules d'un geste négligent :

« En grand, ça? Non... Là, on n'est que la famille... les intimes... tous ceux qu'on aime bien... Sinon, au mariage de Maurice, au moins mille on était... Alors là, oui, c'était en grand. » Sans transition, il poursuivit : « Vous savez, je vous admire. Non, c'est vrai... docteur, c'est un beau métier, surtout pour une femme... Moi jamais j'aurais pu. La vie des gens entre vos mains, vous vous rendez compte, il faut pas se tromper!

– Dans les affaires non plus, il ne faut pas se tromper, rétorqua Carole.

– C'est vrai, dit sérieusement Raymond, c'est

pas les soucis qui manquent... Si on se défend pas, on meurt! Vous êtes mariée, non? »

Elle faillit éclater de rire. Cette manière incroyable de passer du coq à l'âne! Ces questions tellement indiscrètes posées sur le ton de la plus pure innocence... Ce colosse était redoutable de finesse. Elle bougea la tête :

« Mariée... et divorcée... »

Il prit un air profond comme si, quelque part, il était découragé :

« Ah!... divorcée... » Il se ressaisit. « Moi, ma femme elle est morte... mais depuis très longtemps... Je me suis pas remarié. Votre mari aussi il était docteur? » Il sembla buter sur une notion difficile à saisir : « Tiens, au fait, comment c'est, le féminin pour docteur? »

Carole, qui avait du mal à suivre ce flux verbal, s'interrogea une seconde à son corps défendant :

« Eh bien, on dit docteur... Oui, on dit docteur...

– Ah! non... » Raymond hochait la tête en souriant de toutes ses dents : « Non, jamais je pourrais dire docteur à une femme, c'est pas possible... Comment c'est, votre prénom, déjà? »

Elle admira l'art consommé avec lequel il avait insensiblement placé la conversation sur le plan d'une certaine intimité. Voilà qu'on en était aux prénoms...

« Carole...

– Carole? reprit Bettoun qui avait prononcé les deux syllabes d'un ton gourmand. Ça me rappelle Martine Carol... une actrice d'il y a longtemps, vous étiez même pas née encore... » Il la caressa de ses yeux dorés : « Dites, Carole, vous permettez que je vous appelle par votre prénom ? »

Elle n'eut pas le temps d'inventer une réponse : Raymond Bettoun venait de l'abandonner sur place, à proximité du buffet. Il fit quelques pas, puis se retourna vers elle : « Ne bougez pas, je reviens ! C'est promis, hein ? » Elle le vit se précipiter vers une ombre grise qui s'éloignait.

3

Il paraissait bien modeste, le vieux rabbin Isaac, sans ses beaux habits de cérémonie, et il avait fallu que Raymond fût chanceux pour discerner cette silhouette voûtée dans la foule des invités. Le vieillard sursauta lorsqu'il sentit la main du chef de clan se poser sur son épaule.

« Alors, Rabbin, dit Raymond, un peu essoufflé d'avoir couru, qu'est-ce que tu faisais ? Tu t'en allais ? Tu restes pas avec nous pour la fête ? »

Un silence gêné répondit à cette série de questions :

« Qu'est-ce qui ne va pas ? » insista Bettoun, désireux de pousser le rabbin dans ses derniers retranchements.

L'homme de religion jeta un coup d'œil autour de lui : tout comme Raymond, il mesurait le danger de voir naître la rumeur d'une brouille entre les Bettoun et la synagogue. Mais seuls quelques hommes de main et gardes du corps qui jouaient au poker autour d'une table de jardin auraient pu entendre les propos échangés. Les yeux baissés, le rabbin murmura d'un ton néanmoins véhément :

« Tu sais bien ce qui ne va pas, Raymond... Si

tes hommes n'étaient pas venus me chercher de force chez moi, jamais je serais venu ! »

« Nous y voilà ! » pensa Raymond. Une fois de plus, c'était l'éternelle discussion qui allait reprendre... Qui oserait porter le fer sur cet abcès enflammé ? Il hocha lentement la tête :

« C'est grave, ce que tu dis, et heureusement que ma mère elle a pas entendu... »

Sous les sourcils broussailleux, les yeux du rabbin noyés dans les replis de l'âge, brûlaient d'un feu intense :

« Tu peux forcer l'homme, et encore juste un certain temps, mais tu ne forceras pas Dieu !

– Isaac, interrompit Raymond, depuis Constantine, tu nous as tous baptisés : les Azérad, les Fitoussi, les Azoulay, les Bettoun, et tu aurais pas baptisé mon petit-fils David ? Et pourquoi, lui, le pauvre, qu'il est encore si petit... ? »

Ce genre d'appel sentimental avait toujours eu raison, dans le passé, des réticences du rabbin qui savait fort bien à quoi s'en tenir sur cette famille pas comme les autres. Il vivait avec les Bettoun un conflit presque florentin, opposant un prince criminel et libre de ses mouvements à une Eglise qui l'aurait volontiers excommunié, ainsi que les siens, mais se heurtait à la raison d'Etat...

Néanmoins, la tentative de Raymond pour éveiller la sollicitude du rabbin se heurta à une réaction indignée qui tordit les traits du vieillard :

« Tais-toi ! Les Bettoun de Constantine et les Bettoun de Paris, vous êtes plus les mêmes, Raymond ! Et tu le sais bien ! En Algérie, vous étiez des personnes respectables, mais ici en France, vous faites des choses qui nous font rougir, et qui nous éclaboussent, tous, dans la communauté ! »

Ce vieux fou ! Vraiment, il n'y avait que lui pour oser dire ces choses. Quelle chance il avait d'être rabbin... Un autre que lui, collé contre le mur il se serait retrouvé, avec sa cervelle à côté dans une assiette... Mais, évidemment, un rabbin, qui c'est qui peut lever la main sur lui ? Un rabbin, c'est comme un enfant ou une femme...

« Rabbin, dit Raymond d'une voix dure, les Bettoun ils ont pas changé. C'est les choses autour d'eux qui ont changé. En 62, on n'a pas demandé à rentrer une main devant, une main derrière ! Et on a dû montrer les dents pour arriver à survivre ! »

Ces quelques phrases, Raymond Bettoun les avait récitées mille fois depuis qu'un matin de juillet 1962, le *Ville d'Alger* l'avait déposé, ainsi que sa famille, sur un quai de Marseille, dans un pays totalement inconnu. Il mettait à réciter ce credo une sincérité absolue qu'aucun argument au monde n'aurait pu infléchir. Non, rien de tout ce qui était arrivé n'était de la faute aux Bettoun. Leur vision collective de l'existence était celle des premiers martyrs jetés en pâture aux lions. Il avait fallu se défendre ! Sinon, c'est les autres qui les auraient bouffés ! Dans ce pays, on faisait pas de cadeau, la purée ! C'était vivre ou mourir ! Pourquoi les Bettoun ils auraient choisi de mourir ? Pourquoi eux, et pas les autres ? Œil pour œil, dent pour dent ! Le mal qu'on leur avait fait, ils l'avaient rendu avec les intérêts de la monnaie, c'est tout. Ceux qui étaient pas contents de voir des juifs agressifs, ils avaient qu'à aller se plaindre chez leur mère. Parce que le guichet de bienfaisance des Bettoun, fermé il était !

Le rabbin qui venait de voir se peindre tous ces sentiments contradictoires sur le visage de Raymond balança la petite mallette qu'il tenait à la main et qui renfermait les instruments du baptême :

« Et alors ? qu'est-ce que tu crois ? Pour tout le monde, ça a été dur ! Grâce à Dieu, aujourd'hui, on peut tous vivre la tête haute... Mais vous, les Bettoun, qu'est-ce qu'il dirait, ton père, s'il voyait tout ça ? »

Le vieil homme désignait la fête qui battait son plein, le somptueux buffet, les voitures allemandes garées sur le terre-plein.

Le pouls de Raymond s'accéléra brutalement. Cet Isaac, comment faisait-il à chaque fois pour sortir victorieux de leurs confrontations ? Etait-ce parce qu'à travers lui, c'était réellement Dieu qui s'exprimait ? Il y avait de la grandeur dans cette soudaine évocation du seul homme devant lequel Raymond Bettoun eût jamais tremblé : son père. Le défi était à la fois fou et tout à fait sensé. D'une parole, Isaac venait d'instiller dans l'esprit du chef de clan, avec le doute, une musique aigrelette qui pouvait être celle du remords.

Raymond se vida d'un long soupir découragé qui voûta ses épaules :

« Mon père il est mort, et le cimetière juif à Constantine il est fermé avec un gros cadenas... » Il posa doucement la main sur le revers du vieux veston élimé : « Ça sert à rien que je t'explique... On va te raccompagner chez toi... » Il précéda le refus du rabbin : « J'ai dit : on te raccompagne ! »

Cet entretien entre Raymond et le rabbin avait été suivi non seulement par la Guêpe, Sammy, Max et Gégé, cartes de poker en main, mais également par un téléobjectif indiscret. L'homme qui le maniait, un jeune inspecteur de la Criminelle, prenait photo sur photo. Il était appuyé à une murette de pierre située de l'autre côté de la propriété dont elle était séparée par l'étendue du parc qui, à cet endroit, offrait un ombrage propice. Depuis plus d'une heure, trois policiers espionnaient le déroulement des festivités en contrebas de leur observatoire provisoire. Armés d'appareils photo, deux jeunes inspecteurs réalisaient des clichés qui partiraient au labo, pendant qu'un troisième personnage, qui pouvait avoir dans les quarante-cinq ans, braquait une paire de jumelles sur la demeure des Bettoun. De tous ces visages souriants, pensifs ou interrogateurs qui défilaient sous ses lentilles grossissantes, bien peu étaient inconnus de Jérôme Duché. Il est vrai que dans son inconfortable bureau du Quai des Orfèvres, il avait accueilli, au cours des années, un certain nombre d'invités de Raymond Bettoun, la plupart du temps encadrés de deux policiers et menottes aux poignets...

Le pied-noir avait bien fait les choses. Sur moins d'un hectare se trouvait aujourd'hui concentrée la fine fleur de la pègre française. Et pas seulement celle d'Afrique du Nord. C'est avec stupéfaction que Duché avait reconnu, tout à côté de la piste de danse, un groupe de truands, rigides dans leurs costumes du dimanche : il y avait là Francœur de Bruxelles, mais aussi Constantini, Boissol, Laski, une sacrée brochette! Tous ces requins n'avaient pas fait le déplacement uniquement pour le baptême d'un enfant, fût-il le petit-fils de Raymond Bettoun ! Non, quelque chose d'autre cuisait sur le feu, dont le commissaire Duché n'arrivait pas encore à capter les effluves...

De nouveau, il promena ses jumelles sur la foule : quel incroyable rassemblement de mectons, de maquereaux, de tueurs à la petite semaine et d'escrocs patentés ! S'il y avait moyen de mettre tout ce monde-là en prison pendant quelques mois, ce serait autant de gagné pour la tranquillité publique... Tiens, par exemple, cet imbécile d'Azoulay qui arrivait à l'instant dans son immense voiture américaine. Celui-là, pas de doute, il avait tout du maquereau professionnel qu'il était en vérité : costume blanc, œillet rouge, cheveux gominés... Toujours content de lui, Jacky Azoulay... Duché fit soigneusement le point avec ses jumelles et faillit éclater de rire : derrière le pied-noir, une blonde aux formes généreuses, sa « régulière », une pauvre Suédoise à moitié abrutie, ployait sous le poids d'un énorme berceau entouré d'une faveur. Azoulay se dirigeait maintenant vers le fils Bettoun, Maurice, ce gandin qui essayait de prendre des allures respectables... Il faudrait aller l'asticoter un de ces soirs, dans son cabaret, l'Odyssée... Ah ! il faisait la grimace, le pauvre Maurice, devant l'extravagance du maquereau, mais c'étaient les gens comme Azoulay qui rapportaient l'argent nécessaire pour offrir une fête aussi spectaculaire... Seulement, n'est pas Vespasien qui veut...

Un insecte heurta brusquement Duché au front. Il avait eu le réflexe de le chasser de la main droite, mais son bras demeura inerte. Il serra avec rage les jumelles dans sa main gauche : vingt-cinq ans, et il n'y était pas encore habitué! Vingt-cinq ans que la jeep avait sauté sur une mine. A son réveil, à l'hôpital militaire de Phan-Tiet, un médecin avait expliqué avec ménagement au jeune engagé qu'on avait sauvé son bras, mais qu'il ne lui serait plus jamais d'aucune utilité... Il faudrait qu'il apprenne à devenir gaucher...

« Le manchot », c'est ainsi qu'on l'appelait dans le Milieu. Le jour où il l'avait appris, il ne s'en était pas vexé, au contraire. Car c'était un honneur et une consécration de se voir affublé d'un surnom par des hommes pour qui rebaptiser leur plus farouche ennemi constituait une marque instinctive de respect. Le surnom s'était d'ailleurs très vite étendu dans la police et il avait été récupéré par les jeunes inspecteurs du Quai des Orfèvres pour désigner leur patron. Paradoxalement, ce bras mort qui pendait à son côté avait servi à conforter la réputation de Duché. Car tout semblait procéder de ce membre sec et immobile : aussi bien les cheveux taillés en brosse, à la mode des années 50, que le visage blême et émacié, le regard métallique, les lèvres minces d'où filtraient, au cours des interrogatoires, des questions nettes et précises.

Certes, le commissaire se savait peu aimé, même dans les rangs de la police où son exigence professionnelle s'accompagnait d'une ignorance absolue de toute concession. Quelques années auparavant, c'est sans la moindre hésitation qu'il avait signalé à la redoutable I.G.S., la « police des polices », les coupables faiblesses d'un collègue qui avait refermé un peu trop rapidement le dossier d'un truand bien connu. L'enquête révéla que le policier avait accepté une certaine somme en échange de ce manque de curiosité, et il fut chassé de l'administration sur décision disciplinaire. Cette affaire plaça Duché parmi les hommes les plus haïs du 36, Quai des Orfèvres. Pendant de longs mois, on l'évita comme un pestiféré et, à son approche, les conversations s'interrompaient. Bien qu'il en souffrît intérieurement, il n'en laissa rien paraître : son collègue avait failli à sa mission, il avait été puni, tout était dans l'ordre.

Pour Jérôme Duché, toute société sécrète des impuretés en quantité variable. Tant que la cote d'alerte n'est pas atteinte, on peut tolérer que ces micro-organismes, aussi répugnants soient-ils, mènent une existence obscure au fond de leurs terriers malodorants. Néanmoins, il existe une limite au-delà de laquelle la société se doit de réagir. Lorsque ces lichens malfaisants ont tendance à prendre racine, et même à donner des rameaux plus vigoureux, alors le moment est venu d'arracher les racines, d'extirper le mal. Périodiquement, des dossiers remontaient ainsi en surface, que Duché classait parmi ses priorités. Depuis trois ans, celui de Raymond Bettoun figurait en bonne place dans cette nomenclature d'un genre particulier...

Duché n'aimait pas les pieds-noirs. D'esprit fort rationnel, il s'était longtemps interrogé sur le dégoût qu'il ressentait à leur égard, ne redoutant d'ailleurs pas de découvrir en lui-même un soupçon de racisme qu'il n'eût certainement pas désavoué. Il n'aimait pas les pieds-noirs : un point c'est tout. Tout en eux lui déplaisait, à commencer par leur caractère extraverti, leurs manières bruyantes, leur manque de discrétion qui contrastait si fort avec sa propre personnalité, secrètement complexée par son infirmité, fût-elle due à la guerre. En réponse à l'arrivisme arrogant des Bettoun et à leur prolifération dans le monde du crime, une haine froide et mortelle s'était développée chez le policier. Il suivait patiemment la ravageuse croissance de cette famille dont l'ambition ne semblait connaître aucune borne, aucune de celles, en tout cas, qui délimitaient les règles du jeu. Rien n'arrêtait Bettoun : il avait signé les règlements de compte les plus sanglants, fait disparaître une à une les personnalités traditionnelles du Milieu, installé son autorité sur tous les quartiers chauds de Paris, le plus souvent en utilisant l'arme de la terreur. Longtemps, très longtemps, Duché avait espéré le faux pas, la manœuvre ratée, le grain de poussière dans cette mécanique de la violence, mais, dans sa course vers les sommets, Bettoun effectuait un « sans-faute »... Duché avait dû reconnaître que, sous ses apparences de lourdaud mal éduqué, son adversaire possédait le cerveau d'un grand stratège, et qu'il ne le « tomberait » pas aussi facilement que tant d'autres truands de moindre calibre.

Avec les années, entre les deux hommes, c'était devenu le jeu du chat et de la souris. Duché en était arrivé à admirer Raymond Bettoun, dans un désir inconscient de se valoriser lui-même. Au Quai des Orfèvres, tout incident concernant le clan était aussitôt signalé au service du commissaire dont le match mortel avec les pieds-noirs avait fait le tour de la Grande Maison. « Tant qu'il est aux prises avec Bettoun, il ne s'intéresse pas aux agissements de ses collègues », murmuraient les mauvaises langues... Mais, depuis plusieurs mois, c'était le statu quo, et Duché n'avait guère eu l'occasion de consulter son gros dossier où le nom de Bettoun était inscrit à l'encre rouge. Parvenus au sommet de la hiérarchie parisienne du crime, les pieds-noirs faisaient beaucoup moins parler d'eux, comme s'il leur fallait reprendre souffle avant de continuer. Tout récemment, cependant, tel un reptile géant, le clan avait de nouveau repris sa progression, suscitant de la part de Duché une surveillance accrue...

L'un des inspecteurs qui prenait photo sur photo se tourna soudain vers son patron :

« Commissaire, regardez ! »

En un long cortège impressionnant de discrète puissance, trois Cadillac noires grimpaient la pente abrupte qui menait à la propriété de Raymond Bettoun. Les voitures dépassèrent l'église du village, ignorant la R30 de Duché garée à l'ombre du presbytère. Elles s'immobilisèrent enfin devant les grilles de la propriété surveillée par quelques « soldats » de Bettoun.

Duché se figea sur place : des Cadillac ? Il n'y avait qu'un homme en France pour apprécier ce genre de véhicules, et il descendait précisément de l'un d'eux... Ces lunettes noires, cette canne... Carréras !... Manuel Carréras ! Alors là, la fête des Bettoun rebondissait ! Que venait faire chez les pieds-noirs le seul truand qui eût réussi à leur tenir la dragée haute, au point de n'avoir jamais été inquiété ? Une fois, mais une fois seulement, Bettoun s'était cru assez fort pour empiéter sur le territoire et les activités de Carréras. Il s'en était suivi une guerre de brève durée, mais d'une violence inouïe, où les deux gangs avaient perdu douze hommes au total. Depuis, chacun vivait de son côté, le long d'une frontière imaginaire mais aussi réelle dans les esprits que le mur de Berlin...

A l'arrivée de Carréras, une grande agitation s'était emparée des hommes de Bettoun. Maurice se porta à sa rencontre et reçut un cadeau d'un des aides du truand. Si Carréras commençait à faire des cadeaux aux Bettoun... Les jumelles collées aux yeux, Duché vit avec dépit l'adversaire numéro un de Raymond Bettoun entrer dans la maison, cependant qu'à l'extérieur, la fête se poursuivait sans désemparer. Que n'aurait-il donné pour connaître l'objet exact de l'entretien entre les deux hommes... Cette pensée fut clairement exprimée par l'un des inspecteurs qui se tourna vers le commissaire :

« Dites donc, patron, j'aimerais être une petite souris pour savoir ce qu'ils vont se dire là-dedans...

– Moi aussi », grogna Duché, qui, dans un mouvement de dépit, regagna l'intérieur de sa voiture...

Manuel Carréras n'était pas furieux : il étouffait littéralement de colère, ce qui se traduisait sur son visage déjà austère par une rigidité et une pâleur encore plus saisissantes. Un grondement continu s'échappait de ses lèvres tandis qu'il arpentait le bureau de Raymond Bettoun après avoir demandé à ses hommes de l'attendre dehors. Les rideaux tirés entretenaient une pénombre que le chef de clan avait créée à dessein, afin d'obliger Carréras à ôter ses éternelles lunettes noires. Ainsi, ils lutteraient à visage nu...

L'homme en colère faisait le tour de la pièce, observant le mobilier fin de siècle, l'énorme aquarium où évoluaient de rarissimes poissons du Japon, un plateau de cuivre rapporté d'Algérie. Il aurait aimé écraser tous ces objets à coups de canne...

« Manuel ! dit enfin Raymond, jovial, mon ami Manuel !... Tu étais arrivé et ils ne m'ont rien dit, ces enfoirés... Je serais venu t'accueillir. Quel plaisir ça me fait de te voir chez moi. Tu sais ce que représente pour nous la venue d'un enfant... »

Carréras pivota sur lui-même :

« Arrête tes salamalecs, Bettoun ! »

« Ça commence bien », pensa Raymond en prenant son air le plus innocent :

« Qu'est-ce qui se passe ? Tu es fâché ? »

Carréras eut du mal à avaler sa salive : l'aplomb du personnage était difficilement imaginable tant qu'on n'en était pas la victime... C'est comme ça que les pieds-noirs avaient réussi : au culot ! Lorsqu'ils avaient une cible en vue – restaurant, boîte, sex-shop –, ils commençaient par s'y incruster et y prendre leurs aises, comme si cela allait de soi. Jusqu'au moment où le propriétaire légitime, rapidement dégoûté, finissait par plier bagages, heureux de s'en tirer à si bon compte. En quelques années, Carréras avait ainsi perdu la plus grande partie de ses relations. De temps à autre, un cadavre découvert à l'aurore dans un caniveau, une balle dans la nuque, servait à rappeler que, parfois les choses tournaient moins bien pour ceux qui ne comprenaient pas... Aussi, quand Bettoun s'était approché de Carréras, celui-ci avait-il immédiatement dégainé son artillerie lourde, sans jamais chercher à discuter devant une anisette, comme le lui proposaient différents émissaires. Seule attitude possible, puisqu'il était encore en place alors que tant d'autres, et pas des plus tendres, avaient préféré s'éloigner sur la pointe des pieds. Mais voilà que les Bettoun venaient à nouveau rôder sur son turf! C'était plus fort qu'eux, fallait qu'ils emmerdent le monde! Eh bien, ils verraient rapidement que Carréras n'avait pas changé : mieux, qu'il s'était renforcé... Même si, cette fois, ils avaient choisi un autre chemin pour tenter de le déloger. Un chemin qui passait par la Côte basque...

« Fâché, moi? explosa Carréras. Non, je ne suis pas fâché, Bettoun! J'apprends que tu cherches à me piquer le casino de Biarritz, mais je ne suis pas fâché!

– Le casino de Biarritz? »

Raymond semblait entendre ces mots pour la première fois. Son innocence, qui se manifestait dans une physionomie souriante et ouverte, paraissait même si évidente qu'on eût pu douter que cet homme sût même ce qu'était un casino et ce que l'on y faisait...

« Oui, le casino de Biarritz, reprit Carréras, ça fait six mois que je transpire sur ce projet, que je me casse le cul à monter un projet avec les Allemands, et voilà qu'on me dit que tu essaies de me doubler? Que tu t'es mis en combine pour me scier la branche? »

Manuel comptait essentiellement sur l'effet de ses révélations pour terrasser Bettoun. Les pieds-noirs, dans leur incroyable vanité, imaginaient sans doute que leur magouille parallèle était encore totalement secrète. En toute logique, Raymond aurait dû accuser le coup. Or il n'eut pas l'air le moins du monde désarçonné par les accusations de Carréras. « De deux choses l'une, pensa celui-ci en s'humectant les lèvres du bout de la langue, ou bien il me joue la comédie, ou bien il possède une carte encore plus forte... » Il retint la première hypothèse, faute de s'être préparé à la seconde... Néanmoins, quelque part, une petite sonnerie d'alarme se mit à tinter dans l'esprit du truand qui poursuivit d'un ton aussi menaçant :

« Tu n'es plus dans ton djebel, Bettoun ! Ici, il y a des règles et je vais te les faire respecter ! Il y en a d'autres qui ont essayé depuis vingt ans. Tu sais où ils sont ? »

Une expression nouvelle s'étendit sur le visage de Raymond. Carréras n'avait plus en face de lui un parrain pied-noir engoncé dans son smoking de cérémonie, mais un adversaire déterminé qui ne refusait plus le contact :

« Et toi, Manuel, dit Bettoun, tu sais où tu es ? Tu te trouves pas un peu imprudent de venir me menacer comme ça, chez moi ? »

Dans le cerveau de Carréras, la sonnerie devint beaucoup plus perceptible. Décidement, quelque chose ne tournait pas rond, Bettoun était trop sûr de lui... Il n'avait même pas pris la peine de nier les révélations concernant Biarritz, comme si cela allait de soi et qu'on n'allait pas perdre de temps à en discuter... Une chair de poule glacée s'empara de Carréras qui avait trop vécu dangereusement pour ne pas reconnaître un piège quand il était sur le point de s'ouvrir sous ses pas... A moins qu'il n'y fût déjà tombé ? Il fit brusquement demi-tour, rompant son face à face avec le pied-noir :

« Je te donne vingt-quatre heures pour arrêter tes magouilles ! Vingt-quatre heures, pas plus ! »

La porte du bureau s'ouvrit soudain, laissant apparaître quelques hommes de main des Bettoun, leur chef de guerre, Roland, ainsi que l'inévitable Pépé Atlan. Carréras tenta d'apercevoir ses propres gardes du corps derrière ce rideau humain, mais aucun n'était en vue. Que se passait-il ici ? La situation était trop mouvante... Interloqué, il se tourna vers Raymond qui, cette fois, avait pris un air sincèrement désolé :

« Tu vois, Manuel, dit Bettoun, comme les choses elles évoluent dans la vie... Il y a cinq minutes, tu es arrivé chez moi avec tes hommes... Tu flambais... Tu étais le numéro un. Et regarde, maintenant, tu es le numéro zéro...

– Je... » commença Carréras, mais Bettoun, qui s'était confortablement assis derrière son bureau pour souligner sa supériorité, reprit aussitôt :

« Ils t'ont tous laissé tomber ! Toute ta smala ! Ils sont partis, figure-toi ! Je les ai achetés, et aucun n'a refusé ! Tu es seul, Manuel ! Tout seul ! Et tu vois, ça, chez les Bettoun, ça ne pourrait jamais arriver. Tu sais pourquoi ? » Le chef de clan éleva la main droite à hauteur de son visage : « Parce que nous on est une famille, unie comme les cinq doigts que tu vois là... »

Le premier choc passé, Carréras analysait fébrilement tous les éléments de la situation. Sans nul doute, ses hommes l'avaient abandonné, et il était tombé dans la gueule du loup. L'important, maintenant, c'était de s'en tirer sain et sauf. Plus tard, on essaierait de recoller les morceaux... Avant tout, il ne fallait pas paraître impressionné. Faire front, c'était l'essentiel :

« Tu me fais rire, Bettoun ! grinça-t-il. On dit de toi que tu es naïf et rusé, moi je pense plutôt que tu es naïf et con ! Quand je vais raconter cette histoire à nos amis...

– Te fatigue pas, s'exclama Bettoun qui semblait n'attendre que cette allusion, la chute de l'histoire, ils la connaissent déjà... »

Il se leva et entraîna Carréras vers la baie vitrée qui, au fond du bureau, donnait sur le parc et la fête. Bettoun désigna une table au bord de la piste de danse :

« Tu les reconnais, nos amis ? Regarde, ils sont tous là... Constantini, Arnothy, Taviani... Eux aussi, ils sont passés de mon côté, mon pauvre Manuel... »

En voyant réuni le brain-trust du crime européen chez Bettoun, le cœur de Carréras s'était arrêté de battre pendant quelques secondes. Cette fois, il avait perdu. Il ne pourrait compter sur aucun allié. Bettoun était bien le plus fort.

« Qu'est-ce que tu cherches ? » murmura le truand.

Raymond regarda Pépé comme s'il était étonné par l'indigence intellectuelle de Carréras :

« T'as pas compris, encore ? Je veux le casino de Biarritz ! C'est clair, non ?

– Et tu sais ce que tu vas trouver ? s'emporta imprudemment Carréras. La guerre ! Ce casino, tu ne l'auras pas ! »

Bettoun eut soudain pitié du personnage :

« Avec quoi tu vas faire la guerre, Manuel ? Tu

n'as plus personne de ton côté... C'est fini pour toi...

– Je peux partir, maintenant ? demanda Carréras, le visage fermé.

– Personne ne te retient... »

Les hommes de Bettoun s'écartèrent comme à regret devant le roi déchu. Chacun avait conscience d'avoir assisté à un événement historique dans le Milieu. La nouvelle allait commencer à se répandre et serait portée au loin par cent bouches.

« Ah ! au fait, Manuel, ne traîne pas trop dans les rues... Tu pourrais rencontrer le Sacristain... »

Cette petite phrase s'enfonça comme un poignard dans le dos de Carréras qui s'arrêta net. Mains dans les poches de son smoking, Raymond venait vers lui, une lueur d'amusement dans le regard :

« Comment, t'as pas entendu la radio ? Il s'est sauvé, ce bâtard de Sacristain... Remarque, il y a des gens qui l'ont un peu aidé... Alors, évidemment, il te cherche partout pour te tuer, maintenant... C'est toi qui l'as vendu aux flics, quand même... On t'avait pas donné tort, c'est vrai, mais tu avais pris tes responsabilités... Et tu sais que le Sacristain, quand il veut la peau de quelqu'un... hein, Pépé ?

– Rien qu'il pense à ça », dit Atlan d'un ton sentencieux.

Si l'intérêt du commissaire avait été éveillé par l'arrivée triomphale de Carréras, la suite des événements l'avait ensuite plongé d'étonnement en étonnement. Car à peine Carréras était-il entré chez les Bettoun que ses hommes refluaient à l'extérieur, s'embarquaient dans les Cadillac et disparaissaient au bout de la longue descente menant vers la Seine et Paris. Un quart d'heure passa pendant lequel le policier échafauda mille hypothèses, tant le départ des gardes du corps de Carréras semblait insolite, chargé d'implications dramatiques. Lorsque la silhouette du truand apparut à nouveau devant la grille de la propriété, Duché braqua avec avidité ses jumelles sur lui. Il comprit immédiatement que Carréras, flanqué de Roland Bettoun, était un homme brisé. Sous les lunettes noires, le teint de son visage était terreux. Il marchait tête basse, s'appuyant sur sa canne, vivante image de la déchéance. Quel coup terrible Raymond Bettoun lui avait-il donc assené? Duché ne se faisait guère de souci : ses informateurs ne tarderaient pas à l'appeler...

Il abaissa ses jumelles :

« Bon... On sait à quoi s'en tenir, maintenant... Carréras passe la main. Allez, on rentre, les enfants... »

Dans le grand bureau où le silence était retombé après la visite de Carréras, Raymond et Pépé s'étreignirent longuement sans mot dire. Nul besoin de paroles entre eux... C'est une dure et longue partie qui venait de s'achever. Carréras était fini. Ses jours étaient comptés, car le Sacristain mettrait inéluctablement sa vengeance à exécution. C'est en tout cas dans cet espoir qu'on avait monté l'opération-commando contre le fourgon cellulaire. Désormais, devant Raymond Bettoun, le terrain était dégagé jusqu'à l'horizon.

Plus rien ne pouvait empêcher sa famille de prendre une extension jamais vue à l'échelle française. Le casino de Biarritz donnerait une seconde jeunesse au clan. Il le ferait entrer dans un monde d'apparences respectables, et seules les apparences comptaient pour les pieds-noirs. Accessoirement, posséder un casino, c'était aussi la possibilité de « laver » l'argent amassé en d'autres lieux de manière plus douteuse. Bientôt, Raymond pourrait se rendre aux Etats-Unis et y discuter d'égal à égal avec les mafiosi les plus réputés. Face à eux, il « pèserait » plusieurs millions de dollars. Il leur proposerait de faire de Biarritz un nouveau Monte-Carlo... Frank Sinatra avait bien caressé lui aussi cette idée... Ensuite, qui sait où la famille s'arrêterait ?

« On a bien joué, hein, Pépé ? dit Bettoun en tenant par les épaules l'homme qui lui était le plus proche.

– Oui, dit Atlan. J'espère qu'on n'a pas vu trop grand... »

Raymond crut percevoir une certaine réserve dans le ton de son ami :

« Trop grand ? Tu sais bien que dans les affaires, si on bouge pas, on meurt... »

Pépé n'était pas convaincu :

« Je sais pas...

– Allez, s'exclama Raymond, tu vas pas me gâcher ma joie, non ? »

L'idée de joie et de plaisir s'associa aussitôt dans son esprit à l'image de Carole : « Purée, pensa-t-il, pourvu qu'elle soit pas partie... »

Il se précipita au-dehors, suivi de Pépé, toujours songeur.

Emmanuelle Mayer

543, rue de la Colline
54000 NANCY

4

DEPUIS que le chef de clan l'avait abandonnée pour se diriger vers le vieux rabbin, Carole Saunier ne s'était pas ennuyée une minute. Elle tirait de l'observation de la foule colorée et bruyante, le même plaisir qu'un explorateur découvrant une peuplade inconnue. Mais la jeune femme n'avait pas eu à parcourir des milliers de kilomètres – d'un certain point du parc, on découvrait au loin la masse indistincte et bleutée des toits de Paris –, ni à affronter toutes sortes d'animaux sauvages pour atteindre son but même si certains visages patibulaires, entr'aperçus par Carole au hasard d'un groupe ou d'un face à face impromptu aux alentours du buffet, ressemblaient fort aux fauves les plus féroces de la jungle...

Un personnage haut en couleur, dont elle soupçonnait qu'il avait été délégué sur ordre, s'était attaché aux pas de la jeune femme, la suivant comme son ombre à travers la fête et la noyant sous un flot de paroles. Petit homme râblé aux muscles puissants et aux yeux curieusement asiates, Albert Bettoun était l'un des innombrables « cousins » que comptait cette nombreuse famille.

Albert vouait à Raymond Bettoun une adoration qui confinait à l'idolâtrie. Rien de ce que faisait, disait ou pensait son héros qui ne fît s'extasier l'ange gardien de Carole. Elle avait du mal à garder son sérieux devant le panorama familial qu'il présentait à ses yeux forcément éblouis.

« Les Bettoun, disait-il avec un accent pied-noir qui était comme la caricature d'une caricature, si vous les aimez pas, jamais vous pourrez les comprendre. Nous, on est vraiment nous-mêmes que si les gens ils nous aiment ! Sinon, paralysés on est. Il nous faut l'amour, quoi !

– Mais qui sont ces hommes ? » demandait Carole en désignant discrètement une galerie de portraits particulièrement avenants qui jouaient au poker, et auxquels l'expression « gibier de potence » aurait pu s'appliquer sans nuances.

« Ceux-là ? disait Albert, un peu gêné, c'est des gens qui travaillent pour la famille. Tenez, Sammy, avec la petite moustache, il conduit la voiture de Raymond. La Guêpe, lui, c'est comme un garde du corps...

– Un garde du corps ?

– Bien sûr ! Et si des gens ils voulaient enlever Raymond, hein ? Vous savez, il a pas que des amis... Et à côté de la Guêpe, poursuivait Albert, le gros avec les lunettes et les cheveux frisés, c'est Gégé. En face de lui, le grand type maigre, c'est William Benhamou, un connard...

– Et l'homme en costume blanc, avec cette fille blonde, qui est-ce ? » demanda encore Carole, fascinée par ces physionomies butées sur lesquelles seule la mastication du chewing-gum créait une animation artificielle, derrière l'écran des cartes.

Albert Bettoun plongea le nez dans sa coupe de champagne. C'était difficile de dire à cette femme que Jacky Azoulay n'était autre que le maquereau en chef de la famille. Elle pourrait en concevoir une opinion négative...

« C'est rien, dit-il, il travaille pour la famille... »

A la table de poker, les choses venaient de tourner au vinaigre. Dressés sur leurs ergots, Jacky Azoulay, précisément, et William Benhamou menaçaient d'en venir aux mains, tandis que les autres s'efforçaient de les retenir.

Albert entraîna Carole :

« Venez, c'est pas intéressant, ils vont se battre... Un il a dû tricher encore... Regardez, regardez ! Le ballet israélien, il danse sur la piste ! »

A regret, Carole suivit le petit homme. Le spectacle de la table de poker était bien plus attrayant que le groupe folklorique... La jeune femme s'assit sur l'herbe, Albert Bettoun à ses côtés, pas peu fier d'être vu en si charmante compagnie...

« Quand vous dites « la famille », demanda Carole, ça signifie quoi exactement ? Est-ce que c'est la famille à la sicilienne, ou bien...

– A la sicilienne ? Pourquoi à la sicilienne ? s'étonna Albert qui n'avait pas saisi l'allusion à la Mafia. Nous, pieds-noirs on est, pieds-noirs on reste ! On n'a pas besoin d'imiter les autres ! La famille, ça veut dire tous les gens qui vivent ici ensemble dans cette belle maison... »

D'un geste large, il désignait l'imposante demeure des Bettoun.

« Vous, vous n'habitez pas là ? interrogea Carole.

– Moi ? Ah ! non... Je suis qu'un cousin... Moi, j'habite à Paris, au Faubourg-Montmartre. Je suis le patron de la Nouvelle-Algérie, le café des Bettoun... » Il éclata d'un rire aigu devant la mine perplexe de la jeune femme : « Je vais vous dire qui c'est qui habite ici. » Il commença à compter sur ses doigts, en démarrant par le plus imposant : le pouce. « D'abord, il y a Raymond... d'accord ? » Il observa Carole d'un air fin qui, en se prolongeant, allait devenir de mauvais goût...

« D'accord, soupira-t-elle.

– Après, il y a la mère de Raymond : Blanche.

– Je l'ai vue...

– Ensuite, vous avez Pépé Atlan, l'ami de Raymond...

– Il vit aussi dans la maison ?

– Bien sûr. Depuis toujours. C'est plus facile pour parler affaires... Avec Pépé, il y a sa fille Viviane. Et le fils de Viviane, Alexandre. Vous les avez vus, non ?

– Je ne crois pas », dit Carole.

Albert Bettoun eut un geste bref :

« Vous avez rien perdu... Viviane elle est belle, mais elle est bizarre... Elle est même pas mariée, vous vous rendez compte ? » ajouta-t-il dans un murmure réprobateur.

Subitement, Carole fut agacée par le personnage. Ces pieds-noirs étaient amusants, mais leur débit précipité et leur étourdissante faconde finissaient pas user les nerfs...

« Et puis, conclut Albert en refermant ses petits doigts boudinés, il y a encore les deux neveux de Raymond : Roland et Elie... Voilà, ça c'est tous les gens qui habitent ici... C'est la « famille » de Raymond Bettoun.

– Comment gagne-t-il sa vie ? » demanda Carole d'une voix dure.

Elle vit le cousin hésiter.
« Qui ?
– Raymond Bettoun.
– Raymond ? Il est... il est dans les affaires...
– Quelles affaires ? »

Un peu désemparé, Albert agitait ses bras courts :

« Ben, les affaires... je sais pas... » Il parut avoir trouvé une issue par laquelle il se faufila avec soulagement : « Vous savez, nous, tout ce qu'on veut, c'est vivre tranquillement... Si les autres ils nous embêtent pas, on les embête pas... »

Ayant émis cette devise qui aurait pu figurer sur le blason de la dynastie Bettoun, Albert invita Carole à se rendre sous la tonnelle, où l'on pouvait déjeuner à l'ombre. Un ensemble de guitaristes composaient un agréable fond sonore cependant que la lumière dorée du soleil, s'insinuant entre les feuilles de vigne vierge, jouait sur les toilettes multicolores pour offrir à l'œil un ravissant tableau impressionniste.

Carole commençait à se sentir plus décontractée, dans cette ambiance familière. Les invités qui n'étaient venus que par politesse à la circoncision du petit David étaient déjà repartis, pour certains en voiture à cocarde tricolore... Restait une assemblée chaleureuse, étroitement unie par les multiples liens du sang, de la religion et de la terre natale, qui se mit à applaudir spontanément lorsque Raymond Bettoun fit son apparition sous la tonnelle.

A cet instant seulement, Carole réalisa combien, par sa simple présence, le chef de clan faisait monter de plusieurs degrés la température de l'ambiance. Elle admira ce meneur d'hommes qui, d'un sourire ici, d'une poignée de main là, ou encore d'un pincement familier de la joue à cette autre table, laissait derrière lui un sillage de visages réjouis.

« Regardez, murmurait Albert Bettoun, extasié, à l'oreille de Carole, « regardez comme il est gracieux... Quand j'entends des gens qui attaquent Raymond, moi, je suis écœuré ! C'est vrai, je suis écœuré !

— Quelles gens ? »

Il écrasa une miette de pain sur la table :

« Je ne sais pas... des idiots qui connaissent rien ! Raymond, quand il est arrivé d'Algérie, d'abord il a été chauffeur de taxi... Ni même il connaissait Paris, mais ça fait rien : il roulait. Tant pis pour les clients ! Après, il a acheté le café. Vous connaissez pas la Nouvelle-Algérie ? Venez quand vous voudrez, pour vous c'est gratis. Un jour il m'a appelé et il m'a dit : « Albert, t'es mon « cousin, et t'as pas d'argent. Moi ça marche « bien, alors tu vas t'occuper de la Nouvelle-Algé- « rie pour moi. » C'est pas formidable ? » s'exclama le cousin de Raymond Bettoun, transfiguré : « Un café, comme ça ! Cette générosité... » En hochant la tête, il couvait des yeux Raymond, occupé à taquiner le jeune Elie : « Et Roland et Elie, ses deux neveux, pareil. Leurs parents, ils avaient été tués dans un attentat en Algérie : ni une, ni deux, il les a pris chez lui ! Ça, c'est le vrai Raymond Bettoun ! »

A cet instant, le regard du chef de la famille croisa celui de Carole. Elle refusa de baisser les yeux.

Sur l'immense pelouse où traînaient des assiettes et des verres oubliés par les invités, le soleil déclinant allongeait démesurément l'ombre projetée des statues ainsi que celle de couples enlacés sur la piste de danse. En cette fin d'après-midi, l'orchestre ne jouait plus que des slows pour favoriser les idylles naissantes. Un peu alanguie, Carole se laissait guider par un Raymond Bettoun qui se révélait bien meilleur cavalier qu'elle ne l'aurait supposé. Elle leva la tête, surprise, sa main posée sur l'épaule massive :

« Vous dansez bien monsieur Bettoun...

— Raymond... appelez-moi Raymond, je vous ai demandé.

— Raymond,..

— Ah ! j'aime mieux ça... Quand j'étais jeune à Constantine, je dansais beaucoup. C'est ma mère qui m'a appris... Tenez, justement... »

Tous les danseurs se séparaient pour observer un coin de la piste où Blanche, qui avait d'abord farouchement refusé, venait de céder à la douce invitation de Pépé Atlan. Raymond donna le signal des applaudissements pour célébrer cet événement rarissime, et qui ne se reproduirait peut-être plus jamais. Il avait repris Carole dans ses bras :

« Vous voyez, dit-il, on est des gens comme les autres. Avec des petites joies et des petits bonheurs... Ça faisait quinze ans au moins que ma mère elle avait plus dansé... Vous connaissez ce que l'orchestre est en train de jouer ? »

Carole tendit l'oreille :

« Non, qu'est-ce que c'est ? »

Raymond sourit :

« Ah ! vous êtes trop jeune, Carole. J'oublie toujours la différence d'âge quand je suis avec une femme... C'est une chanson de Freddy Ambrosi. Il y a vingt ans, il était aussi connu que Luis Mariano... Maintenant, il travaille pour moi... »

Le chef de clan désigna un couple du menton. L'homme qui avait l'air d'un de ces vieux beaux sur le retour, chemise ouverte sur un foulard de soie, veste de sport et gants de compétition, serrait contre lui une jeune femme blonde au décolleté avantageux.

« C'est lui, Freddy Ambrosi. Elle, c'est sa femme, elle chante au Châtelet.

– Il va l'étouffer ! dit Carole.

– Il a peur qu'on lui prenne ! Ils ont trente ans de différence ! »

Le pied-noir sourit à Maurice qui dansait avec sa femme Hélène :

« Ça va, mon fils ? »

La réponse de Maurice fut noyée sous la musique. Carole Saunier dut s'avouer qu'elle se sentait bien dans la compagnie de Raymond Bettoun. Il émanait de ce corps massif une impression de sécurité qu'elle avait rarement ressentie auparavant.

« Vous avez toujours le petit mot gentil qui fait plaisir, dit-elle, vous allez de l'un à l'autre, vous êtes le roi de la fête...

– Mais tout le monde est comme ça !

– Oui, mais vous, vous en demandez peut-être plus que les autres...

– Parce que je suis le plus gros, c'est physique !... »

Sur cette pirouette, il se crut autorisé à attirer plus fermement la jeune femme contre lui, dans un contact qu'elle aurait accepté s'il avait été suscité de manière plus courtoise, mais qu'elle refusa parce qu'il avait ainsi voulu lui faire sentir sa force. Plus tard, il la raccompagna jusqu'à sa voiture et se pencha pour lui parler :

« Vous me donnez votre numéro de téléphone ?

– Pour quoi faire ? demanda Carole, occupée à sortir ses clefs. Si je dis non ?

– Si vous dites non ? » D'un geste, il avait ôté la clef de contact de son porte-clef : « Si vous dites non, je vous garde prisonnière ici ! »

Son sourire démentait la rudesse de ses propos.

« Vous le feriez vraiment ? demanda Carole en récupérant son trousseau.

– Avec une femme qui me plaît ? Oui... »

Il s'interrogeait sérieusement : « Peut-être... Bien sûr... Pourquoi pas ?... »

Elle l'attira doucement à elle par son nœud papillon et posa un léger baiser sur ses lèvres, avant d'effectuer une vive marche arrière dans le parking presque désert.

Mains dans les poches de son smoking, Raymond s'avança sur la terrasse et laissa échapper un soupir de soulagement. L'envie de s'isoler un peu et d'échapper à la fumée et au bruit s'était emparée de lui. Dans un salon de la maison où murmurait une fontaine mauresque, c'est toute l'Afrique du Nord qui venait de renaître sous les doigts agiles de Salomon. Seuls les vrais intimes de la famille étaient restés pour écouter les vieilles chansons du pays, soulignées par les plaintes nostalgiques du *houd.* De temps à autre, un danseur, homme ou femme, se lançait au milieu du cercle, incapable de résister au balancement millénaire qui s'emparait de ses hanches : danse d'amour et de passion contenue, de mort et de sauvagerie concentrées. Les femmes explosaient en youyous libérateurs, cependant que les hommes collaient au front du danseur un billet de banque enduit de salive.

Dans la douceur de cette belle soirée, le moindre son se détachait avec une netteté presque inquiétante, comme à la tombée du jour, dans un paysage de montagnes, l'on entend à des kilomètres le bruit d'un caillou qui ricoche le long des parois rocheuses. Sous le ciel d'Ile-de-France aux profondes teintes bleutées, la voix du vieux Salomon évoquait d'anciens crépuscules algériens.

Raymond réprima un frisson : la nuit tombait. Bientôt, la grande fête serait terminée. Malgré le triomphe qui avait marqué cette journée, il se sentait encore insatisfait. La fuite honteuse de Carréras, abandonné de tous, aurait dû pourtant le combler. Mais il lui semblait que ce succès venait bien tard. Il sourit en entendant l'un des refrains de Salomon repris en chœur par les « anciens » qui avaient un peu trop bu. Allons, pourquoi cette soudaine mélancolie? Avec l'effacement de Manuel, la porte du casino de Biarritz s'ouvrait en grand et Biarritz signifiait la promesse d'une autre vie, loin de Paris, loin de tous ces gens qui voulaient détruire Raymond Bettoun et les siens. Un jour viendrait, Raymond le craignait, où tous ses ennemis se ligueraient contre lui. Les alliances les plus inattendues seraient nouées dans son dos. Il détournerait le premier coup de poignard, et aussi le second, et peut-être le troisième, mais pas le quatrième... Car la seule vérité d'un chef, c'est de toujours finir trahi.

Il se redressa, troublé : ces pensées pessimistes, qui ne lui étaient pas habituelles, le laissaient inquiet et désarmé. Mais s'il n'avait pas bougé, c'est Carréras qui aurait attaqué. Deux requins qui convoitent la même prise finissent toujours par briser le cercle pour s'entre-déchirer. Carréras avait été moins rapide, voilà tout...

Sous les grands arbres, près de la tonnelle, le déplacement d'un objet clair attira l'attention de Raymond. Il se pencha et reconnut Viviane, assise sur le vieux banc. Que faisait-elle là toute seule, alors qu'à l'intérieur les jeunes dansaient encore ? Il descendit les degrés de pierre, à sa rencontre. Elle ne parut pas surprise de le voir s'approcher et s'écarta pour lui faire une place sur le banc. Peut-être l'avait-elle observé sur la terrasse ? D'un coup d'œil, il jugea qu'elle était d'humeur négative. Tout enfant, déjà, elle se repliait sur elle-même pendant des heures, répondant à peine aux questions de son entourage.

« Je t'ai pas bcaucoup vue aujourd'hui », dit Raymond d'un ton neutre.

Elle lissait méthodiquement un pli de sa robe :

« Tu étais tellement entouré... »

En un éclair, il revit la foule animée des parents, des amis et des ennemis qui, à peine quelques heures auparavant, le courtisaient encore sur la pelouse. Son torse se gonfla d'orgueil :

« Ils sont tous venus ! Ça a été une belle fête, hein ? »

De revivre ainsi son triomphe lui avait rendu sa joie de vivre.

Il attira Viviane : « Viens près de moi un peu. » Sa main effleura un bras nu : « Tu as froid, là ?
– Non, je suis bien », murmura Viviane d'une voix un peu rauque.
Elle était blottie avec délices contre cet homme qui ne lui était rien, qu'elle haïssait et adorait avec d'autant plus d'emportement qu'elle l'aimait d'un amour impossible à définir. Tant de questions qu'il ne fallait pas poser. Et de réponses qu'il ne fallait pas attendre. S'imprégner simplement de la chaleur de ce corps puissant avec, au creux du ventre, cette petite hésitation...
Raymond humait l'odeur de femme qu'exhalaient la nuque fragile, les épaules rondes, la peau si douce, trop douce...
Comment Pépé pouvait-il avoir fait une fille si belle ?
Il s'éclaircit la gorge :
« Ils sentent bon, tes cheveux... On dirait l'odeur de l'herbe en été, chez nous, quand ils venaient de la couper... »
Il se pencha vers Viviane, lourde de bonheur contre lui. Chez toute autre, il aurait voulu lire dans ce silence l'aveu du désir partagé, fulgurant, celui qui n'attend pas et bouscule les corps dans un sanglot avide. Raymond disciplina les battements de son cœur et passa doucement la main sur les cheveux de la jeune femme :
« Pourquoi tu souris ? C'est vrai que tu es belle... »
Elle approcha les lèvres pour déposer sur la joue de Raymond un baiser humide et chaud. Dans ses yeux se lisait une attente qu'il refusa de percevoir dans ses conséquences ultimes. Au contraire, c'est un élan de tendresse paternelle

qui lui fit serrer Viviane contre lui. « Mon Dieu, pensait-il, celle-là et Alexandre, faites que rien ne leur arrive, jamais ! »

Et, comme s'il craignait d'avoir déjà déclenché un mécanisme infernal qui finirait par tous les broyer, il ajouta d'une voix presque inaudible :

« Il faut que tu fasses ta vie. Ton père et moi, on sera pas toujours là... »

5

Ce matin-là, Raymond Bettoun avait un rendez-vous important. Pas vraiment un rendez-vous d'ailleurs, puisqu'il n'était pas attendu. Mais il fallait savoir prendre les devants. Dans quelques minutes, il aurait en face de lui un interlocuteur coriace, un garçon jeune encore, mais dont l'audace, à plusieurs reprises, avait déjà attiré l'attention : Pascal Villars. Dans le Milieu, le talent se mesure à la longévité; le nom de Villars revenait régulièrement à la surface depuis deux ans.

Pendant que la voiture descendait l'allée sinueuse de la propriété, Raymond était d'humeur pensive. La circoncision, la fête, la joie générale, et surtout son triomphe sur Carréras, sans doute déjà bien loin, le laissaient finalement un peu désorienté. L'arôme enivrant de la victoire a tôt fait de se dissiper et ne laisse aucun arrière-goût. Car, maintenant, il fallait consolider, étayer, renforcer cet édifice encore fragile que le moindre grain de sable pouvait abattre. Tout au fond de lui-même, Raymond éprouvait le besoin de se reposer un peu, de reprendre son souffle.

Enfoncé dans le cuir moelleux de la banquette

arrière, il passa lentement la main sur son front, sans répondre au salut de Youssouf qui venait d'ouvrir la grille. Sammy donna soudain un coup de frein un peu rude et, en chauffeur consciencieux, se retourna aussitôt pour s'excuser. La petite route qui passait derrière la propriété des Bettoun était impraticable. Un véhicule barrait la chaussée. Appuyé contre la R4 qui servait de barrage improvisé, un homme tout de noir vêtu observait d'un air ironique l'agitation de la bande qui jaillissait déjà des voitures. Dans la Rolls, Raymond se pencha vers la vitre et reconnut aussitôt le Sacristain :

« Qu'est-ce qu'il vient foutre par ici, celui-là ? » grogna Sammy, surpris de voir apparaître le tueur que toutes les polices recherchaient.

Les hommes se regardaient, indécis, attendant la réaction du patron, prêts à se jeter sur l'intrus si Raymond en donnait l'ordre. Mais si le Sacristain était armé, la partie ne serait pas facile. Sa réputation n'était plus à faire : loufdingue, mais redoutable gâchette...

« Pas question du moindre incident autour de la maison », avait déjà décidé Raymond. Toujours et en toutes circonstances, une seule priorité : tenir la famille à l'écart, ne pas inquiéter les femmes. Le Sacristain n'avait aucune raison de rechercher l'esclandre : bien au contraire, il ne pouvait qu'être reconnaissant. D'un autre côté, il n'était jamais bon qu'un minable de ce genre se crût autorisé à fouler les plates-bandes des puissants de ce monde sans en subir les conséquences.

Le visage de Raymond apparut enfin par la vitre baissée :

« Oh ! Sacristain, qu'est-ce que tu veux ? Tu viens chercher Manuel ? Il s'est tiré comme un lapin. »

Le Sacristain décolla légèrement son dos de la R4. Au nom de Manuel, il avait serré les poings : « Il courra pas longtemps... » L'homme au front bas et fuyant, pointa l'index vers Raymond :

« Non, c'est toi que je suis venu voir ! » Il s'anima encore davantage : « Qu'est-ce que ça veut dire ? Tes types me sortent du trou sans prévenir, une chambre d'hôtel, un peu de pognon, des fringues, c'est l'Armée du Salut ? »

« Ces gens-là, pensa Raymond, ils ont aucune reconnaissance... Ils comprennent pas quand on leur veut du bien ! »

Frémissant, le Sacristain attendait une réponse.

Depuis son évasion spectaculaire, les événements s'étaient succédé à une telle rapidité qu'il vivait au jour le jour, sans avoir prise sur son destin. En homme traqué, il était prêt à tous les attachements comme à toutes les haines. Il n'attendait qu'un signe de Bettoun pour se mettre à son service. Aussi, quand la réponse de Raymond lui parvint de l'intérieur de la Rolls, il la reçut comme une gifle :

« De quoi tu te plains ? Hier tu étais en prison, et aujourd'hui tu es libre... Qu'est-ce que tu veux de plus ? »

Le pied-noir bougeait la main dans un geste dédaigneux : « Allez, maintenant j'ai à faire, dégage ! »

L'incident en serait resté là si, depuis l'enfance, le Sacristain n'avait été pourvu d'un caractère torturé qui en avait fait l'épouvantail du Milieu, l'homme qui tirait sans prévenir. Son congédiement, prononcé de manière si méprisante, l'avait piqué au vif. Il choisit de faire front et, tel un loubard dans un bal de banlieue, regarda d'abord derrière lui comme si l'on s'était adressé à quelqu'un d'autre, avant d'apostropher Raymond :

« Eh, le gros, c'est à moi que tu parles comme ça ? Tu sais qui je suis ? »

Cette fois la meute des Bettoun allait se ruer sur l'inconscient, mais Raymond arrêta tout son monde d'un geste. Il descendit calmement de la Rolls, passant devant ses soldats qui grondaient. Pour qui ne l'aurait pas connu, Raymond offrait toutes les apparences d'un homme qui savoure une bonne blague. Comme si les propos du Sacristain lui semblaient pleins d'humour. Mais, pour son entourage, il était évident, au contraire, qu'il allait maintenant administrer le châtiment. Arrivé à la hauteur du Sacristain toujours appuyé à la R4, il le gratifia d'un sourire presque amical.

« C'est vrai, tu trouves que je suis gros ? »

Il se tourna vers ses hommes en ouvrant largement son veston :

« Il dit que je suis gros ! Qu'est-ce que vous en pensez ? »

La main de Raymond, large comme un battoir, partit soudain pour venir percuter la joue du Sacristain dans une gifle monumentale qui résonna dans la campagne environnante. L'homme en noir fut projeté tel un pantin sur le capot de la voiture. Avant qu'il ait pu glisser à terre, à demi évanoui, Raymond lui saisissait les cheveux à pleine main. Puis, avec une fureur insoupçonnable quelques secondes auparavant, il se mit à marteler le visage du Sacristain contre le pare-brise.

Devant les voitures, les hommes se détendirent. Enfin le patron se décidait à donner la leçon. Et quelle leçon ! Pendant qu'il continuait d'écraser le visage du Sacristain, Raymond murmurait sauvagement, entre ses dents serrées, des recommandations qui n'étaient pas dénuées d'humour :

« Ne viens plus par ici... Tu entends ?... Ici, c'est résidentiel... Il y a des enfants qui font du tricycle... et des femmes qui vont au marché. Tu entends ? »

Il interrompit la correction pour forcer le Sacristain à le regarder. Complètement groggy, le tueur respirait difficilement à travers un nez tuméfié d'où le sang coulait en abondance sur ses lèvres éclatées. Satisfait de la correction, Raymond se pencha sur lui :

« Ecoute-moi... Je t'ai fait libérer pour que tu retrouves Carréras et pour que tu le tues. Alors qu'est-ce que tu attends ? »

D'un index nonchalant, il dessina une sorte de moustache sanglante sous le nez du Sacristain : « Et puis refais-toi une tête... Tu devrais te laisser pousser la moustache, là... Ça t'irait bien... » Puis il repoussa le Sacristain qui alla s'étaler dans le fossé.

En regagnant la Rolls, Raymond surprit dans le regard de ses hommes cette admiration craintive sur laquelle reposait son autorité depuis tant d'années. Il fit un clin d'œil à Sammy : de temps en temps, il faut savoir aller aux fourneaux pour rappeler qui est le chef...

6

La brasserie de Pascal Villars était l'un de ces longs bâtiments gris qui jalonnent la banlieue parisienne. Lorsqu'on s'éloigne de la capitale, leur succession finit par lasser l'œil que n'accroche aucun détail pittoresque. Derrière ces murs rébarbatifs, souvent surmontés de tessons de bouteille, toutes sortes de trafics, transactions ou commerces illégaux peuvent se pratiquer à l'abri des regards indiscrets.

L'observateur exercé examine toujours en premier lieu l'état général des fenêtres. Qu'elles aient rendu l'âme depuis longtemps, mitraillées à coups de carabine ou fracassées à coups de cailloux par des gamins, et le même laisser-aller, voire le même état d'abandon se retrouveront à l'intérieur. Des carreaux parfaitement entretenus, et même parfois obscurcis, peuvent en revanche, trahir des activités aux limites extrêmes de la légalité.

Pascal Villars avait joué sur les deux tableaux. Sa brasserie, sans être particulièrement reluisante, n'émergeait pourtant pas de l'anonymat général. Blotti derrière une ligne serrée de maisons de banlieue, le bâtiment n'attirait tout simplement pas l'attention. Même les anciens occupants des pavillons voisins auraient sans doute été bien incapables d'en faire l'exacte description. Une petite rue étroite et triste, un brusque virage à droite pour franchir les portes, un autre virage pour s'engager dans la cour de l'établissement : c'est le chemin qu'emprunta à vive allure la Rolls-Royce de Raymond Bettoun, suivie de la Mercedes.

La Rolls s'immobilisa devant le quai sur lequel s'entassaient des tonneaux de bière, chargés par des manutentionnaires en bleu de travail sur un camion aux sigles de l'entreprise. En descendant de voiture, mis en forme par sa rencontre avec le Sacristain, Raymond, dans un geste habituel, lissa les revers de son veston croisé. Puis, avec prestance, il gravit les trois marches qui permettaient d'accéder à la brasserie. Pendant ce temps, ses hommes se dispersaient aux quatre coins de la cour.

D'un regard, il avait enregistré l'activité des lieux : la brasserie, une vieille affaire de famille, marchait bien. Ce n'était pas la première fois que Bettoun venait chez Villars, mais, à chaque fois, son estime pour le jeune chef de bande renaissait et même s'amplifiait. Dans le Milieu, rares étaient les personnages aussi totalement inclassables. Villars n'entrait dans aucune des catégories habituelles. Nul ne pouvait se flatter d'être son ami. Quant à ses ennemis, la plupart d'entre eux ne le découvraient qu'au dernier moment, quand il était trop tard pour riposter...

Raymond prit une profonde inspiration : c'était une partie difficile qu'il venait jouer aujourd'hui à la brasserie. Mais il ne doutait pas de l'emporter. « Après tout, pensa-t-il, qu'est le jeune Villars en comparaison d'un vétéran comme Manuel Carréras ? » Instinctivement, il sentit pourtant que ce genre de raisonnement n'avait pas cours avec un Villars. Dès leur première rencontre, il avait éprouvé avec lui une sorte de familiarité animale, l'impression qu'ils étaient sur la même longueur d'ondes. Depuis son arrivée en France, il pouvait compter sur les doigts d'une seule main les occasions qu'il avait eues de respecter un homme. Villars en faisait partie.

Le regard. Pascal Villars, c'était d'abord un regard. Des yeux d'un bleu glacé qui savaient observer, disséquer, dépecer une éventuelle victime. Mais qui, la seconde suivante, pouvaient se faire rieurs, charmeurs, menteurs. Il en jouait, Villars, de ce regard, pour hypnotiser ceux qui avaient le malheur de s'y noyer et qu'il laissait se débattre avant de les sacrifier froidement.

Les yeux de Villars. Ils avaient toujours mis Raymond mal à l'aise, parce que derrière ce regard, une série d'écrans opaques se succédaient derrière lesquels se cachait le vrai Villars. A supposer qu'il existât...

Pendant qu'on allait chercher le jeune chef de bande, Raymond, sans trop se gêner, entra directement dans son bureau. Lieu anonyme et banal, tout comme le reste de la brasserie. Dossiers empilés dans un coin, vieux meubles utilitaires et passe-partout, décoration inexistante : là encore, Villars demeurait insaisissable.

Tout pouvait être déménagé en quelques minutes, la pièce rendue nue à un futur propriétaire qui imaginerait difficilement qu'elle était occupée avant lui...

« Celui-là, pensa Raymond, dans le désert, ses pas ne laisseraient aucune trace sur le sable... » Il se tourna vers la cour et aperçut Villars à travers les carreaux.

Les yeux des deux hommes se crochetèrent, l'espace d'un éclair. Mais déjà Raymond souriait, se livrait à une petite pantomime pour indiquer qu'il venait en ami, uniquement en ami. A son tour, Villars sourit, mais, la seconde suivante, son visage se ferma instantanément. Cette brutale transformation, si Raymond l'avait aperçue, lui eût sans doute tout appris sur Villars.

Que venait donc faire Bettoun à la brasserie? Cette question obsédante battait aux tempes de Villars tandis qu'il se dirigeait vers son bureau. Un homme comme Bettoun ne se déplaçait jamais sans un but précis. Aurait-il par hasard entendu parler de Genève? Impossible, nul n'était au courant! Confusément, Villars se sentait impressionné, car le Bettoun qui lui rendait visite aujourd'hui était devenu, depuis sa victoire sur Carréras, un homme d'une formidable stature. Un éléphant dans un magasin de porcelaine! Il fallait le faire sortir à reculons de la brasserie, avant qu'il ait fait trop de dégâts! Villars décida, quoi qu'il arrive, de rester sur le qui-vive. Les pieds-noirs parlaient toujours trop...

Quand il poussa la porte du bureau, Raymond trônait dans son propre fauteuil. Villars fit mine d'ignorer ce qui était sans aucun doute une provocation délibérée de la part de Bettoun. Il prit, au contraire, un air ravi et, dans un premier temps, les deux hommes ne firent que s'observer en échangeant des propos légers sur leur forme physique respective. Mais Villars connaissait assez Bettoun pour savoir qu'on n'en resterait pas là.

Raymond finit par quitter le fauteuil et s'approcha de la fenêtre, imité par Pascal Villars. Tous deux s'absorbèrent dans la contemplation des activités de la brasserie. A la dérobée, toujours aussi perplexe et irrité, Villars observait Bettoun : « Bon Dieu, qu'est-il venu faire ici ? »

Raymond se tourna soudain vers lui avec un petit air de reproche.

« Tu nous as manqué, samedi dernier à la fête. C'était bien... »

Villars eut un geste vague de la main : « je ne pouvais pas... »

« Tu étais à Genève... », reprit Raymond d'un ton neutre.

Villars ne put dissimuler sa surprise. Il ôta lentement de ses lèvres son éternelle cigarette aromatique qui exhalait une forte odeur de hachisch.

« Les nouvelles vont vite ! »

Raymond avait lancé sa ligne un peu au hasard, pour obtenir confirmation d'une rumeur qui circulait dans Paris. Ravi de sa ruse, il expliquait déjà d'un air triomphant :

« J'étais sûr que c'était toi ! Je sais pas pourquoi, mais j'étais sûr ! Une bijouterie en plein centre ville à midi... J'ai dit à Pépé : « ça, c'est du « Pascal tout craché ! » C'est drôle, hein ?

– Le Sacristain non plus, c'était pas mal. Beau travail », dit Villars.

Il se pencha vers le coffre-fort qui se trouvait derrière son bureau et en tira un attaché-case dont il fit jouer les fermetures. Sous le couvercle, des bijoux magnifiques, produit d'un hold-up sans la moindre anicroche, étaient entassés en vrac, emmêlés comme de la pacotille. Raymond poussa un léger sifflement. Villars lui tendit un bracelet de diamants cueilli au milieu des rivières et des diadèmes.

« Ça t'intéresse? » demanda-t-il, heureux de la réaction admirative du pied-noir.

Raymond ouvrit la main mais laissa retomber le bracelet dans l'attaché-case.

« Peut-être... » Il planta ses yeux dans ceux de Villars : « Mais aujourd'hui, c'est surtout toi qui m'intéresses... »

Villars sentit le sang refluer de ses joues. Enfin, on en venait aux choses sérieuses. Pour Raymond, les bijoux n'avaient été qu'un préambule sans importance. C'est maintenant qu'il allait dévoiler son jeu. Jusqu'à présent, il gardait l'avantage et menait la partie à sa guise. Pascal ne put s'empêcher d'admirer l'art consommé avec lequel Bettoun retournait les rapports humains en sa faveur.

Face à lui, le pied-noir s'était assis dans le fauteuil réservé aux visiteurs. Jambes écartées, bien calé contre le dossier de cuir, bras posés sur les accoudoirs, mains massives pendant de chaque côté de ses cuisses, Raymond Bettoun s'apprêtait à donner l'assaut. Sur son fauteuil qu'il avait enfin récupéré, Pascal se crispa légèrement. Un sourire ironique se mit à flotter sur ses lèvres :

« Tu as un coup pour moi?... »

Raymond ignora délibérément la question :

« Tu sais que j'ai vu tout le monde depuis quelques jours... »

Villars approuva de la tête. Bettoun faisait allusion à la chute de Manuel Carréras, qui avait fait quelques vagues dans le Milieu... A travers toute la France, on avait échangé des coups de téléphone interrogatifs ou affolés.

« Je sais. Sabbatini m'a appelé de Marseille. Ça a dû ruer dans les brancards, non ? »

Raymond haussa les épaules et eut un geste tranchant de la main :

« Je les ai vus et ils ont compris. D'ailleurs, la situation maintenant elle est simple. Je suis là, et Manuel il est plus là. Le choix est facile : on est pour ou contre les Bettoun. »

Pascal sentit que l'avertissement voilé lui était destiné. Quelque part dans sa tête, un signal d'alarme se mit à fonctionner.

« Et tu es venu me demander de quel côté je suis, c'est ça ? »

Au moment même où il prononçait ces mots, il sentit monter en lui les premiers sursauts d'une fureur froide et contrôlée. C'était donc ce que ce gros connard était venu chercher : un serment de fidélité ? Qu'allait-il exiger maintenant ? Qu'on lui baise les pieds, ou peut-être qu'on lui fasse la danse du ventre, pour rester dans l'ambiance ?

Une fois de plus, Bettoun désarçonna Villars. Car son visage s'éclaira au moment le plus inattendu :

« Mais non, Pascal... Toi, je sais que tu es ni pour l'un ni pour l'autre. Toi, tu es pour toi, et ça me plaît, parce que les autres, quelquefois, ils sont d'accord par-devant, mais c'est tous des béni-oui-oui... »

Villars se raidit. Le terrain devenait trop mouvant. Bettoun n'allait pas tarder à sortir un lapin blanc de son chapeau de magicien.

« Oui, reprit Raymond en se penchant en

avant, ça me plaît que tu sois comme ça. Avec mon casino de Biarritz, tu comprends que j'ai besoin de calme partout, hein... Mais tu vois, mon petit Pascal, ce qui me manque, c'est un bon adjoint, quelqu'un de costaud qui leur « donne leur mère » dès qu'ils bougent... »

Mal à l'aise, Villars passa la langue sur ses lèvres :

« Tu as Maurice...

– Maurice, il prendra ma place au moment voulu... Quand j'aurai décidé... Non, là, je cherche quelqu'un comme Pépé, mais plus jeune... » Raymond hésita une seconde : « Quelqu'un qui serait mon bras droit et mon ami... »

Sous le choc, Villars ne put s'empêcher de ciller, mais il se reprit aussitôt. Rester de glace, toujours rester de glace. Ses ongles s'incrustaient dans ses paumes, à les déchirer. Les Américains appellent ça *poker face :* un visage de joueur de poker. Impénétrable, indéchiffrable.

Mais Bettoun attendait une réponse. Il se leva et prit une chaise pour être plus près encore de Villars, comme pour peser massivement sur sa décision. Un instant, Villars eut envie de se lever à son tour, de l'attraper par les revers de son veston et de lui hurler au visage : « Mais je ne t'ai rien demandé, moi ! Je fais mes affaires dans mon coin, peinard ! Sans attirer l'attention ! Le hold-up de Genève, deux mois de préparation, cinq minutes d'action, voilà ma vie ! Je ne vais pas lâcher tout ça pour m'intégrer dans ton organisation ! »

Les yeux de Raymond fouillaient ce visage lisse où aucun sentiment ne se lisait, en quête d'une réponse. Villars comprenait-il l'importance de l'enjeu ? Raymond Bettoun ne faisait pas tous les jours ce genre de demande. Et, s'il la faisait, attendait obligatoirement une réponse positive.

Il sut pourtant que Villars allait dire non, et domina aussitôt son émotion : plus tard, on verrait plus tard...

D'une voix presque inaudible, Villars murmura quelques mots que Raymond entendit à peine :

« Laisse-moi rester ton ami... »

« On joue, on gagne... On joue, on perd », pensa Bettoun. Dommage... Il laisserait Villars s'ébrouer encore quelque temps comme un jeune poulain, puis raccourcirait petit à petit la longe. Pour le moment, il y avait d'autres choses à faire...

« Réfléchis, Pascal, dit-il en dissimulant sa déception. Tu es trop jeune pour prendre ta retraite... »

Soulagé d'en avoir fini avec cette épreuve, Villars fut heureux de raccompagner Raymond jusqu'à sa voiture. Dans la cour, les ouvriers finissaient de charger le camion. Pascal arrêta l'un d'eux, un garçon sec et nerveux qui transportait un casier de bouteilles :

« P'tit Lou, viens voir un peu ici. » Il se tourna vers Raymond : « C'est mon champion, Gardel... Il va faire mal. »

A son tour, Bettoun attira la Guêpe :

« Et moi, voilà le mien. » Il encouragea les deux garçons : « Allez, serrez-vous la main... »

Ce qu'ils firent sans trop de conviction, en adversaires déjà résolus.

Triomphant, Raymond expliquait à Villars :

« Le mien, il tient une de ces formes... Il va te

le digérer avec le peignoir, le short et les chaussures !... »

Les hommes de main s'affairaient déjà à réintégrer les voitures dont les portières claquèrent à toute volée.

Avant d'entrer dans la Rolls, Raymond, coude posé sur le toit rutilant, se retourna vers Pascal Villars qui le contemplait du haut du quai de chargement.

« Oh ! Pascal, pour les bijoux, adresse-toi à Maurice. Il te trouvera quelqu'un... » Le visage du pied-noir se durcit : « Et puis, réfléchis à ce que je t'ai dit... Des fois, on croit que c'est pas la peine, et pourtant, quand on réfléchit... »

D'un battement de cils, Villars indiqua qu'il suivrait cet avis. Mais, dans ses yeux, tandis que le cortège des Bettoun s'ébranlait, une haine froide étendait son voile.

Qu'ils crèvent tous, ces pieds-noirs, avec leur poisseuse imbécillité et cette manière arrogante de venir se vautrer sur le territoire du voisin... Il ne demandait rien à personne, lui, Villars, tout seul dans son coin à mijoter ses coups. Mais il avait fallu que Bettoun vienne désintégrer cette tranquillité à coups de bazooka, comme il l'avait fait tant de fois auparavant avec d'autres ! Car il reviendrait à la charge, aussi souvent que nécessaire, et jusqu'à complète satisfaction. Se soumettre ou se démettre : tel était l'unique choix offert par les pieds-noirs.

Les puissantes limousines manœuvraient souplement pour quitter la brasserie. Au passage, elles croisèrent un motocycliste qui montait une grosse machine japonaise. En ôtant ses lunettes, Simon Bobiak, l'homme au crâne rasé, surnommé par certains « le Gitan » en raison de ses origines, sentit que Pascal n'était pas à prendre avec des pincettes. Le bras droit de Villars, qui aurait pu faire quelques entailles dans la crosse de son 11,43, le prit sur le ton de la raillerie :

« Qu'est-ce qu'il te voulait, le marchand de merguez ? »

Pascal fit un brusque demi-tour et lâcha, les dents serrées :

« Fais pas chier, Simon... »

7

Dans la Rolls, le visage de Raymond s'était aussitôt renfrogné. Au volant, Sammy observait le Vieux à la dérobée, dans le rétroviseur. Ça n'avait pas dû coller comme il espérait avec Villars. Il allait être d'une humeur de chien pendant toute la journée...

« Qu'est-ce que tu as à me regarder comme ça ? demanda soudain Raymond.

– Rien... rien, patron..., balbutia Sammy comme un enfant pris en faute.

– Alors conduis et regarde la route ! »

Raymond regretta immédiatement cet accès de mauvaise humeur. Un bon chef ne doit jamais se montrer injuste avec ses subordonnés. « Mais cet enculé de Villars, pensa-t-il, il m'a énervé... » C'est vrai, pour qui il se prenait à la fin, celui-là ?... Un de ces jours, il comprendrait qu'on ne plaisante pas avec Raymond Bettoun. Cet affront, mille fois il le paierait avec l'intérêt...

Ragaillardi par ces pensées, Raymond finit par se détendre. Après avoir remonté le boulevard des Italiens, la voiture conduite en douceur par Sammy se faufilait au cœur de l'empire des Bettoun. La rue du Faubourg-Montmartre en était la colonne vertébrale. Raymond se pencha et observa la vie de ce quartier animé avec lequel se confondait sa propre existence. Pas un magasin, pas une échoppe, pas un café dont il ne connût le propriétaire et ne contrôlât plus ou moins directement l'activité. Il était ici chez lui comme Louis XIV l'était à Versailles. Proférée devant lui, cette comparaison n'eût pas été repoussée. Car Raymond Bettoun se sentait bel et bien le roi du Faubourg-Montmartre, en même temps que son justicier et son protecteur. Et tout cela, il l'avait accompli en moins d'un quart de siècle! Au départ de Constantine, il n'avait rien; aujourd'hui, plusieurs arrondissements de Paris étaient à sa dévotion.

Dans le rétroviseur, Sammy vit avec plaisir le Vieux se détendre. C'était toujours comme ça quand on arrivait au Faubourg-Montmartre. Exactement comme si on lui administrait une bouffée d'oxygène pur. Il renaissait à la vie et retrouvait le désir d'en découdre avec ses adversaires.

A nouveau, Raymond se vit observé, mais, cette fois, il sourit et posa la main sur l'épaule de Sammy, comme pour lui dire : « Excuse-moi pour tout à l'heure... »

La Nouvelle-Algérie se trouvait dans une petite rue qui coupait la rue Lafayette. A première vue, le café ne payait pas de mine et il était impossible à un observateur non averti d'en soupçonner l'importance stratégique. Cependant, pour tous les habitants du quartier, la Nouvelle-Algérie était loin d'être un établissement comme les autres. N'importe quel homme, femme ou enfant pris au hasard savait qu'il s'y déroulait de drôles de trafics... Mais la crainte diffuse qu'inspirait la Nouvelle-Algérie renforçait encore son anonymat. Quant au passant un peu pressé, il aurait pu simplement s'étonner de voir stationner une Rolls aux vitres fumées devant un établissement aussi banal...

Quand la façade du café apparut, Raymond ne put réprimer un frisson de plaisir devant l'enseigne peinte aux couleurs naïves. Bien des années auparavant, alors qu'il feuilletait un livre d'histoire de Maurice, il avait été fasciné de constater que les colons anglo-saxons avaient souvent baptisé du nom de leur ancienne métropole les terres nouvelles où ils s'installaient : Nova Scotia, New England, New Hampshire. Puisque les Français avaient été trop stupides pour ne pas appeler dès 1830 l'Algérie « Nouvelle France », lui, Raymond Bettoun, ferait un pied de nez à l'Histoire en baptisant Nouvelle-Algérie un café tout entier dévolu au souvenir de l'ancienne...

Ce geste ironique lui donnait à chaque fois le même plaisir évident : celui de l'homme simple qui vient enfin de comprendre une histoire drôle... C'est donc de fort bonne humeur qu'il descendit de voiture devant l'établissement aux armes des Bettoun.

Un vieux boxeur, qui avait pris un direct de trop, était chargé, pratiquement 24 heures sur 24, de surveiller l'important espace nécessaire pour garer la Rolls en toute tranquillité. Quand un automobiliste un peu simple d'esprit prétendait occuper précisément cet endroit, le boxeur, babines retroussées, poussait une sorte de grognement bestial qui suffisait à faire reculer l'innocent. A l'arrivée de Raymond, il manifesta la joie touchante du chien de garde qui vient de retrouver son maître. Le chef du clan accueillit avec simplicité ces démonstrations d'amitié et, d'un geste de la main, répondit aux quelques passants qui le saluaient de loin. Le roi en ses Etats se doit d'être accessible...

L'entrée dans la Nouvelle-Algérie procurait toujours à Raymond la même joie secrète mêlée de nostalgie. Enfin, il pouvait être lui-même tout en se sachant un autre. Il pouvait se déboutonner, rire, être violent, vulgaire ou tendre, parce que ici planait l'ombre du véritable Bettoun. La porte franchie, il avait rendez-vous avec le passé vécu sur une autre terre qu'il n'avait jamais quittée en esprit, si son corps évoluait en France. Pour comprendre et connaître Raymond Bettoun, il fallait le voir vivre et bouger dans ce contexte de la Nouvelle-Algérie : l'établissement avait une telle valeur symbolique à ses yeux qu'il en avait personnellement supervisé toute la décoration. Non point qu'il fût attaché à un modernisme agressif. Au contraire : des chaises aux tables et au comptoir, la Nouvelle-Algérie brillait surtout par sa vétusté, mais cette ancienneté des objets et leur patine servaient précisément le dessein de Raymond, qui était de retrouver son passé.

D'un coup d'œil, il s'assura que, derrière le comptoir, coupes sportives, fanions et photos jaunies d'équipes de football figuraient toujours à la place d'honneur : c'étaient ceux des grands clubs de l'Algérie Française – S.C.B.A., A.G.S.M., ou Gallia d'Oran... Quant aux coupes, Albert les entretenait religieusement, ranimant leur éclat une fois par semaine à grand renfort d'huile de coude.

A l'arrivée de Raymond, toute la salle, composée de vieux habitués du quartier, lui souhaita la bienvenue. L'ambiance familière, ajoutée à l'odeur de la *Kémia,* lui fit chaud au cœur. Et, en plus, on l'aimait...

Il vit tout de suite qu'Albert avait des mauvaises nouvelles. Quand l'équipe avait gagné, le petit homme était exubérant. Quand elle avait perdu, il triturait nerveusement sa moustache. Après l'avoir embrassé, Raymond recula d'un pas, l'air soupçonneux :

« Qu'est-ce qu'ils ont fait, les petits, dimanche ?

– Ils ont perdu... 3 à 0... », avoua Albert dans un soupir. Puis, cherchant aussitôt des excuses : « Le terrain il était lourd...

– Et alors, protesta Raymond en prenant la salle à témoin, il était pas lourd pour les autres ?... Contre qui ils jouaient ?

– L'A.S. Vitry. »

Tous les consommateurs avaient relevé la tête, alertés par cet échange qui faisait partie d'un rituel solidement établi.

« Alors, ils sont derniers au classement ? reprit Raymond après s'être assuré qu'il tenait son audience.

– Avant-derniers..., souffla Albert, les yeux baissés.

– Putain ! commença Raymond qui entonnait un couplet mille fois répété pour le plus grand plaisir de tous. Dans le quartier, j'entretiens au moins cinq équipes : le football, le handball, le basket-ball, le cricket, le water-polo, qu'est-ce que je sais encore... et jamais une seule elle gagne !...

– Tu exagères, dit Albert, qui lui aussi

connaissait son rôle par cœur. Regarde toutes les coupes...

– Les coupes ? Tu parles... C'est moi qui les ai ramenées d'Algérie !... Là-bas, on gagnait ! »

Bettoun espérait une réplique du chœur, qui ne se fit pas attendre :

« Tu as raison, Raymond, lança l'un des consommateurs, ici c'est tous des *gamates* [1] ! »

Toute l'assemblée partit d'un grand éclat de rire, ravie qu'une fois de plus Raymond Bettoun ait démontré sa simplicité, lui qui pourtant roulait dans une « Ross-Ross »...

Le chef du clan se tourna vers la Guêpe qui se tenait à ses côtés.

« Heureusement que la Guêpe il va nous gagner quelque chose, bientôt. Hein, la Guêpe ? »

Le jeune boxeur, un peu effarouché, s'éclaircit la gorge :

« Oui, Raymond... mais Gardel, il est fort...

– Je te dis que tu vas gagner ! décréta Raymond. Donne-lui du lait », lança-t-il à Albert, l'œil assombri par la perspective d'une défaite des Bettoun devant le poulain de Villars. Il ne manquerait plus que ça...

Si le centre nerveux des Bettoun était la Nouvelle-Algérie, la moelle épinière du gang partait d'un bureau aménagé pour Raymond et Pépé Atlan. En entrant dans cette pièce, le chef du clan toucha immédiatement d'un doigt, qu'il porta ensuite à ses lèvres, la *mézouzza,* petit rouleau de

1. Bons à rien.

cuivre cloué sur le portant droit, et qui servait de protection divine.

Le décor du bureau reflétait, davantage encore que celui du café, la nostalgie et le regret du pays perdu. Tous les tableaux et photos accrochés aux murs rappelaient l'Algérie en ses paysages. Diverses reproductions de la famille étaient également exposées, auxquelles Pépé s'apprêtait justement à ajouter une photo de groupe prise le jour de la grande fête :

« Tu as vu, dit-il avec un sourire, désignant le cliché agrandi; sur les photos, c'est toujours moi le plus beau... »

A son tour, Raymond sourit :

« Je te vois pas... où tu es ? »

Pour toute réponse à cette taquinerie, Pépé grimpa sur un tabouret afin de clouer la photo à la place d'honneur. Il la regarda attentivement et eut un sinistre pressentiment : l'impression que, dans les années à venir, on se pencherait sur ce document comme sur un souvenir du bonheur disparu...

Assis à son bureau, Raymond s'était plongé dans un livre de comptes d'un genre très particulier, sur lequel Duché aurait bien voulu mettre la main. Ce cahier soigneusement tenu par Pépé recensait en effet à longueur de colonnes l'impôt volontaire dû aux Bettoun par les commerçants, cafetiers et négociants du quartier, au titre de la « protection ». Ou du racket, si l'on considérait les choses sous un autre angle.

Il avait fallu des années à Raymond pour bâtir cet édifice fragile qui reposait sur la terreur. Il avait livré des guerres sanglantes, affronté des adversaires tout aussi déterminés que lui, et perdu un certain nombre d'amis, voire de parents dans la bagarre, mais, en fin de compte, il était bel et bien devenu le « Protecteur » du Faubourg-Montmartre.

Ainsi son autorité s'était-elle affermie sur des bases financières solides. Car le racket, au même titre que la prostitution, constituait une garantie de bénéfices réguliers et considérables. De temps à autre, des exactions commises par de mystérieux gangs servaient à persuader les commerçants que la protection des Bettoun leur était indispensable. C'était ce que Raymond appelait « l'action psychologique », car il avait naturellement tout organisé et les fameux « gangs » se composaient de loubards grassement payés pour la circonstance, qui regagnaient ensuite leurs lointaines banlieues. Dans ce système, nul n'était dupe : ni les payeurs, ni les encaisseurs.

La protection de Raymond sur le Faubourg rassurait peut-être moralement une communauté séculairement menacée. Mais elle ne signifiait en aucune manière que cette même communauté s'identifiait aux Bettoun et à leurs méthodes. Et elle saurait le leur rappeler, le jour venu... Ainsi, un organisme sain tolère certains microbes jusqu'au jour où, ceux-ci étant devenus trop agressifs, il les détruit d'un jet d'anticorps...

Raymond leva soudain le nez du cahier :

« Qu'est-ce que je vois là ? Aboutboul il a pas payé depuis deux mois ?

— Eh oui, répondit Pépé, toujours juché sur son tabouret et occupé à clouer la photo. Rien du tout depuis deux mois. Je l'ai dit à Roland et il l'a secoué... »

Raymond prit aussitôt sa décision et se dressa :

« Bon ! Allez, laisse le marteau et les clous. On y va tout de suite... »

Pépé s'exécuta en levant les yeux au ciel :

« Laisse faire les jeunes. C'est plus un travail pour nous... »

Mais il savait déjà que Raymond ne l'écouterait pas. Quand il partait comme ça, pareil à un buffle, rien ne pouvait l'arrêter. Il fonçait droit devant lui, sans prêter attention aux conseils... Il se tourna vers pépé :

« Je veux pas d'histoires. Aboutboul, je le connais, c'est une mauvaise tête. Il lui a fait mal, Roland ?

– J'en sais rien... », marmonna Pépé que ces événements agaçaient.

De la Nouvelle-Algérie à la teinturerie d'Aboutboul, la distance était minime et Raymond décida d'accomplir le trajet à pied. De temps à autre, il aimait à faire une démonstration de force et à traverser le Faubourg accompagné de ses hommes. « Juste, histoire de leur montrer à tous que je m'endors pas, disait-il. Sinon, les gens ils te voient pas pendant deux semaines, ça y est, ils pensent que tu es mort... » Ces sorties improvisées lui permettaient, au hasard d'un propos ou d'une conversation, de prendre le pouls du quartier et de mesurer l'évolution de sa popularité. Aux saluts amicaux qu'on lui adressait, il put constater que, pour le moment, tout était au beau fixe.

Pendant que Raymond et Pépé entraient dans la teinturerie, les hommes restés dehors se placèrent de manière à en interdire l'accès à toute personne un peu trop curieuse. Quelques badauds s'éloignèrent d'un pas pressé : il allait y avoir du mauvais dans le pressing...

A l'intérieur, le chef du clan et son adjoint attendirent poliment qu'une grosse femme qui s'affairait, dos tourné, derrière le comptoir, voulût bien les accueillir. Mal à l'aise, Pépé gardait les yeux baissés, tandis que Raymond contemplait les rangées de vêtements sous plastique, suspendus à des tringles. Dans un coin, ce qui ressemblait à une énorme machine à laver brassait des tonnes de linge. Quand la grosse femme fit face aux deux hommes, elle eut un petit hoquet de surprise, mais déjà Raymond s'inclinait courtoisement :

« Bonjour, madame Aboutboul... »

Elle prit un air offensé et, sans répondre, se tourna vers l'arrière-boutique pour glapir d'une voix aiguë :

« Roger, tu peux venir ? »

Aboutboul apparut aussitôt, comme s'il avait suivi l'échange, prêt à intervenir. Il avait une joue fortement tuméfiée et entaillée. « Le travail de Roland », pensa Raymond qui lança un regard significatif à Pépé. On ne pouvait pas tolérer de pareilles violences, ou alors uniquement dans des cas extrêmes. D'un autre côté, en refusant de payer la dîme, Aboutboul donnait le mauvais exemple. Donc il devait être châtié : ni trop sévèrement, ni trop gentiment, mais la frontière était bien étroite...

« Bonjour, Roger... », dit Raymond.

Il avait peint sur son visage son expression la plus sincère, mais le teinturier refusa de répondre. A ses côtés, sa femme se dressa sur ses ergots :

« C'est pas parce que vous êtes les Bettoun, hein...

– Simone, dit Aboutboul d'un air fatigué, laisse-nous... »

Fugitivement, Raymond se demanda si, en échange de la disparition de sa compagne, l'homme ne serait pas prêt à payer une fortune jusqu'à la fin de ses jours...

Après un dernier regard menaçant, la femme finit par se retirer, pour s'embusquer derrière la porte du dépôt, prête à voler, griffes en avant, au secours de son Roger...

« Elle a du caractère », dit Raymond.

Aboutboul chassa d'un signe de tête cette remarque humoristique.

« Je sais pourquoi tu es venu avec Pépé.

– Non, justement, tu sais pas », contre-attaqua aussitôt Raymond.

Les Aboutboul, il ne fallait pas les laisser parler. Il fallait prendre l'initiative, leur enlever le tapis de dessous les pieds.

« Je suis venu, reprit Bettoun, pour m'excuser de ce que Roland il t'a fait, si tu veux savoir. Je trouve ça inadmissible. D'ailleurs, si tu veux porter plainte, tu peux. Je te le dis devant Pépé. »

A la vive surprise de Raymond, Aboutboul ne laissa pas à Pépé le temps de saisir le relais. Le teinturier était remonté à bloc :

« Ouais..., dit-il en toisant le chef du clan, tu sais bien que je vais pas porter plainte. » Sa voix devenait de plus en plus stridente : « La vérité, c'est que j'en ai marre de cotiser ! Ça c'est vrai ! Je veux plus vous donner d'argent ! J'ai pas besoin de votre protection, je peux me défendre tout seul ! »

Il s'interrompit, étonné, peut-être, en son for intérieur, par cette audacieuse tirade. Raymond perçut également cette hésitation de l'homme banal qui flirte avec l'héroïsme et en est le premier stupéfait. « Il faut d'urgence détruire en Aboutboul ce germe de révolte, pensa-t-il, comme en 1954, en Algérie, on aurait tout de suite dû frapper un grand coup ! » Subitement, l'inspiration lui vint, comme toujours dans les moments difficiles de sa vie. Alors qu'Aboutboul se préparait aux violences physiques les plus extrêmes, Raymond avança doucement la main pour planter résolument un doigt sur la joue entaillée du teinturier, à l'endroit précis où la chevalière de Roland avait déchiré la peau. Bettoun appuya sur la plaie en demandant avec curiosité : « Ça fait mal ? » Pour toute réponse, Aboutboul se mit à transpirer à grosses gouttes, le souffle coupé. Raymond se tourna vers Pépé : « Quand j'appuie là, il a mal... Tu as entendu ce qu'il a dit : il peut se défendre tout seul... »

Pépé avait deviné depuis quelques instants déjà où Raymond voulait en venir. Il haussa les épaules :

« C'est parce qu'il connaît pas l'histoire des mites... »

Bettoun retira enfin son doigt de la blessure, permettant au teinturier de se dégager.

« Quelle histoire ? Ecoute, Roger, Pépé il connaît toujours des histoires... »

Avec l'impression d'être une pelote de laine dont s'amuseraient deux saints hommes de chats (bien fourrés, gros et gras, du moins pour l'un d'entre eux), Aboutboul fit mine de s'intéresser au récit de Pépé Atlan.

« C'était ce type qui avait un pressing au bas de la rue, commença Pépé d'une voix douce. Il s'était assuré de tous les côtés. Un jour, quelqu'un il vient le voir gentiment, et il lui demande de prendre une autre assurance. Une assurance pour les mites. » Pépé se tourna vers le teinturier : « Gentiment, je dis bien. L'autre, ni même il l'écoute. Il le jette dehors comme un chien. »

Pépé s'arma soudain de l'une des perches qui servaient à Aboutboul à décrocher les vêtements des clients.

« Et alors? demanda Raymond qui jouissait profondément du moment.

– Et alors? reprit Pépé. Huit jours plus tard, le type du pressing, il va pour rendre un manteau à un client, avec un crochet comme celui-là » – il brandit la perche à vêtements – « à peine il le touche, le manteau il tombe en poussière! » Joignant le geste à la parole, Pépé venait de décrocher une brassée de vêtements fraîchement repassés et de les laisser tomber par terre. Il poursuivit son récit en renouvelant la même opération : « Tout il tombe! Et qu'est-ce qu'il voit s'envoler, notre propriétaire de pressing? des nuages de mites! Mais alors, des mites énormes!... Il touche un pantalon, pareil, une veste, pareil », ajouta Pépé en continuant imperturbablement son carnage, « tout le magasin tombe en poussière. Les mites elles avaient tout mangé... »

Les vêtements gisaient maintenant à terre, piétinés par l'adjoint de Bettoun qui prenait un malin plaisir à s'essuyer les pieds sur les pulls les plus délicats.

Raymond hocha la tête, comme s'il était écœuré par ce spectacle de désolation :

« Et il était pas assuré contre les mites ?

– Eh non, dit Pépé, bras ballants au milieu des décombres, il avait voulu faire le malin. Il avait pas pris l'assurance. Comme quoi...

– L'imprévoyance... », souffla Raymond.

Ce n'est que lorsque les deux hommes furent sortis qu'Aboutboul osa donner libre cours à ses larmes.

8

Dans le clan des Bettoun, nul n'aurait su expliquer pourquoi Maurice avait baptisé sa boîte de nuit l'Odyssée. Quand on posait la question à Raymond, il se contentait de répondre : « Demandez à Maurice. C'est lui qui a choisi. » Ce qui signifiait clairement qu'il n'avait approuvé ce nom que du bout des lèvres. Mais l'Odyssée était la propriété de Maurice, et, à ce titre, Raymond s'était toujours bien gardé d'intervenir dans les affaires de son fils. Il le savait trop indépendant et trop orgueilleux pour supporter la moindre réflexion. Pour Raymond, une boîte de nuit n'avait pas besoin de porter un nom compliqué. Si on l'avait consulté, il aurait proposé le « Flamant Rose » ou bien « Chez Maurice », mais les jeunes avaient toujours de ces idées originales...

Dans son for intérieur, quand son fils avait annoncé son intention d'ouvrir une boîte de nuit, Raymond n'avait jamais douté que l'établissement ferait faillite au bout de quelques semaines. L'intention de Maurice, de créer un point de rencontre agréable pour le Tout-Paris, paraissait tellement saugrenue au chef de la famille qu'il avait donné son accord en faisant d'avance une croix sur l'argent engagé. Il n'en reverrait jamais la couleur, tant pis. Que les parents d'Hélène se fussent eux aussi engagés financièrement, et dans une proportion plus élevée, c'était leur affaire. « Tu comprends, avait dit Raymond à Pépé, si je lui donne pas l'argent, Maurice me fera la tête. Il pensera que je l'ai empêché de tenter sa chance. Tandis que là, je perds mon argent, mais je garde mon fils. » Pépé n'avait pu qu'approuver cette décision pleine de philosophie.

Or, à la très vive surprise de Raymond, et peut-être à son secret dépit, dès l'ouverture, l'Odyssée avait remporté un succès retentissant. Non seulement le Tout-Paris des comédiens, des journalistes et du show-biz s'y pressait depuis des mois, mais également cette frange de professions libérales, avocats, dentistes et médecins, roulant Porsche ou BMW, qui assurent le succès financier d'un lieu de plaisir. Chaque soir, devant la porte close de l'Odyssée, située non loin des Champs-Elysées, près du Drugstore-Matignon, c'était une affluence record. On se pressait, on se piétinait presque pour avoir le privilège d'être admis à boire un verre à la table voisine de celle d'un acteur connu. Pour exaspérer davantage les esprits, Maurice filtrait sérieusement les entrées, donnant à chaque heureux élu l'impression de faire partie de ce Tout-Paris qui s'entassait sur les banquettes de velours passé.

Raymond n'était venu qu'une fois à l'Odyssée, et il n'avait pas aimé ce qu'il y avait vu. Ni la décoration : murs noirs, tentures pailletées, ni la faune, étrange à ses yeux, qui déambulait entre les deux étages de l'établissement, ni surtout le Maurice insolite qu'il découvrait là pour la première fois. Un Maurice qu'il avait d'abord eu de la peine à reconnaître, tant il était différent de ce garçon un peu farouche qui aimait jusque-là rester dans l'ombre. Etait-ce vraiment lui, cet hôte tiré à quatre épingles qui allait de table en table, distribuant ici un baisemain, là un bon mot, là encore une petite marque d'attention qui faisait rougir de plaisir – était-ce vraiment Maurice Bettoun ? C'était bien Maurice... Un peu méfiant, Raymond avait observé de loin, avec une sorte de chagrin rentré, cette image sophistiquée des Bettoun. Non, décidément, rien ne serait plus jamais comme avant... Si, de lui-même à Maurice, la famille avait déjà tellement évolué, le gouffre se creuserait davantage encore entre Maurice et David... Au spectacle de son fils, Raymond s'était senti vieux et usé. Il avait bien vite regagné la chaude ambiance de la Nouvelle-Algérie.

L'Odyssée avait maintenant atteint sa vitesse de croisière. Elle était devenue l'un des « must » de la vie parisienne, au même titre que Régine ou Castel. Mais cela ne signifiait pas qu'on pouvait s'endormir sur ses lauriers. A Paris, rien n'est jamais acquis, surtout pas le succès. Rares étaient les soirées où Maurice ne saluait pas la naissance du petit jour, après avoir chassé les derniers noctambules. Il aimait passionnément l'Odyssée et ne se sentait vraiment vivre que lorsque, impeccablement vêtu, il avait le plaisir d'accueillir des célébrités qui venaient chercher là un anonymat complice.

William Benhamou, le videur de service, un colosse placide recommandé par Roland, qui entrebâillait à intervalles réguliers le minuscule judas, se tourna vers Maurice : « Voilà

Gainsbourg... » Maurice contempla une seconde l'homme de main qui mastiquait un éternel chewing-gum. Qu'avait-il donc dans la tête, cet imbécile ? Décidément, il faudrait s'en débarrasser au plus vite.

« Tu laisses entrer, évidemment... »

Accompagné d'un ravissant mannequin, Serge Gainsbourg gagna aussitôt sa table habituelle dans la salle du bas, celle qui était réservée aux danseurs. Au son d'une musique tonitruante, des couples évoluaient sur une piste de dimensions réduites. Tout en échangeant quelques mots avec les nouveaux venus qu'il quitterait bientôt pour en accueillir d'autres, du coin de l'œil, Maurice surveillait Viviane assise de l'autre côté de la piste. La fille de Pépé Atlan venait de temps à autre à l'Odyssée, le plus souvent accompagnée d'Elie et de quelques amis. Elle aimait danser et trouvait dans cette distraction l'occasion d'être proche de l'homme qu'elle aimait, en échappant pour quelques heures à l'ambiance étouffante de la maison.

Maurice avait aussitôt noté l'éclat un peu fiévreux de ses yeux, la vivacité de ses gestes. Il tenta d'adresser un message muet à Elie, que celui-ci ignora. A mesure que les minutes passaient, Viviane riait de plus en plus fort, essayant de capter le regard de Maurice. Emportée par la musique, elle ne tarda pas à se lever, un verre à la main. Elle portait une robe de soie rose dont le drapé, épousant souplement ses mouvements, laissait deviner la pointe de ses seins et jusqu'au mouvement sensuel de ses cuisses. En titubant un peu, elle se dirigea vers Maurice, penché vers Gainsbourg et Mourousi.

Assis au bar, Roland sirotait un scotch, le visage impassible. Sur le passage de Viviane, les danseurs s'écartaient, intrigués par cette jeune femme très belle, à l'évidence un peu ivre. Elle finit par atteindre Maurice qui lui tournait le dos. L'alcool donna à Viviane le courage de quémander cette tendresse dont elle avait tant besoin. Elle voulait enlacer l'homme qu'elle aimait, lui glisser à l'oreille ces mots fiévreux qu'on réserve d'ordinaire à la nuit. Mais les épaules rigides de Maurice et son maintien crispé trahissaient sa gêne d'être ainsi devenu le point de mire de la salle, lui qui haïssait toute exagération. Il repoussa Viviane encore penchée sur lui. Et elle lut dans son regard quelque chose qui n'était rien d'autre que du mépris.

L'alcool amortit heureusement la souffrance qu'elle ressentit et fouetta son amour-propre. « Puisque c'est ainsi, autant aller jusqu'au bout. » Elle se donnerait vraiment en spectacle à ces idiots qui murmuraient leurs commentaires...

Viviane Atlan danse toute seule sur la piste. Mais elle n'est plus Viviane, elle n'est plus Atlan. Elle est une femme qui, ce soir, a envie d'être aimée. La bretelle de sa robe glisse et découvre une épaule ronde et douce sur laquelle tous les hommes de l'assistance aimeraient aussitôt poser les lèvres. Ils descendraient ensuite vers les seins plantureux qui bougent doucement et ne demandent qu'à être emprisonnés par des mains exigeantes. Sous les doigts naîtrait enfin la courbe élégante des hanches avant la fuite éperdue vers le ventre velouté et chaud, prêt à s'ouvrir à la sollicitation tendue d'un autre corps.

Offerte à la musique, Viviane danse au milieu

de la piste. Elle sent monter les rythmes ancestraux qui font ondoyer souplement ses reins, dans l'assurance de tous les désirs qui s'érigent autour d'elle. Plus rien n'existe que, dans sa gorge, le passage âcre du whisky, le verre de Roland qu'il s'est laissé confisquer sans réagir. Si seulement la vie pouvait n'être jamais que ce chaud tourbillon de sons et de couleurs... Qu'ils la regardent, qu'importe!

« Je suis une femme » a envie de hurler Viviane qui vient frôler les danseurs des deux sexes, dans une invite qui serait indécente si tout son corps ne dégageait une sexualité à l'état brut, presque innocente dans sa naïveté.

La main du barman sur son bras finit par alerter Roland, plongé lui aussi dans l'hypnose sensuelle créée par Viviane. « Bon Dieu, qu'elle est belle ! » Il sentait bien qu'on aurait dû interrompre cette démonstration, d'autant moins supportable que Viviane appartenait au clan, mais ce serait mettre en pièces des minutes magiques...

« Maurice te demande en haut », murmura le barman. Roland réalisa seulement à cet instant qu'en effet, Maurice avait quitté la salle. Après un dernier regard à Viviane, il s'arracha à sa contemplation.

C'est un Maurice aux mâchoires serrées et au regard mauvais qui l'agressa littéralement dans l'étroit escalier reliant les deux salles.

« Tu as vu comment elle se donne en spectacle ? Tu peux pas l'empêcher de boire ? »

L'exaspération de Maurice avait jailli d'un seul coup, d'autant plus forte qu'elle était mêlée de souffrance.

Sous l'assaut verbal, Roland avait commencé par reculer.

« Quoi, l'empêcher de boire? Elle est majeure et vaccinée. Elle fait ce qu'elle veut. » Complètement maître de lui-même, il ajouta les quatre mots qui feraient le plus mal à Maurice, comme à l'époque où, enfants, chacun cherchait à river le bec à l'autre : « C'est pas ta femme! »

Maurice blêmit. Ce rappel d'une situation dont il souffrait déjà tellement, et de la part de Roland, qui plus est, lui fut intolérable :

« Tu es trop con, tiens! Allez, fous le camp! J'en ai marre de voir ta gueule... Tu n'as rien à foutre ici... »

Dans son élan, il avait saisi Roland par le col de sa veste. Pendant une interminable seconde, les deux hommes restèrent face à face, prêts à en venir aux mains. Puis, d'une voix monocorde que soulignait encore la fixité de son regard, Roland lâcha :

« Enlève ta main ou je t'allonge. Tes ordres, tu peux te les mettre où je pense... »

Au prix d'un effort qui dut lui coûter beaucoup, Maurice reprit le contrôle de lui-même : il n'allait quand même pas rouler sur les marches de sa propre boîte, dans une bagarre grotesque. D'autant moins qu'il venait de repérer Pascal Villars, assis au bar, qui ne perdait pas une miette de la scène. Mais on verrait un jour à rappeler qui venait immédiatement après Raymond Bettoun dans la ligne de commandement du clan...

Il ouvrit les doigts et libéra Roland devant lequel William Benhamou poussa la porte de l'Odyssée.

A trois mètres de là, Villars avait encore de la peine à croire à cet affrontement entre ces deux Bettoun qui, à des titres divers, représentaient chacun une puissance considérable au sein du clan. " Ainsi, pensait Villars, la belle unanimité des pieds-noirs n'est qu'une façade. " Derrière, on se dévorait et on s'entre-déchirait comme dans n'importe quelle autre bande. Fugitivement, il se demanda si Raymond soupçonnait ces relations tendues, cette atmosphère électrique qui avait failli dégénérer en bagarre. Il serait bien temps, plus tard, d'intégrer ces données nouvelles au contexte général de la situation. A l'insu de ses ennemis, Villars dissimulait en effet un cerveau extraordinairement méticuleux et ordonné. Tout événement était aussitôt décrypté, examiné sous tous les angles, puis prenait place dans des mécanismes psychologiques d'une rare finesse. Il fallait des approches brutales, comme celles de Raymond à la distillerie, pour que Villars se retrouvât désorienté et inquiet. Mais la vive discussion entre Maurice et Roland venait de lui fournir une clef peut-être essentielle, il en déciderait ultérieurement.

Maurice avait reconnu Villars au bar. Il ne fut donc pas surpris quand celui-ci se tourna légèrement vers lui, l'air un peu goguenard :

« Dis donc, t'as été dur avec Roland ! »

Maurice haussa les épaules :

« Il m'emmerde !... Il se prend pour un cow-boy... »

Il changea de sujet car, comme disait son père, " les affaires de la famille, elles concernent pas les étrangers " ! De toute manière, Villars était venu à l'Odyssée dans un but précis, alors autant ne pas tourner autour du pot. Maurice se pencha vers lui et baissa la voix pour ne pas être entendu des locomotives du Tout-Paris, qui auraient été quelque peu surprises de deviner le sens des propos échangés.

« Bon, Pascal, pour toi ça marche. J'ai téléphoné à mon type à Anvers. Il est d'accord... cent cinquante bâtons... » Voyant l'expression de surprise de Villars, Maurice ajouta très vite : « Tu n'auras pas une meilleure proposition. Essaie et tu verras...

Villars hocha la tête, écœuré. S'être donné tout ce mal pour monter un hold-up réussi au quart de poil, rafler pour un minimum de deux milliards de bijoux et entendre cette ridicule proposition : c'était à vous dégoûter du métier... Il regarda Maurice par en dessous et se força à esquisser un pâle sourire, pour dissimuler ses sentiments :

« C'est le blocus, quoi !... Je refuse et personne me les prend... Bien joué !... »

Maurice n'aimait pas ces discussions de marchands de tapis. Et surtout pas à l'Odyssée. Il ne faisait qu'appliquer les consignes de son père. C'était vrai aussi que, si Villars repoussait la proposition des Bettoun, toutes les portes se fermeraient devant lui. Alors, à quoi bon jouer cette comédie ?

« Allez, dit-il, se forçant à paraître jovial, tu sais que c'est un bon marché. Je t'offre à boire ? »

Sans attendre, il commanda du champagne.

« Et dire, pensa Viviane, que la soirée avait si mal commencé... » Elle se pelotonna contre Maurice, la tête posée sur cette épaule où elle retrouvait l'odeur de son eau de toilette, celle des cigarettes blondes qu'il fumait parfois. De temps à autre, elle ouvrait les yeux et regardait le profil de Maurice qui parlait encore et toujours avec Villars. Il ne restait plus que quelques clients dans la boîte de nuit désertée. Sur la petite scène, le pianiste caressait ses touches d'un doigt paresseux. Il était trop fatigué pour se lever et rentrer chez lui. Exactement comme Viviane... Et Elie, en face d'elle, qui s'obstinait à fumer un énorme cigare, déniché on ne sait où... Seulement voilà, Maurice était lancé sur Biarritz et quand il commençait à parler du casino, impossible de prévoir quand il s'arrêterait... Surtout s'il avait un peu bu. C'était son grand dada, Biarritz. Il était littéralement intarissable. Villars, subjugué, écoutait lui aussi Maurice en train de décrire un voyage récent qu'il avait fait aux Etats-Unis. Là-bas, il avait été pris en main par le sicilien Giammanco, l'ami de jeunesse de son père, rencontré lors du débarquement américain de 1942 en Algérie. On lui avait fait visiter tous les casinos américains de Las Vegas à Atlantic City. Et, depuis deux bonnes heures, il décrivait chacun des établissements dans le moindre détail, s'enthousiasmant pour des faits mineurs qui déclenchaient des sourires fatigués chez son auditoire. Par-dessus les bouteilles de champagne vides, il s'adressait à Villars, occupé à dévisager Elie et qui eut bien du mal à peindre un semblant d'intérêt sur son visage :

« Tu imagines un peu les Américains ? disait

Maurice. En cinq ans, ils ont fait d'Atlantic City la capitale du jeu ! »

Sa voix se mit à vibrer malgré lui, car il vivait un rêve qui était désormais de l'ordre du possible :

« Nous aussi, avec ce casino à Biarritz, on devient Numéro Un en Europe, devant Nice et Monte-Carlo ! Les Bettoun – dit Maurice qui semblait sur le point d'obtenir une revanche connue de lui seul –, on est en train de changer... Les portes, elles vont s'ouvrir toutes grandes !

– Fais gaffe aux courants d'air ! » observa Villars avec ironie, mais, en réalité, il prenait la dimension de Maurice et savait que ce Bettoun-là n'était plus de la même étoffe que Raymond. Dans quelles limites laisserait-il son désir d'identification et de réussite sociales dépasser le sein de la Famille ? Décidément, pensa Villars, ces pieds-noirs réservaient bien des surprises quand on les fréquentait un peu...

La voix plaintive d'Elie s'éleva soudain, faisant tressaillir Viviane qui s'était assoupie :

« Allez, Maurice, on rentre... J'ai lycée, moi, demain... »

9

Les perquisitions, quand on est un peu astucieux et qu'on sait distribuer son argent judicieusement, elles ne vous surprennent jamais. Ou presque. Elles deviennent, entre les policiers qui les organisent et les truands qui les subissent, une sorte de ballet bien réglé, une danse d'amour entre deux animaux hargneux. Pascal Villars, sans aller jusqu'à adorer voir les flics débarquer à la brasserie, ne détestait pas ces rencontres improvisées. Mais lorsque, comme aujourd'hui, il avait une raison particulière de craindre des fouilles trop précises, il aurait nettement préféré que la police allât fourrer son nez ailleurs.

Naturellement, c'est à cet instant précis que Duché arrivait avec ses sbires. Mentalement, Villars croisa les doigts. Duché était une vieille connaissance. Quelques alertes un peu chaudes avaient déjà donné aux deux hommes l'occasion de se mesurer. Villars s'en était toujours sorti, mais il savait que si un jour il devait tomber, Duché aurait en grande partie contribué à le faire trébucher.

Ce n'était pas la première visite de Duché à la brasserie. Quelques mois auparavant, il était venu enquêter sur un stock d'armes volées, mais l'accueil trop décontracté de Villars l'avait immédiatement renseigné : le jeune truand était au parfum. Quelqu'un l'avait rancardé, il s'attendait à la perquisition. Cette fois-ci, tandis qu'ils avançaient entre les tonnelets de bière et les casiers de bouteilles, quelque chose dans le comportement de Villars sonnait faux : il était tendu, suivant d'un œil inquiet les policiers qui se dispersaient à travers l'usine. Duché décida de ne pas l'affoler davantage. Cela n'entrait pas dans ses plans. Il y avait une chance sur deux pour que le Sacristain fût dissimulé quelque part dans la brasserie, mais le but de la manœuvre était précisément de ne pas le découvrir. Les hommes avaient été prévenus : une fouille légère, pas de curiosité intempestive, surtout pas de zèle. Le Sacristain, on avait tout le temps de le cravater. Aujourd'hui, on était simplement venu inquiéter Villars, le titiller un peu, histoire d'observer ses réactions et de jauger l'homme... Car ce Villars, si le flair de Duché ne le trompait pas, pouvait se révéler fort précieux dans sa stratégie anti-Bettoun. « Il y a une ambition quasi stendhalienne dans ce garçon-là », décida Duché. Le Julien Sorel du crime...

Le commissaire fit mine d'examiner avec intérêt le décor de la brasserie avec ses multiples tubulures et les vapeurs légères qui montaient des joints de tuyaux mal assemblés. « On ne peut rêver meilleure couverture », pensa Duché. Il le dit tout haut et vit Pascal Villars se détendre. Décidément, le bougre avait un vilain secret...

« C'est pas une couverture, commissaire. C'est

un héritage. Chez nous, ça fait quatre générations qu'on brasse... »

Duché évita avec adresse la plate-forme menaçante d'un tracteur Fenwick. Il sourit :

« Vieille souche... Un fils de famille qui tourne mal... scénario classique ! »

Il était temps de passer à la vitesse supérieure. Papa-Gâteau, ça suffisait...

« Bon, le Sacristain, vous ne le connaissez pas, vous ne l'avez jamais vu, vous n'en avez même jamais entendu parler ? Vous me prenez pour un con, quoi... »

Devant cette conclusion désabusée, Villars faillit répondre négativement. Duché lui inspirait un respect instinctif. Fauve lui-même, il observait un autre fauve et ne souhaitait pas d'avoir un jour à l'affronter en rase savane... D'un air légèrement ennuyé, Duché présentait un cliché agrandi :

« Et ça, c'était au Club Méditerranée ? Mai 68, la Sorbonne, les Katangais... ça ne vous dit rien ? C'est pas vous, ça ? Et le type à côté, on ne dirait pas le Sacristain ? »

(« Etranges, si étranges, les transformations d'un visage en une quinzaine d'années... J'ai été cet adolescent, oui, qui lançait des pavés puis rentrait chez lui, dans cet intérieur si bourgeois, les yeux encore rougis par les gaz lacrymogènes. Et peut-être que c'est alors que la haine des flics m'est venue. La haine de tous les connards, gros et petits, qui veulent que l'ordre règne... Et si le Sacristain, qui n'était que Bernard à l'époque, est devenu mon pote, c'est parce qu'il n'a jamais transigé sur ce saint principe : vive la mort et au cul la vieille ! Tu ne comprendrais pas, mon pauvre Duché; tu ne comprendrais pas... »)

Villars était penché sur le cliché, l'air émerveillé :

« Mais où avez-vous trouvé ça ? »

« Culotté le petit, admira Duché, pour un peu il me demanderait la photo. Se souvenir qu'il a du sang-froid... »

« Archives personnelles. Ma manie de tout garder. » Et, à nouveau, le coup de projecteur du regard : « Casser du flic ensemble, ça crée des liens, non ? »

« Secoue-toi, fils ! » pensa Villars, hypnotisé. Il s'éloigna de quelques pas :

« C'est du passé... »

Duché fut déçu par la faiblesse de la défense. Il attendait mieux de Villars... Ça ne cadrait pas avec l'image acérée du personnage. Toujours cette gêne imperceptible... Le type boitait quelque part dans sa tête... Ne pas l'affoler, surtout ne pas l'affoler... Rester dans un registre familier... Pas question de le débusquer...

Les yeux de Duché glissèrent vers la photo :

« Vous n'aimez pas le passé ? Il est vrai que vous en avez plusieurs... La famille a certainement apprécié : l'héritier agitant un drapeau rouge !

– Pas rouge, commissaire, noir ! »

« C'est leur présomption qui finit par les trahir un jour ou l'autre », murmura Duché pour lui-même devant l'air triomphant de Villars.

Les deux hommes se faisaient face, séparés par l'un de ces tonnelets témoins qui servent à vérifier la qualité de la bière.

« Brune ? demanda Duché.

– Blonde », répondit Villars d'un ton léger.

Déjà il emplissait un verre qu'il tendit à Duché.

Celui-ci, sans fausse pudeur, plongea les lèvres dans la mousse. Quand il leva les yeux, Villars l'observait, un masque glacé sur le visage. Duché eut subitement la certitude que ce gamin serait un jour le Numéro Un sur Paris, et qu'il y aurait du plaisir à jouer avec lui avant de le détruire...

D'abord tester les défenses adverses... La physionomie du commissaire devint parfaitement neutre, celle d'un nageur de combat qui prend son souffle avant de glisser dans l'eau silencieuse :

« Alors, c'est vrai ce qu'on raconte dans Paris ? »

Villars pencha la tête de côté, interrogatif. Duché continua :

« Tu travailles pour Bettoun, maintenant ? » Il but une autre gorgée de bière. « Je t'avoue que je ne comprends pas... » (Villars ne serait pas dupe, mais le montrerait-il ?) « Tu es jeune, reprit Duché d'un air de curé, tu as de l'ambition (le petit mot terrible était lâché)... tu sais ce que tu veux. Qu'est-ce que tu peux attendre de lui ? Il te bouffera comme les autres... Ils ont les dents longues, les pieds-noirs ! »

L'éclat du sourire, si bref... Blessé, Villars, et profondément ! L'hésitation dans le mouvement d'épaules, révélatrice d'une émotion puissante.

« Commissaire, j'ai enterré ma famille quand j'avais quinze ans, ce n'est pas pour entrer dans une autre... »

Là, serait donc la secrète fêlure, ce qui fait qu'un homme est lui-même et pourtant un autre. Duché sut que, d'une certaine manière, il venait de toucher Villars au plus vif. Il l'avait senti se contracter comme un reptile exposé soudain au grand jour. Villars n'aimait pas que l'on parle de sa famille. Il avait donc peur d'être deviné au travers d'elle. Duché fit celui qui ne remarquait rien, tout en se promettant bien d'étudier à nouveau le dossier du truand. Tout ne tient si souvent qu'à un minuscule détail...

Comme elle ne lui apprendrait rien de plus, il décida d'en finir avec cette perquisition et fit celui qui se contente de donner son opinion : libre aux autres de l'approuver ou non.

« Ce que je sais, c'est que Bettoun ne respecte rien. Il faut faire comme lui. » Une formule choc était venue à l'esprit du commissaire, quelques jours auparavant. Son père l'avait trouvée amusante. Serait-ce également le cas de Villars ? « La loi du Milieu, Bettoun l'a apprise à la Casbah, il la lit de droite à gauche ! »

Villars parut sourire. Duché en fut secrètement enchanté. Il leva son verre pour admirer les reflets de la bière blonde :

« Elle est bonne. »

Le Sacristain faillit tirer à cet instant précis. Il aurait juré que Duché le narguait délibérément en brandissant son verre dans sa direction. Mais comment la salope de flic aurait-il pu l'apercevoir, planqué comme il l'était dans un réduit obscur, à l'abri d'un énorme réservoir et de multiples tuyaux enchevêtrés ? Impossible pour Duché de deviner que, derrière le minuscule soupirail où deux rats ne seraient pas passés de front, se dissimulait l'homme que toutes les polices de France recherchaient...

Pendant quelques secondes encore, le Sacristain observa le comportement du commissaire, mais Duché et Villars reposaient leur verre sur le tonneau et s'éloignaient. L'alerte était passée... Elle avait été sacrément chaude! Le Sacristain s'appuya au mur et ferma les yeux, laissant la mitraillette glisser à ses genoux : Bon Dieu, quelle idée de con d'être venu se planquer chez Pascal! Mais qui d'autre à Paris aurait accepté de prendre un tel risque? C'est que c'était du brûlant, le Sacristain!... Il avala difficilement sa salive : « Connerie de mes couilles! Marre de cavaler comme ça!... » Un de ces jours, il les laisserait le flinguer, parce que entre la tôle et le cul-de-basse-fosse offert par Villars, quelle différence? Mais pas avant de s'être occupé du gros youpin. Carréras avait eu son compte hier de manière spectaculaire à Roissy. Une balle en pleine tête devant le comptoir d'Air-France. D'où cette perquisition de Duché. Maintenant, on allait s'occuper de Bettoun...

Quand la porte s'ouvrit, il boula avec souplesse sur le côté, la mitraillette braquée vers le rectangle de lumière. Pascal Villars fouillait l'obscurité des yeux. Il vit la petite gueule menaçante du MAS, prête à cracher le feu :

« Fais pas le con, Bernard. Ils sont partis. »

Presque à regret, le Sacristain abaissa son arme...

10

Jacky Azoulay aimait à la folie sa Lincoln Continental. Il l'aimait tellement qu'il avait même inventé un petit jeu : après l'avoir amoureusement parquée, il s'en éloignait de quelques pas puis revenait sur lui-même, feignant de la découvrir, pour mieux la regarder avec des yeux neufs.

Dans les rues de Paris, il ne se lassait jamais de faire fonctionner la capote électrique. Et c'était pour lui le comble du bonheur lorsque, arrêté à un feu rouge, il montait et descendait les glaces afin d'épater une jolie conductrice. Sa belle Américaine était l'un des rares bénéfices que lui eût jamais rapporté le jeu, et pendant des semaines il avait accablé son entourage et ses relations du récit de cet exploit fabuleux. Jusqu'au jour où, sans trop de diplomatie, Roland lui révéla que l'homme qu'il croyait avoir plumé mettait les rieurs de son côté en clamant partout que l'Américaine était un gouffre à essence dont il était ravi d'être débarrassé ! Jacky perdit quelque peu de sa superbe. A chacune de ses fréquentes visites aux pompistes de la région parisienne, il lui venait des idées de meurtre, mais un regard sur la voiture étincelant de tous ses chromes suffisait à le calmer, à faire renaître en lui la même béatitude devant l'accomplissement de ce vieux rêve d'enfant : il possédait une Américaine...

Roulant au pas dans la rue Napoléon, il se savait observé par les filles en minijupes qui arpentaient le trottoir ou bavardaient à deux ou trois devant les hôtels de passe. Jacky se redressa au volant : il jouissait de se sentir à la fois craint et admiré. S'il représentait la force brutale des Bettoun, il était aussi l'homme qui, d'un regard, pouvait arracher une fille à la rue avec l'espoir que ce serait durable, comme il l'avait fait pour Gundula, sa compagne.

« Et tout ça, pensa-t-il sans le moindre humour, grâce à mon travail... » C'est vrai qu'au début, ça n'avait pas été facile. Il lui avait fallu du temps pour faire son chemin. Jusqu'au jour où Raymond Bettoun avait flairé en lui cette attirance pour les femmes, mêlée d'une haine presque hystérique, qui fait les grands maquereaux. Le sort obscur d'une prostituée allemande retrouvée morte dans le Bois de Boulogne avait scellé le pacte.

Jacky chassa Raymond de son esprit : c'était bien le moment de penser à lui quand il se préparait à le trahir ! « Pas une trahison, rectifia-t-il aussitôt, juste un petit à-côté pour payer mes dettes, c'est provisoire... »

De loin, il aperçut une des filles qui guettaient son arrivée devant l'hôtel. Un bon point pour elle. Dans l'état où il était, purée, une gifle elle serait vite partie, et aussi vite elle serait arrivée ! Il gara sa voiture, moitié sur la rue, moitié sur le trottoir, avec d'infinies précautions pour ne pas abîmer ses roues.

La première fille avait été rejointe par une autre. Toutes deux portaient des sacs de voyage. Jacky leur fit le sourire numéro un : « Allez, les filles, installez-vous, je vais mettre vos sacs derrière. » Joignant le geste à la parole, il descendit de la Continental. Cet excès de galanterie s'expliquait par une sorte de respect instinctif : des filles qui allaient faire ce que ces deux-là avaient accepté, on en trouvait très peu, alors chapeau bas !

Alerté par les allées et venues dans le couloir, Freddy le Chanteur observait depuis quelques secondes, par la fenêtre, le manège de Jacky. En le voyant jeter les bagages des filles dans le coffre de la Continental, son sang ne fit qu'un tour : merde ! Ça n'allait pas recommencer ! Azoulay venait encore lui piquer des gagneuses ! Mylène et sa copine, deux inséparables qui faisaient toujours tout ensemble ! Et qui rapportaient un max, chaque semaine !

Le visage du chanteur se congestionnait à vue d'œil. Ça commençait à bien faire, ce petit manège, parce que sur le nez de qui ça retomberait un jour ? Sur celui de Freddy, sûr et certain ! Il finit par ouvrir la fenêtre, mais en une seconde la peur lui était revenue, et c'est d'une voix presque balbutiante qu'il s'adressa à Jacky, prêt à démarrer avec les filles ravies de l'aventure à ses côtés.

« Dis donc, Azoulay, tu les emmènes où ? »

Jacky, occupé à tourner le volant d'un seul doigt, pour épater Mylène et son amie, n'accorda qu'une attention passagère au tôlier qui l'interrogeait :

« T'inquiète pas, Freddy, je vais les aérer un peu... Occupe-toi de tes cages à poules, O.K. ? »

La Continental démarra souplement, emportant sa cargaison, pendant que Freddy, le visage soucieux, demeurait perdu dans ses pensées. Toute cette histoire n'était pas catholique. Que l'homme de confiance des Bettoun, le responsable des putes sur tout le secteur Saint-Denis, se permît d'embarquer des filles sans rien leur dire, c'est que ça sentait le faisandé, et même un peu le roussi... « Et quand ça sent le roussi, pensa Freddy, c'est pas loin de brûler. J'ai pas envie de jouer aux bonzes vietnamiens... »

Il décida de parler à Pépé, la prochaine fois qu'il viendrait relever les comptées.

Pour sa part, Jacky se posait nettement moins de questions... Depuis longtemps, il avait appris à vivre au jour le jour et à saisir ce qui se présentait sans trop chercher à comprendre. La voiture roulait bien, il faisait beau, les filles étaient contentes : pour les conséquences, on verrait plus tard... De toute manière, ce gros péteux de Freddy n'oserait jamais raconter ses petits détournements : il avait trop peur. C'était bien de régner par la terreur, pensa Jacky. Quelle purée de belle journée pour faire un tour à la campagne !... Satisfait, il laissa errer son regard sur le tableau de bord de la Continental : tous ces chiffres, et ces signes en anglais... là, *BRAKE,* et là, *FLUID*, qu'est-ce que ça voulait dire, tout ça ?... Et dire qu'il était là, lui, Jacky Azoulay, dans une voiture américaine, comme un roi, avec des salopes qui ne demandaient qu'à... Ses yeux glissèrent vers les jambes de Mylène, à ses côtés. Elles étaient largement découvertes par la minijupe relevée. Il posa la main sur la peau nue et sentit aussitôt les cuisses s'entrouvrir. Elle était pas mal, cette Mylène... Elle était pas mal du tout... Va savoir s'il l'avait pas niquée, d'ailleurs ? Il en passait tellement que, des fois, c'était humain de ne plus se rappeler... Purée de métier, quand même...

Surprise de l'insistance que mettait Azoulay à lui caresser les jambes, Mylène se tourna vers lui :

« Qu'est-ce que t'as, d'un seul coup ? T'as pas goûté à la maison ? »

Les deux filles éclatèrent de rire en même temps. Vexé, Jacky avait retiré sa main. Ce fut au tour de Mylène de poser la sienne sur son pantalon. Il quitta un instant la route du regard. La jeune fille avait changé d'expression : « Tu veux qu'on te fasse une spécialité, toutes les deux, vite fait ?... »

Au moment de répondre, il aperçut en contrebas de la route le but de leur voyage. Il le désigna aux filles qui devinrent silencieuses. La voiture s'engagea sur un chemin boueux et défoncé.

C'est en parlant avec un travailleur arabe dans un café de la rue Saint-Denis, quelques mois auparavant, que Jacky avait découvert son équivalent personnel de l'œuf de Christophe Colomb. D'une voix douce, l'homme se plaignait du chemin qu'il lui fallait faire pour venir voir les filles à Paris.

« Deux heures aller, deux heures retour,

disait-il, même que ti as envie de niquer comme un taureau, ti réfléchis. Alors ti achètes le magazine de cul et ti tournes les pages...

– Où tu travailles? avait demandé distraitement Jacky.

– Là-bas... » L'homme levait la main d'un geste indéfinissable. « Vers le nouveau aéroport... Roissy... Au moins deux mille on est... ou même cinq mille... »

Ce sont les chiffres qui avaient retenu l'attention de Jacky et fait naître en lui le germe de l'idée. Tous ces hommes seuls, sur les chantiers, qui s'ennuyaient et hésitaient à venir s'amuser à Paris, pourquoi ne pas aller à eux? En leur apportant ce dont ils avaient le plus besoin : des femmes?

Dans l'esprit industrieux de Jacky, le plan s'était élaboré rapidement : des femmes, il en avait plus qu'il n'en fallait sous la main, tout le cheptel des Bettoun, des dizaines de prostituées, des grosses et des maigres, des vieilles et des jeunes. Pour les convaincre de se déplacer, un seul moyen : l'argent. La perspective de multiplier par trois leur gain quotidien attirerait irrésistiblement celles d'entre elles qui pensaient se retirer du business, une fois leurs économies suffisantes pour acheter un petit commerce. Jacky ne soufflait mot, naturellement, des cadences folles qui leur seraient imposées sur les chantiers. Huit filles s'étaient portées volontaires et, après leur avoir fait jurer de garder le silence, Azoulay avait mis en place son dispositif.

Dans son esprit insouciant, peu porté à mesurer les ultimes conséquences de ses actes, il s'agissait simplement d'établir une sorte de dérivation dans le circuit économique des Bettoun. Pendant que le train poursuivait sa route, lui, Jacky Azoulay, allait simplement actionner un aiguillage qui lui permettrait de récupérer quelques modestes wagons de marchandises... Qui pouvait y trouver à redire ? Personne ! Juste il prenait un peu d'argent au passage... Rien du tout, une misère, une miette au milieu du festin général...

« Dans ce système, pensait-il, tout le monde il est content. Les filles elles vont prendre l'air quelques semaines et elles reviennent en ayant gagné plus qu'en six mois sur le trottoir. Raymond il s'aperçoit de rien, et moi j'ai du pognon comme jamais pour jouer de tous les côtés... Qui c'est qui dit mieux ? »

Dans la voiture, les deux filles jetaient des regards inquiets autour d'elles. Peut-être commençaient-elles seulement à réaliser le piège dans lequel elles s'étaient engouffrées. Jacky eut envie de les rassurer. Quelque part dans son subconscient, il lui restait un peu de pitié pour ces pauvres aveugles qui ne tarderaient pas à être broyées. Les vieilles de trente-cinq à quarante ans supportaient relativement bien les infernales cadences, se javélisant le vagin entre deux verges anonymes, mais les gamines de dix-huit ans en sortaient brisées, écœurées d'elles-mêmes et des autres. Rue Saint-Denis, elles avaient connu le paradis. Ce qui les attendait ici, c'était l'inconfort d'un baraquement en préfabriqué, la promiscuité d'une salle commune, mal chauffée, mal éclairée, où les lits s'alignaient les uns à côté des autres, à peine séparés par un rideau. A peine auraient-elles le temps d'écarter les jambes, de subir l'homme et de s'essuyer assez vaguement, qu'un autre se présenterait, puis un autre, et un autre encore. Bien vite, elles ne prendraient même plus le temps ni la peine de se lever pour fumer une cigarette. Leur sexe leur paraîtrait une éponge sans consistance, un organe froid qu'elles pourraient tout aussi bien enlever comme un dentier avant de s'endormir pour la nuit...

Mains sur les hanches, devant le baraquement qui tenait lieu de B.M.C., Madeleine attendait la voiture de pied ferme. Jacky n'aimait pas la grosse maquerelle agressive, et celle-ci le lui rendait bien. La Continental ne s'était pas encore immobilisée qu'elle lui adressa une bordée de reproches orduriers à propos de son retard. Comme c'était là sa manière habituelle, il se rebiffa à peine, invoquant pour toute excuse les amortisseurs de sa voiture qu'il voulait préserver. D'un œil exercé, Madeleine examinait déjà les deux filles, supputant presque à haute voix le nombre de clients qu'elles pourraient absorber, ainsi que leur degré de résistance. Elle aimait les filles un peu rebelles. Rien ne lui plaisait davantage que de les poursuivre dans le baraquement en zébrant de coups de cravache leurs corps nus et blancs. Elle décida de s'attribuer Mylène qui, en échange de pénibles caresses entre les fortes cuisses, bénéficierait, si elle s'exécutait convenablement, de menus privilèges...

« Venez, les filles, dit Madeleine, ragaillardie par ces perspectives, je vous installe... »

Jacky, les bras ballants, se tourna vers elle :

« Il est là ?

– Il t'attend dans la caravane », répliqua la

mère maquerelle en entraînant les deux jeunes femmes.

Assis par terre, quelques ouvriers arabes qui se préparaient à ouvrir leur casse-croûte de midi promenèrent des regards gourmands sur les jambes révélées par les minijupes. Ce soir, il y aurait du monde devant chez Madeleine...

Le beau plan de Jacky aurait pu s'accomplir sans le moindre problème s'il n'avait trouvé en travers de son chemin l'obstacle le plus inattendu : Pascal Villars. Un Villars mystérieusement prévenu, qui avait eu tôt fait de remonter la filière pour proposer à Jacky une association que celui-ci ne pouvait refuser... La rage au cœur, il avait dû accepter de partager ses bénéfices et avait vu se transformer en une opération quasi industrielle ce qui n'était resté, jusqu'alors, que du travail artisanal. Villars exigeait de plus en plus de filles, récoltait lui-même le bénéfice de leurs quarante passes quotidiennes et avait même imposé sur place son infernale Madeleine.

Tout cela s'était fait progressivement, sous les yeux atterrés de Jacky qui voyait Villars s'installer sur les chantiers et prendre ses aises comme une tumeur dans le corps d'un malade. Mais comment se débarrasser de lui, maintenant ? Tout était allé trop loin et trop vite... Aujourd'hui, pourtant, ils auraient une conversation, et il lui dirait... oui, il lui dirait...

En conduisant doucement la voiture au milieu des engins de toutes tailles, sur le chantier d'autoroute qui résonnait de mille activités, Jacky se répétait un discours énergique qui, il le savait déjà, resterait à l'état d'embryon. Car Villars lui faisait peur, comme s'il pressentait que son destin viendrait buter contre ce barrage.

Comme il l'avait prévu, en présence du truand, le beau discours de Jacky lui resta dans la gorge.

Lorsqu'il passait sur le chantier pour vérifier les comptes, Villars s'installait dans la caravane de Madeleine, somptueusement aménagée en comparaison des baraquements environnants. Quand Jacky entra, il l'invita d'un geste à s'asseoir et poursuivit une occupation qui semblait l'absorber totalement : la cuisson d'un steak dans le coin-cuisine de la caravane. Une fois la viande bien à point, Villars déposa un couvert sur la table et entreprit de manger son steak. Il avait effectué toutes ces opérations exactement comme si Azoulay n'existait pas.

« Il me traite comme une merde, pensait le souteneur irrité, il me traite pire que je traiterais le dernier des bicots. Je devrais le buter pour cet affront ! Putain, jamais personne il s'est moqué de moi comme ce Villars ! S'il continue, je vais lui donner sa mère... »

Tandis que le pied-noir ruminait ces sombres pensées, il n'en laissait rien paraître sur son visage qui reflétait au contraire la plus grande amabilité. C'est que Villars lui faisait peur, comme au paysan le loup au coin du bois. Il patienta donc sagement. Après plusieurs bouchées de son steak, Villars finit par lever la tête et, alors seulement, sembla découvrir Azoulay dans son coin.

« Tu t'es encore fait plumer, il paraît... »

Azoulay crut avoir mal entendu et se pencha en avant, la main sur l'oreille :

« Pardon ?

– Tu t'es encore fait plumer, répéta Villars en articulant bien, il y a trois nuits, chez l'Espagnol...

– Qui te l'a dit ? » balbutia Azoulay, pris de court.

Mais comment il faisait, cet enculé, pour toujours tout savoir ?

« Peu importe, dit Villars après une longue gorgée de vin rouge, je le sais... De toute manière, c'est ton problème, pas le mien... Si tu veux perdre ta chemise...

– Mais c'est juste parce que j'ai pas eu de chance, s'exclama Jacky qui reprenait progressivement son sang-froid. C'est vrai, putain ! Des cartes, j'avais ! des merveilles ! Jamais j'avais eu un jeu comme ça ! Que je meure si je mens ! »

Enfiévré par son récit, il s'emportait sous le regard implacable de Villars qui ne ressentait même pas de mépris pour le pied-noir. Celui-ci, à ses yeux, n'était qu'un caillou, quelque chose de minéral. Pour le moment, il en avait besoin, mais quand ce besoin n'existerait plus, *exit* le caillou...

« Bon, poursuivit Jacky qui avait cru voir passer comme de l'humanité dans les yeux de Villars, j'avais perdu un peu... pas beaucoup... Enfin, trois briques. Mais avec ce putain de jeu que j'avais, j'allais me refaire comme une fusée. D'un seul coup, Rongier... Tu connais Rongier, cet enculé de sa mère... d'un seul coup, il demande deux cartes ! Je monte ! Il monte ! Je monte ! Il monte ! Putain, rien qu'il me suivait... Moi, rien que je riais, avec mon full... Tu parles ! Un carré de rois, lui, il avait ! Un carré de rois ! Raide j'ai failli tomber ! Mais j'ai payé, hein ! Tu me connais ! Quand je perds, je paie ! »

Villars hocha la tête à plusieurs reprises, en mastiquant sa viande. La faconde d'Azoulay l'irritait depuis belle lurette. Mais un membre du clan des Bettoun qui trahissait, c'était trop beau pour être vrai. Il avait sauté sur l'occasion, sans trop savoir pourquoi, comme un chat happe une pelote de laine. Un jour, bientôt peut-être, cette pauvre merde d'Azoulay serait le point de départ de quelque chose de grand...

Il plongea la main dans sa poche et en tira une liasse de billets qu'il jeta en direction de Jacky, comme on jette un os à un animal. Le pied-noir s'en empara avidement, toute fierté envolée. Ce qu'il y avait de bien avec Villars, c'est qu'il payait rubis sur l'ongle. Sauf qu'il avait pas la manière...

Azoulay mit l'argent à l'abri. Voilà qui lui permettrait de calmer pour quelques jours ses nombreux créanciers... Villars se laissa aller contre le dossier de sa chaise :

« Tu auras la même chose la semaine prochaine, si tu m'en amènes deux autres... »

Jacky parut se recroqueviller à vue d'œil :

« Ah ! non, Pascal, les gonzesses, je peux plus... Freddy commence à poser des questions et s'il lâche le morceau à Raymond... Maman !... Je peux plus suivre, je joue trop gros...

– Comme tu veux... »

Villars avait prononcé ces trois mots avec une vibration métallique dans la voix qui fit frémir Jacky de la tête aux pieds.

11

Le vendredi soir, veille de Shabbat, représentait, pour Raymond et les siens, une sorte de carrefour hebdomadaire, un moment privilégié où la famille tout entière pouvait enfin se retrouver. Dans l'ambiance ancestrale, hommes, femmes et enfants se sentaient plus unis que jamais. Autour de la table où trônaient les deux bougies allumées, la coupe d'argent fin et le pain recouvert d'un napperon, indicatifs du Shabbat, une chaude ferveur religieuse rapprochait ceux que les soucis du quotidien avaient éloignés. Le cocon familial semblait alors indestructible. Pendant qu'au dehors, la ville vibrait et souffrait, la famille vivait intensément ces moments de bonheur. Raymond ne se sentait jamais plus épanoui que lorsque, d'un regard, il pouvait embrasser tous les êtres qui lui étaient chers : de sa mère Blanche au petit Alexandre, sans oublier Maurice et Viviane, et Pépé, et les autres. Ils lui semblaient alors terriblement dépendants de lui. Et, en même temps qu'il redoutait l'irruption du malheur dans ce cadre tranquille, sa volonté de protéger les siens en était renforcée.

A la proche famille venaient s'ajouter, le vendredi soir, les fidèles du clan : la Guêpe, Sammy et Jacky. Car, à la fin du repas, quand les femmes auraient débarrassé la nappe, on parlerait affaires. Et affaires sérieuses. Depuis longtemps, cette habitude était également devenue une tradition : Raymond la tenait de son père qui lui-même la devait au sien. Le vendredi soir, pour la famille, il y avait d'abord le plaisir de se retrouver et de communier dans la même foi renouvelée. Il y avait ensuite le repas lui-même, le couscous fumant dans les assiettes, la boulette au goût de cumin, la viande si tendre sous la dent, le petit vin consacré, qui mettaient le cœur et l'estomac en joie. Alors le ton montait, les conversations s'emballaient, les joues des femmes rosissaient rapidement. Bientôt, on ne s'entendait plus parler. Mais chacun prenait soin de lancer de temps à autre un regard furtif en direction de Raymond, car dès qu'il déposerait sa serviette à côté de son assiette, le moment serait venu de passer aux choses sérieuses, la parenthèse serait refermée.

Quand Blanche eut rapporté les noix qui concluaient le repas de Shabbat, Raymond changea soudain de physionomie. Il n'était plus le gentil grand-père qui jouait avec Alexandre quelques instants auparavant, mais, de nouveau, le chef de clan dur et exigeant.

Maurice avait déjà enregistré la transformation de son père. Il se pencha vers Sammy et lui demanda de raccompagner Hélène. Celle-ci, l'air absent, se leva aussitôt. Elle avait fini par s'habituer à être congédiée sans égards superflus. Blanche trottait après la jeune femme :

« Attendez, ma fille, je vais vous donner les gâteaux. »

Elle se tourna vers les hommes qui demeuraient à leur place :

« Vous voulez du café, vous autres ? » Puis, sans attendre une réponse qu'elle connaissait déjà : « Viviane, viens m'aider... »

Raymond laissa s'échapper Alexandre, emporté par sa mère. Pendant quelques instants, dans la salle à manger, le seul bruit fut celui des noix décortiquées. Raymond les écrasait dans sa paume, réduisant la coquille en poussière. Il allait maintenant procéder au tour de table hebdomadaire. Chaque responsable de secteur exposait ses problèmes éventuels. Puis il suggérait des solutions, y compris les plus définitives...

Il se tourna sur sa gauche vers Roland, assis à côté de Pépé. Le matin même, un informateur avait prévenu Raymond que son neveu avait fait le coup de poing dans un bar de Pigalle. Renseignements pris, le bar se trouvait à l'extrême limite du territoire des Bettoun, dans un secteur plus ou moins concédé aux Arabes. Les bars, c'étaient non seulement les filles, mais aussi les appareils à sous, autorisés ou clandestins. Et, avec ça, on ne rigolait pas.

« Roland, dit Raymond, qu'est-ce que c'est cette histoire de flippers ? »

Roland haussa les épaules :

« C'est rien. On est tombé sur deux ou trois types à Bouli. On leur a fait une tête. Ils recommenceront pas... »

De l'autre côté de la table, à la droite de son père, Maurice eut un sourire ironique :

« Comme d'habitude, dès qu'il y a un problème, on trouve des Arabes et on cogne... On regarde pas plus loin... »

Roland crispa les mâchoires devant cet affront public. En bout de table, sourcils froncés, Jacky Azoulay observait la scène.

Raymond n'aimait pas les accrochages subtils qui, depuis quelque temps, semblaient se multiplier entre Maurice et Roland, provoqués d'ailleurs pour la plupart par Maurice. Plutôt que de le remettre à sa place devant les autres, il choisit de faire des reproches indirects à son fils. Il se tourna délibérément vers son neveu :

« Tu as bien fait, Roland... Les Arabes, dès que tu tournes le dos, ils essaient de te grignoter. Tu leur tapes sur les doigts et ils restent à leur place. »

Avec un regard en coin vers Maurice qui gardait les yeux baissés, Raymond répéta lentement, pour être bien entendu et surtout bien compris :

« Tu as bien fait, Roland... »

Il eut envie de rappeler aux deux garçons que ce genre de querelles n'était dans l'intérêt de personne, mais la Guêpe, qui se tortillait sur sa chaise depuis quelques secondes, se leva soudain comme un diable :

« Putain, un Arabe je l'ai pris. Droite-gauche, au tapis ! J'avais des poings d'acier... »

Le boxeur mimait avec conviction sa rencontre. Cette agitation ne fit qu'agacer Raymond.

« Garde-les pour le match, tes poings ! »

Tout penaud, la Guêpe alla se rasseoir dans son coin, au bout de la table. Jacky lui fit un clin d'œil compatissant. Le Vieux, il fallait savoir flairer ses humeurs. L'accrochage entre Maurice et Roland lui avait déplu. Du coup, l'atmosphère s'était brusquement tendue.

Pépé avait également perçu chez Raymond les

signes d'un énervement grandissant, en particulier cette lourdeur des paupières derrière lesquelles le regard demeurait tapi, prêt à débusquer la première provocation. Pour en finir au plus vite, Pépé décida d'expédier les affaires courantes. Il se pencha vers Raymond :

« J'ai vu Freddy, cet après-midi : tu peux pas le voir avant de partir pour Biarritz ? Il a l'air bizarre... »

Le nom de Freddy éveilla chez Raymond un souvenir heureux, celui de la fête, de la rencontre avec Carole. Il avait bien chanté, Freddy, à la fête... Tout ça paraissait si loin déjà...

Il hocha la tête :

« Quoi, le voir demain ? Bon, d'accord, on passera en chemin... » Son visage s'éclaira : « Mais seulement s'il est avec sa femme ! » Des deux mains, Raymond dessina dans l'air une énorme paire de seins : « Elle a de ces ballons, hein, Jacky ! »

Dissimulant l'anxiété que lui causait cette visite, Azoulay se força à entrer dans le jeu :

« Tu as raison, Raymond... » Puis il ajouta le cri que tout le monde attendait, la plainte légendaire qui accompagnait tous les événements de sa vie : « Manman !... »

Quand Viviane poussa la porte de la salle à manger, les hommes souriaient encore. Le cœur de la jeune femme battait à grands coups. Elle eut même peur de s'évanouir et de ne pas pouvoir aller jusqu'au bout. Mais elle puisa au fond d'elle-même pour trouver le courage nécessaire. Il fallait bien que les choses bougent un peu dans cette famille ! On n'allait pas rester éternellement en plein Moyen Age. Cette maison devenait de plus en plus étouffante. Et Maurice qui... Elle eut l'impression que ses tempes allaient éclater. Une profonde inspiration lui donna l'énergie de se redresser et de se diriger vers la table, un plateau chargé de gâteaux entre les mains.

Dans l'attitude un peu raide de sa fille, Pépé avait immédiatement décelé une vibration anormale. Mais Raymond ne pensait qu'aux gâteaux enduits de miel et fourrés de pâte d'amande sur lesquels il promenait des yeux gourmands. Brièvement, il pensa à sa bedaine qui allait encore s'arrondir, mais ignora aussitôt le rappel de sa conscience : comment résister à des *makrouds* ou à des cigares aussi succulents ? Si seulement sa mère avait été mauvaise cuisinière...

Il ne perçut qu'à ce moment-là le silence général qui s'était établi autour de la table. Un événement absolument inouï venait en effet de se produire : après avoir posé le plateau de gâteaux, Viviane s'était tout bonnement assise entre la Guêpe et Jacky Azoulay, et sirotait son café, le petit doigt levé, avec une expression de totale tranquillité. Du jamais vu chez les Bettoun ! Une femme à la réunion du vendredi soir ! De Jacky à la Guêpe et à Roland, c'était la même expression consternée et incompréhensive. Tous semblaient avoir été frappés par la foudre, mais fuyaient le regard sombre de Viviane, plein d'une arrogance inquiète lorsqu'il se posait sur eux...

Un signe imperceptible de Raymond, à peine un léger frémissement de l'index dans la main massive posée sur la table, suffit à sortir Pépé de son état de stupéfaction. Il devinait sa fille tendue à l'extrême, prenant au maximum sur elle-même, mais prête à craquer à la moindre intonation maladroite. Sa mère aussi avait ce genre de crise, de temps en temps. Aussi s'adressa-t-il à elle d'un air presque complice :

« Viviane, qu'est-ce que tu as ? Tu ne vois pas qu'on discute ? »

Il avait parlé sur le ton que l'on adopte d'ordinaire avec un proche parent atteint de dépression nerveuse et que l'on ne veut pas contrarier. Dans la tête de tous les participants, le comportement de Viviane, qui continuait de boire son café, relevait obligatoirement d'un état mental profondément perturbé : comment une femme pouvait-elle avoir l'idée de venir s'immiscer dans les affaires des hommes ? De toute éternité, les femmes savaient se faire discrètes et s'effacer, quitte à revenir bien plus efficacement à la charge auprès de leur mari, dans les moments intimes. Les garçons devenaient des hommes lorsqu'un jour, sans prévenir, au détour d'un dîner semblable à celui de ce soir, leurs pères les invitaient à rester à table, au lieu de sortir avec les sœurs et les mères, comme ils en avaient l'habitude jusque-là. Pépé avait encore en mémoire le souvenir de ce passage dans le monde des adultes. Tout comme Raymond. Mais jamais, au grand jamais, à Constantine, une fille ne se serait permis ce genre d'écart. Et voici que la sienne lui faisait honte devant tout le monde en se conduisant comme une *karba*, une putain !...

Viviane secoua légèrement ses cheveux :

« Et alors, vous pouvez parler ! Je vous dérange ? Qu'est-ce que vous avez à me regarder comme ça ? »

Elle leva le menton en signe de défi, à vrai dire enfantin : « Je partirai quand j'en aurai envie ! »

Pour mieux affirmer sa détermination, elle choisit un gâteau et le porta à sa bouche.

« Pépé, dis à ta fille de sortir... »

Pour d'autres, la phrase aurait peut-être été inaudible, mais Pépé reconnut dans les mots de Raymond le léger sifflement qui précédait les plus fracassantes colères du chef du clan.

Viviane aussi avait perçu la menace. Elle lança à Raymond un regard dans lequel celui-ci lut un défi à la dimension du sien. Elle avait du cran, la garce! Il y avait des hommes dont les jambes tremblaient quand ils sentaient monter la fureur du Vieux. Mais elle, cette petite chose qu'il avait fait sauter sur ses genoux, lui tenait tête d'égal à égal. Ça devait être ça, la libération de la femme...

Viviane se sentait maintenant sur le point de s'effondrer. Toute cette démonstration lui paraissait inutile : que pouvaient-ils comprendre, de toute manière? Elle ferma les yeux une seconde et quand elle les rouvrit, ils étaient pleins d'une nouvelle détermination : non, il fallait aller jusqu'au bout! Si elle craquait maintenant, elle n'oserait plus se regarder dans une glace.

Elle se leva lentement, tout à fait décidée :

« Bien... puisque vous voulez que je sorte... Vous permettez que je débarrasse la table avant? »

... Plus tard, la Guêpe raconterait à Sammy, qui le croirait difficilement : « ... Attends! Alors, elle dit : " Je peux débarrasser la table? " Nous, on lui dit oui. Qu'est-ce que tu veux qu'on lui dise? Tu sais ce qu'elle a fait? Elle a pris un coin de la nappe et d'un seul coup, elle a tout tiré à elle! Putain, tu aurais vu, les tasses, les gâteaux au miel, les assiettes, elles ont volé à deux mètres de haut. Le carnage, dis ! Comme si quelqu'un il avait tiré une rafale. Et après, elle est sortie en laissant tout en ruine comme ça... »

Contemplant les débris de tasses et d'assiettes, la nappe à terre, les gâteaux répandus dans toute la pièce, les hommes demeuraient médusés, et même pour Jacky et la Guêpe, absolument pétrifiés, convaincus qu'ils étaient que Raymond allait sortir le 11,43 et abattre Viviane. Maurice fut le premier à réagir. Par un sourire... Un mince sourire, mais un sourire tout de même. Quant à Raymond, qui était demeuré de marbre sous les yeux de Pépé atterré, il dit simplement :

« Bon, où on était ? »

Il y eut un soupir collectif de soulagement, mais si quelqu'un s'était exclamé d'un ton admiratif : « Les femmes de chez nous, hein !... », les éclats de rire n'auraient pas été loin...

Viviane se mordit les lèvres jusqu'à en avoir mal à crier. Après sa sortie spectaculaire, elle était montée directement dans sa chambre dont elle avait claqué la porte à toute volée. Dans l'obscurité, elle s'approcha de la fenêtre ouverte et se mit à contempler le panorama nocturne du parc. Il y eut des bruits de roues sur les graviers, des phares qui éclairaient les arbres : Jacky Azoulay s'en retournait vers Paris dans sa belle Américaine.

Puis le silence revint. Peu à peu, la respiration de Viviane s'apaisa, son énervement diminuait, mais la boule d'angoisse persistait au creux de son estomac. Une angoisse qu'elle n'aurait su expliquer, qui tenait autant à la perspective d'une vie inutile et gâchée, même avec la consolation d'Alexandre, qu'aux élans d'une passion sans espoir. Devant cette vision d'un avenir morne et impersonnel, les yeux de la jeune femme s'emplirent de larmes qu'elle laissa librement couler sur ses joues. Elle se pencha pour humer les senteurs profondes de la nuit : parfois, comme aujourd'hui, cette maison semblait une prison dont nul ne pouvait vraiment s'échapper autrement peut-être que par la mort...

Un léger craquement lui fit retenir son souffle. Son regard glissa le long des meubles et des objets familiers jusqu'à la grande glace de la cheminée qui lui renvoya le reflet d'une silhouette familière. D'un seul mouvement, Viviane se retourna. Dans la pénombre, c'est Maurice qui lui faisait face. Il avança lentement et s'immobilisa devant elle, presque à la toucher. Viviane sentit renaître en elle cette vieille douleur, annonciatrice d'un plaisir si intense qu'elle en gardait le souvenir comme imprimé au creux d'elle-même. Sans prononcer une seule parole, Maurice, le regard grave et concentré, détacha la ceinture du peignoir de satin qui glissa sur le plancher. Viviane apparut nue. La lumière bleutée d'un rayon de lune jouait sur ses seins lourds. La toison brune au bas de son ventre bougea doucement quand elle se laissa enfin aller dans les bras de Maurice. Les deux amants commencèrent à s'embrasser en murmurant des mots sans suite, conscients du risque qu'ils prenaient, mais il y avait si longtemps... Si longtemps qu'il n'avaient pas été seuls, loin des autres, dans le secret de leur union...

Maurice aurait voulu dire à la jeune femme

combien il l'avait trouvée farouche et belle, face aux hommes du clan. D'un coup, le désir lui était venu, balayant toutes les craintes, ignorant tous les interdits, dont celui de faire l'amour sous le toit même de Raymond.

Après avoir arraché ses propres vêtements, il s'allongea aux côtés de Viviane et promena ses mains sur les longues cuisses douces. Dans un élan brutal, Viviane l'attira contre elle et ouvrit les jambes. Leurs bouches s'étaient retrouvées. Il n'eut pas une pensée pour Hélène. Plus rien n'existait que ce corps uni au sien, et ces yeux infiniment graves qui brillaient trop dans la pénombre.

12

Après le scandale provoqué par Viviane dans la salle à manger, Raymond avait directement regagné son bureau. Il voulait oublier l'incident en mettant la dernière main aux documents concernant le casino de Biarritz. Et Dieu sait que Maurice s'en était donné à cœur joie... La maquette du nouveau projet était truffée de gratte-ciel et de tours jurant avec le contexte. La tête du maire, quand il verrait ça... En barrant d'une plume ferme certaines des horreurs les plus agressives, Raymond ne put empêcher son esprit de revenir en arrière : tout à l'heure, s'il s'était écouté, il aurait tué Viviane, mais les femmes, elles sont tellement bizarres qu'on ne peut jamais leur en vouloir comme aux hommes... A savoir si elle avait pas ses règles ou un truc de ce genre... En tout cas, encore un feu d'artifice comme ça et je la mets dehors, décida-t-il, tout en sachant pertinemment qu'il n'en ferait rien.

Il se pencha et étudia de plus près les croquis à la lueur de la lampe : mais il devenait fou, Maurice, ou quoi ? Qu'est-ce que ça voulait dire, cette autoroute en plein Biarritz, et ce drugstore ? Depuis qu'il avait fait ce voyage en Amérique, il avait la tête complètement à l'envers, ce gosse! Tout juste s'il voulait pas que les Basques se mettent à parler anglais!... Et là, l'aéroport, d'après Maurice, il fallait envisager de l'agrandir pour accueillir la foule des joueurs... De nouveau, Raymond biffa cet excès de mégalomanie. A Biarritz, on commencerait petit, et on finirait grand : pas l'inverse. Prudence, prudence... Les jeunes, ils savaient toujours tout mieux que les vieux, mais après ils se cassaient la figure de très haut...

Dans le calme de son grand bureau cossu, Raymond entendit soudain un grattement à la porte. Il reconnut aussitôt la manière discrète de sa mère de s'annoncer.

« Entre, manman... »

Elle était en chemise de nuit et en pantoufles, et paraissait dans un état de grande agitation. Il se leva et vint à sa rencontre :

« Qu'est-ce qu'il y a, manman? Pourquoi tu as pas mis une robe de chambre? Tu vas attraper froid... »

D'un geste, elle l'interrompit et pointa l'index vers le plafond :

« Ton fils, il est en haut!

— Quel fils? demanda Raymond, pris de court.

— Ton fils Maurice, comme si tu en avais trente-six!... Il est dans la chambre de Viviane. Je les ai entendus... »

Raymond ne comprenait rien à ces propos furieusement chuchotés. Puis la vérité se fit jour en lui. Maurice, en haut, avec Viviane... Pas possible!

Il saisit sa mère par le bras :

« Tu es sûre, manman? Tu es sûre de ce que tu dis? »

Elle se dégagea, l'air offensé :

« Je les ai entendus. Et ils sont pas en train de se raconter des histoires, tu peux me croire... Je te l'avais dit, oui ou non, que ça recommencerait ? Hein, Raymond ? Réponds à ta mère ! »

Il la prit par les épaules et la força à se diriger vers la porte :

« Oui, manman, tu me l'avais dit. Allez, maintenant va dans ta chambre... »

Elle essaya de se retourner :

« Hein... J'étais sûre et certaine... J'aurais mis ma main sur le feu... C'est quand même une honte... » Avant de sortir du bureau, elle s'arrêta, l'œil perçant :

« Qu'est-ce que tu vas faire, Raymond ? »

Il réfléchit une seconde :

« Je sais pas... Si je monte, je les tue tous les deux... »

A nouveau seul, il se mit à arpenter son bureau, l'esprit en tumulte. Certaines choses, parfois dans la vie, on les ignore quand elles vous font trop mal. On refuse de les regarder même si elles vous crèvent les yeux. On ne veut pas y croire, alors que l'évidence est écrasante. Maurice et Viviane... Pépé avait donné l'alerte, quelques années plus tôt :

« Raymond, ma fille elle aime ton fils...

– Et alors ?

– Et alors, je sais pas, mais je suis pas tranquille...

– Tu veux rire ou quoi ? On les a élevés comme le frère et la sœur... Rappelle-toi, ils prenaient le bain ensemble...

– Maintenant, ils veulent prendre le bain, ils

veulent s'essuyer et ils veulent aller au lit ensemble... Tu es aveugle ou quoi, Raymond ? »

Aveugle, oui, il avait voulu l'être. Car admettre que Maurice et Viviane pouvaient à l'occasion se connaître intimement, c'était au-dessus de ses forces. Malgré les sangs étrangers, Raymond voyait dans ces étreintes une forme déguisée d'inceste. Heureusement, la blondeur d'Alexandre et ses yeux bleus ne laissaient subsister aucun doute : il n'était pas de Maurice.

Maurice... Mais quel bâtard, celui-là!... Qu'il ait couché avec Viviane quand il n'était pas encore marié, c'était déjà insupportable, mais maintenant il avait une femme qui venait de lui donner un garçon splendide. Et, comme remerciement, il la faisait cocue!

Planté au milieu de la pièce, Raymond entendit l'escalier qui craquait. En une seconde, sa résolution fut prise. Il poussa la porte, surprenant Maurice, main sur la rampe, qui s'efforçait de descendre les marches sans faire de bruit. Le duel des regards fut bref. Raymond fit signe à son fils de le rejoindre dans son bureau.

« Ferme la porte. »

Maurice reconnut tout de suite cette veine qui saillait sur la tempe de son père : c'était celle des colères froides. Ainsi, il savait... Il est vrai que Viviane n'était pas particulièrement discrète... Qu'importe, après tout! C'était peut-être mieux comme ça. Bon, il couchait avec Viviane? Et alors? Ils n'étaient plus des gamins, ni l'un ni l'autre... des enfants à qui on pouvait faire la morale. Le cœur de Maurice se mit à battre très fort : si son père le cherchait, il allait le trouver, parce que en matière de morale...

Raymond observa ce visage buté et farouche. Comme il le craignait, Maurice s'était immédiatement fermé. Il ne supporterait pas le moindre reproche. Il fallait pourtant que cette liaison cesse, ne serait-ce que pour l'unité de la famille. Qu'est-ce qu'il pouvait savoir, Maurice, de ce que cinquante années de vie commencent à peine d'enseigner ? Qu'il arrive un âge où, soudain, la vision d'un être devient globale et où il voit, comprend et sait exactement comment doivent agir ceux qui l'entourent et qui baguenaudent encore dans la vallée ? C'était cela, l'expérience. Et l'expérience ordonnait à Raymond de mettre un terme au penchant mutuel de Maurice et Viviane, de trancher dans le vif, comme on coupe une main pour préserver le bras.

Insensiblement, la colère montait en vagues courtes mais furieuses dans l'esprit du chef de clan. Il se planta devant Maurice, essayant, comme tant d'autres fois auparavant, d'imposer sa présence physique pour écraser toute contestation :

« Si je me retenais pas, Maurice, je te casserais la tête ! Tu entends ? Je croyais que c'était fini, ce petit jeu avec Viviane ?

– Eh bien non, tu vois ! C'est pas fini ! Et alors ? »

Les paroles qui sortirent de la bouche de Raymond n'étaient plus qu'un grondement prolongé. L'insolence voulue de Maurice transformait l'explication en un véritable défi physique. Mais qu'est-ce qu'il cherchait ? La bagarre ou quoi ? Raymond regretta de s'être mis lui-même dans cette situation pénible. Seulement, Maurice était allé trop loin. Son petit sourire ironique, il fallait qu'il disparaisse, et très vite...

« Je vais te dire, Maurice... », Raymond s'était encore rapproché jusqu'à exercer une pression du thorax contre la poitrine de son fils. « Viviane, tu t'approches plus d'elle... ni même tu la regardes, tu as compris...? »

Au moment où il prononçait ces paroles, Raymond sut déjà ce que Maurice allait lui répondre. Il sut aussi qu'il allait le frapper.

« Qu'est-ce qu'il y a? grinça Maurice. Tu es jaloux? »

La gifle, l'énorme gifle resterait entre eux. Elle serait le remords de Raymond. Et, dans le souvenir de Maurice, elle brûlerait longtemps. Mais elle lui rappellerait aussi, par la douleur physique et morale qu'il ressentait en cet instant précis, tassé sur lui-même, sa belle mèche en déroute, que la puissance d'un homme passe aussi par ses poings. Et que la vie n'est pas seulement cette ironie facile du Tout-Paris, client de l'Odyssée.

« Ecoute-moi, hurlait Raymond à son fils humilié et brisé, écoute-moi : tu as une femme et tu dois la respecter! Putain, il y a des moments où je me demande si t'es vraiment mon fils! »

Toute la maison devait écouter, qu'ils écoutent! Et Viviane aussi, qui faisait des bruits honteux tout à l'heure, qu'elle entende la colère de l'aîné des Bettoun! Qu'elle le sache invincible! Il était invincible! Et il l'aimait comme un père aime sa fille. Rien de plus, mon Dieu, rien de plus... Ce salaud de Maurice... D'avoir pu supposer... Maintenant, bien sûr, il avait peur...

« Tout ce qui t'intéresse dans la vie, c'est de

faire le fanfaron devant tes actrices minables, d'épater la galerie avec tes amis de la politique... »

Ah ! il l'avait voulu, il l'avait, le grand déballage, Maurice Bettoun, l'héritier ! Et grâce à qui, l'héritier ?

« Tu crois que je sais pas que tu as honte de moi ? Parce que je parle fort et que je connais pas les manières... Mais, que tu le veuilles ou non, je suis ton père, et pour que tu sois là où tu es, je me suis sali les mains... »

Pour échapper à ces hurlements rauques, Viviane a depuis longtemps enfoui la tête sous son oreiller. Elle pleure doucement, en murmurant à l'infini : « Maurice, Maurice, Maurice... »

13

Ce que Bettoun promettait, Bettoun le tenait. Il avait promis d'aller voir Freddy avant de s'envoler pour Biarritz, il le verrait, quoique le détour fût important. Raymond ne l'aurait pas avoué pour un empire, mais il était plutôt soulagé de ce délai supplémentaire avant de retrouver Carole. Hier soir, après le départ de Maurice, le chef du clan avait bien failli contacter la jeune femme pour tout annuler, trouvant soudain complètement folle cette idée, qui était pourtant la sienne, de combiner travail et plaisir. Car c'était bien lui qui, sur un coup de tête, avait décroché le téléphone pour appeler Carole : il devait se rendre à Biarritz pour affaires, le week-end prochain. Est-ce que, par hasard, ça lui dirait de l'accompagner ? Bien sûr, il prendrait tout en charge...

« Naturellement », avait-elle dit avec un sourire dans la voix, avant de donner une réponse tout à fait affirmative que Raymond avait écoutée, gorge sèche, main tremblante.

Pris au piège par lui-même... Pourquoi être allé se mettre dans une histoire pareille ? On pouvait dire qu'il les recherchait, les ennuis... Cette femme, elle était docteur, elle était pas de son monde. Alors, que voulait-il lui démontrer? Des aventures pareilles, il en avait déjà eu des tas... Non, ce n'était pas vrai, en tout cas, jamais avec une femme de la classe de Carole. Purée, un week-end en tête-à-tête avec elle... Elle savait parfaitement à quoi s'attendre, et elle avait tout de suite accepté... Peut-être que c'était une de ces femmes libérées qui parlaient des choses intimes à haute voix, comme les amies de Maurice à l'Odyssée? Il faudrait faire très attention et se montrer à la hauteur...

Une légère angoisse envahit Raymond pendant que la voiture tournait dans la rue Napoléon. Pour l'instant, il fallait s'occuper de Freddy. On verrait bien ensuite...

Conduite par Sammy, la Rolls s'immobilisa devant l'hôtel tenu par le chanteur.

« Azoulay est là aussi », annonça Roland qui avait pris place à l'avant.

Côte à côte, le souteneur et Freddy composaient un succulent tableau du genre. La vigueur physique d'Azoulay, qui semblait chargé à bloc dans son costume voyant, contrastait avec l'apparence effondrée du tôlier. « Putain, pensa Raymond, il se néglige de plus en plus, celui-là... C'est mauvais pour le travail. Il faudra que je lui dise, un de ces jours. Les filles, elles respectent les hommes à la redresse, les vrais macs, pas les lavettes... » Il fit jouer la glace électrique, apparaissant dans toute sa jovialité habituelle aux deux hommes :

« Salut, Jacky... Freddy, comment ça va, mon ami? Allez, monte, monte... Je suis pressé, je prends l'avion... Si c'était pas toi, je serais même pas ici... »

Le tôlier s'installa à l'arrière, à côté de Raymond, pendant que Jacky Azoulay, qui était demeuré à l'extérieur, se penchait pour suivre la conversation.

Au bout de quelques secondes, Freddy, qui gardait les yeux baissés, marmonna : « Merci, Raymond », comme s'il répondait à des condoléances.

Le clef du clan, intrigué par cette attitude réservée, lui tapota la cuisse :

« C'est rien, Freddy... C'est normal... Bon, alors, dis-moi qu'est-ce qui se passe ? Qu'est-ce qui t'arrive ? »

L'ancien chanteur parut se contracter encore davantage, comme un escargot que l'on agace et qui se recroqueville à l'extrême fond de sa coquille. Le silence s'éternisait, si bien qu'une sorte de malaise s'installa dans la voiture. Sourcils relevés, Raymond interrogea successivement du regard Sammy, Roland et Jacky. Leur perplexité paraissait égale à la sienne. Freddy fixait intensément la moquette moelleuse de la voiture.

« Ben, alors quoi ! dit Raymond, troublé malgré lui par ce comportement bizarre. Vide ton sac... Qu'est-ce que tu veux ? »

Roland se retourna, énervé :

« Oh !... Freddy... T'as bien dit que tu voulais voir Raymond, non ? Bon, il est là, alors accouche ! »

Depuis quelques instants, le tôlier s'était mis à frotter ses mains l'une contre l'autre, pendant que son regard dérapait peureusement vers Azoulay, accoudé à la portière de la Rolls. Peut-être que Jacky aurait des explications... Raymond se tourna vers lui :

« Mais qu'est-ce qu'il a ? Tu es au courant ? Il est devenu maboul, ou quoi ? Il me fait venir de Meudon, je dois prendre l'avion, et puis il dit plus rien... »

Azoulay prit une aspiration, retint son souffle comme s'il hésitait, puis se décida à parler :

« Mais non, il est pas maboul... Il a juste un problème, et timide comme il est, il a peur de t'en parler... »

Jacky se pencha davantage encore vers le tôlier qui recula devant ce physique envahissant.

« Hein, Freddy ? Tu veux que je lui dise à Raymond ? Tu veux que je lui explique ? » Le souteneur eut un sourire qui se voulait léger : « Voilà, on a deux filles qui travaillaient pour nous, dans la rue, qui sont parties, Mylène et Sylvie. Et personne ne sait où elles sont passées... C'est ce qu'il n'ose pas te dire... »

Raymond poussa légèrement le tôlier du coude :

« C'est ça ?

— Oui... »

La réponse n'avait été qu'un souffle imperceptible. « On dirait qu'il a peur, pensa Raymond, mais peur de quoi ? » Il n'y avait que des amis autour de lui, que des membres du clan. Deux filles disparues, c'était ennuyeux... Toutes les putes faisaient des fugues, de temps en temps. Elles finissaient toujours par retomber dans le métier... Deux, c'était tolérable... Il faudrait les punir, mais c'était supportable.

— Pourquoi tu voulais pas me parler ? »

Cette fois, Freddy parut se détendre quelque peu. Un nœud s'était défait en lui, depuis l'intervention d'Azoulay. Il osa regarder brièvement Raymond :

« Parce que... c'est pas les premières... Deux autres sont parties il y a une quinzaine de jours... »

Roland et son oncle avaient relevé la tête en même temps. Comment? Quatre filles avaient quitté le turbin, et ils l'apprenaient seulement maintenant? Quatre, c'était beaucoup trop. Une grosse perte de recettes. Sans parler du mauvais exemple auprès des autres...

« Et où elles vont, toutes ces filles? demanda Raymond en consultant sa montre. (L'avion dans moins d'une heure. Et Carole qui attendait à l'aéroport...) Jacky, tu étais au courant? »

Azoulay ouvrit de grands yeux innocents :

« Pour les deux premières, oui, mais pas pour les autres. »

Il s'adressa à Freddy sur un ton de reproche affectueux, presque comme on gronde un enfant trop petit pour comprendre :

« Freddy, tu aurais dû m'en parler tout de suite, au lieu de déranger Raymond...

– Bon, décida celui-ci, je veux qu'on récupère ces filles. Freddy, c'est ta responsabilité... Je veux pas être sévère avec toi, mais débrouille-toi pour les retrouver. Sinon, on prendra les comptées sur ta part... Jacky, il va t'aider... D'accord, Jacky?

– Bien sûr, fit Azoulay en posant sa main sur celle du chef de clan dans un geste d'une familiarité inaccoutumée. Tu peux compter sur moi, Raymond. Dès que j'ai du nouveau, je t'appelle... Avec Freddy, on forme une bonne équipe, tu sais... »

Raymond observa les deux hommes : Freddy effondré, et cet Azoulay, trop amical parfois, ce béni-oui-oui empressé et insaisissable. Quelque part, ça sentait mauvais... Tant de fois où il aurait fallu aller jusqu'au fond des choses, gratter jusqu'à l'os pour évacuer tout le pus. Mais d'autres projets nous entraînent : un casino, une femme...

« On y va, dit Raymond. A Orly... »

Il s'était appuyé aux balustres de pierre de la terrasse, comme pour mieux supporter le choc :

« Bien sûr... Dans ma vie, j'ai toujours essayé de faire tout bien...

– Même avec les femmes ? » insista Carole, étonnée de le tenir aussi complètement à sa merci.

Il eut un sourire secret d'adolescent amoureux, que personne dans le clan n'avait sans doute eu l'occasion de voir sur son visage. Un sourire qui était comme une plongée verticale jusqu'au Bettoun de Constantine, cet adolescent timide, paralysé face aux jeunes filles :

« Carole, j'ai pas eu tellement d'aventures comme celle-là... Quand je suis avec une femme, une vraie femme (elle essaya d'imaginer ce que pouvaient être les « fausses »), je suis pas sûr de moi... Je me demande si... » Il s'embrouillait de plus en plus et se mouilla les lèvres à plusieurs reprises : « Non, mais c'est vrai, tu sais... »

En même temps qu'une forte déception naissait, dans l'esprit de Carole, quelque chose qui ressemblait à de la pitié. La face cachée de Raymond Bettoun était loin de valoir celle qu'il offrait en public. Elle avait espéré une sorte de corsaire qui n'hésiterait pas à la bousculer pour lui donner des sensations fortes. Il dévoilait un quinquagénaire en proie à l'angoisse et appelant même sa « manman » à la rescousse, comme tout à l'heure pour sa grotesque histoire de tartines. C'était vraiment un comble !

La pitié l'emporta :

« C'était très bien, dit Carole en offrant le visage ardent d'une maîtresse comblée et anesthésiée par le plaisir. C'était formidable, extra... »

Amusée par ce déluge d'adjectifs, elle se retourna pour dissimuler un sourire.

« Je t'ai vue », dit simplement Raymond.

Elle comprit qu'il le disait lui-même en souriant, et en fut soulagée...

« Cette femme, Carole, pensa Raymond, où j'en suis, qu'est-ce qu'elle représente pour moi ? » Il n'avait pas menti, tout à l'heure, en assurant n'avoir pas souvent vécu de telles aventures. A Paris, il fréquentait irrégulièrement la propriétaire d'une boutique de mode de la rue des Rosiers. Une rousse flamboyante, comme savent l'être les Juives, avec laquelle il lui était arrivé de passer quelques week-ends en Normandie. Un veuvage prématuré permettait à Marie de mettre les bouchées doubles en toute tranquillité. A cette liaison, Raymond ajoutait de temps à autre une heure ou deux dans un studio avec quelque michetonneuse rabattue par Sammy ou Roland : c'était là l'essentiel de sa vie sexuelle. Mais Carole, elle, c'était différent. Physiquement, elle ne correspondait pourtant en rien à son idéal féminin. Cette nuit, il avait recherché en vain les seins et les fesses épanouies de Marie. Il avait trouvé un corps lisse et tendu par l'exercice, presque un corps de garçon. Mais la passion et les caresses étaient bien d'une femme qui aime l'amour. Carole (elle le lui avait dit, dans une confession qu'il avait jugée audacieuse) était arrivée au bord du plaisir uniquement en subissant la masse de l'homme allongé sur elle. Il savait bien pourtant, et l'avait clairement compris, tout à l'heure sur la terrasse, que leur affaire ne reposerait pas, ou peu, sur des liens seulement charnels. Alors, quel serait l'avenir avec Carole? Pourquoi était-elle venue avec lui à Biarritz? se demandait-il encore pendant qu'elle parlait avec animation.

Ils avaient interrompu une longue promenade au bord de l'océan pour se reposer au pied du phare. Tout en bas, les vagues furieuses venaient battre des amoncellements de rochers torturés. Carole, depuis quelques minutes, se racontait. Elle parlait de la vie en Afrique, de honte devant la pauvreté entrevue, de nobles sentiments humanitaires qui brossaient le tableau d'une sorte de docteur Schweitzer en jupons. Toutes choses qui n'intéressaient pas le moins du monde Raymond Bettoun, pour qui il s'agissait là de fariboles incompréhensibles. Il se contentait de dévorer des yeux le beau visage régulier fouetté par les embruns... Ce visage qui l'avait immédiatement séduit, à la fête.

Que savait-elle de lui? Telle était la question qui revenait comme un leitmotiv dans l'esprit de Raymond. Et si elle ne savait rien – pourquoi pas, après tout – ? alors il y aurait peut-être d'autres week-ends comme celui-ci... Il y aurait peut-être quelque chose de calme et d'heureux qui, rien que d'y penser, lui mettait au cœur une chaleur réconfortante. Personne n'avait forcé Carole à venir à Biarritz, donc c'est qu'elle éprouvait sans doute déjà un petit sentiment... Progressivement, Raymond abaissait ses défenses, prêt à déposer totalement les armes. Pendant qu'il faisait mine d'écouter Carole, son esprit battait la campagne, bâtissant des plans pour le futur : « On se fréquente pendant un an, peu à peu, je l'habitue à ce que je fais, après tout il faut bien gagner sa vie, et puis je la demande en mariage. Au début, je la laisserai un peu travailler dans son métier, mais il faudra pas que ça dure trop longtemps : la femme de Raymond Bettoun, elle peut pas travailler comme les autres malheureuses... La femme de Raymond Bettoun, rien qu'elle aura qu'à tendre les doigts pour que je lui passe des bagues et des diamants. Je la laisserai sortir de temps en temps avec Sammy pour acheter une robe ou un chemisier. Les Françaises, elles sont indépendantes... »

« ... Deux jours plus tard, conclut Carole, je prenais l'avion pour Paris... J'avais compris que je n'étais pas chez moi en Afrique, et qu'on me le ferait sentir toute ma vie...

– Comme nous en Algérie ! s'exclama Raymond, soulagé qu'elle eût fini son interminable et ennuyeux récit. Sauf que nous, on était chez nous et que les Arabes ils nous aimaient, mais sinon, pareil !... »

Elle frissonna sous une rafale de vent plus fraîche que les autres. Il s'inquiéta, l'attirant contre lui :

« Tu as froid, mon ange ? On va retourner dans la voiture pour se réchauffer... »

La défaillance momentanée de Carole, cette sensation qu'il avait de la protéger tandis qu'ils grimpaient le long de l'étroit chemin côtier, avaient accéléré les battements cardiaques de Raymond. Une nouvelle fois, elle faisait remonter l'adolescent en lui. Sachant qu'il ne fallait surtout pas poser cette question, toutes les questions mais pas celle-là, il ne put s'empêcher de prononcer les mots qui lui brûlaient les lèvres, car maintenant il voulait avoir la certitude de ce bonheur possible. Il accentua la pression de son bras sur l'épaule de Carole :

« Dis-moi, ma chérie, pourquoi es-tu venue ici ? »

Il regretta aussitôt d'avoir laissé échapper cette préoccupation qui, il ne savait trop comment, ressemblait, quoiqu'il l'eût formulée de la manière la plus objective, à un aveu de faiblesse.

Carole eut cette légère moue qui accompagnait toutes ses périodes de réflexion. Elle hésitait visiblement à parler, ce qui attisa davantage encore le désir de Raymond de l'entendre :

« Pourquoi tu es venue avec moi ? »

Elle se mordit les lèvres, puis sembla enfin prendre sa décision :

« Tu veux vraiment le savoir ? »

Il eut envie de dire que non, qu'au fond ça n'avait pas grande importance, que ce week-end loin de tout souci lui suffisait largement, mais il était trop tard...

« Je sais ce que tu es, commença Carole dont chaque parole fut ensuite comme un pic enfoncé dans le cœur à vif de Raymond Bettoun. « Je le savais depuis le début, poursuivait Carole, mais je voulais comprendre... » Elle désigna Sammy qui les observait discrètement à quelque distance : « Comprendre cette voiture qui te suit partout, ces hommes qui sont comme des ombres autour de toi, cette peur que tu imposes dans tous les regards... Oui, ça m'intéressait d'analyser tout ça... »

« D'analyser tout ça », ricana intérieurement Raymond, pour quoi elle les prenait ? Pour des cobayes ? Elle lui avait fait mal, très mal, mais il était hors de question d'en rien laisser paraître. Au contraire ! Et dire que tout à l'heure il s'imaginait déjà marié... Non, il ne fallait rien montrer. Il fallait faire face. Comme d'habitude...

Il s'arrêta brusquement, prenant Carole par les épaules. Sous son masque souriant affleurait celui d'un enfant chagrin :

« Alors, c'était de la peur dans les regards ? C'est vrai ? Et moi qui ai toujours cru qu'ils m'aimaient... »

Elle le regarda droit dans les yeux. Il ne put s'empêcher d'admirer son sang-froid quand elle lui dit :

« Moi, je n'ai pas peur, Raymond... »

Pendant le trajet entre le phare et le casino récemment tombé entre les griffes des Bettoun, Raymond ne desserra pas les dents. Avec Carole, ils voyageaient comme deux personnes qui partagent momentanément un compartiment de chemin de fer. Ce fut elle qui finit par lui prendre la main d'un geste hésitant, d'une délicieuse féminité, qui toucha Raymond au plus profond. Il reprit aussitôt confiance. Bon, et alors, elle savait, d'accord ! On n'allait pas en faire un drame, non plus. C'était peut-être mieux, dans un sens. Imaginons que quelque chose de sérieux soit arrivé : un jour ou l'autre, il aurait fallu donner des explications ou justifier telle ou telle médisance dans les journaux. Tandis que là, au moins, tout était clair et net. Si elle savait, c'est qu'elle admettait.

Donc on repartait sur des bases saines. On pouvait construire une maison solide. Ensuite, elle aurait largement le temps de comprendre la soi-disant « peur dans les regards »... Qu'est-ce qu'elle croyait, celle-là ? Bien sûr que c'était de la peur ! Et même bien plus que de la peur : de la trouille, de la frousse, de la pétoche... Quand on s'appelait Raymond Bettoun et qu'on était ce qu'il était, il fallait être redouté. Qu'est-ce qu'elle aurait voulu ? Que les gens ils soient là, sereins, décontractés, comme à l'église ? Non, le pouvoir, il repose sur le respect. Et le respect, il provient qu'on a les jetons ou non en face de quelqu'un. C'est pas plus difficile que ça ! Ça fait rien, il lui ferait passer ses belles idées, à Carole. Il lui montrerait la vraie vie, un peu. Que c'est pas avec ses amis de la bonne société qu'elle l'apprendrait. Après, quand elle aurait bien compris quel pouvoir immense il avait, elle changerait d'avis. Elle comprendrait même plus comment elle avait pu vivre si longtemps loin de lui, au milieu de tous ces coulos de Français... Tiens, on approchait du casino... Devant le coquet bâtiment de style Napoléon III, quelques membres de la direction et du personnel battaient la semelle en attendant le nouveau propriétaire. Raymond attira Carole à lui :

« Regarde s'il est beau, mon casino. Tu as vu toutes ces fenêtres, un peu ? Et l'entrée avec le toit pour protéger les riches quand ils viennent jouer... ? »

Il s'émerveillait de tout et, malgré elle, Carole fut émue de cette dimension juvénile, si inattendue. Dans son enthousiasme, il lui broyait le bras. Elle se trouvait collée à lui au fond de la Mercedes. Soudain, il passa la main sur ses cheveux, dans un geste insupportablement protecteur. Elle se sentit une chose passive, pliable et adaptable à merci : le malentendu continuait. Pour cet homme, tout était ordonné dans le sens de la soumission. On n'en sortirait jamais.

A sa descente de voiture, il serra rapidement quelques mains, peignant sur son visage une intolérable expression de mépris. « Je verrai si je vous garderai », semblait-il signifier au personnel qui guettait humblement un regard, un sourire. Carole trouva horrible cette mine suprêmement suffisante de Bettoun. Elle réalisa soudain qu'elle s'ennuyait, que tout ce week-end n'était qu'un lamentable gâchis. Elle s'était trompée de bout en bout. Cet homme n'était qu'un ego, imbu de lui-même dans des proportions inouïes. Rien d'autre n'existait à ses yeux que lui-même. Tout le reste pouvait être écrasé, piétiné, balayé sans l'ombre d'un scrupule. Il n'y avait strictement rien à gagner à sa fréquentation. Peut-être même, au contraire, finirait-elle par se révéler dangereuse.

Raymond écarta le directeur qui venait à sa rencontre : « Plus tard... on verra plus tard... » Carole se sentit entraînée par une poigne de fer vers l'intérieur. Il ne lui lâcha la main qu'une fois parvenus dans la grande salle de jeu. La poitrine de Raymond se gonfla d'un orgueil immense qu'il lui fallait absolument faire partager. Il ouvrit tout grands les bras dans la salle faiblement éclairée par la lumière du jour :

« Tout ça, c'est à moi. Tu entends ? C'est à moi, maintenant ! Tout ! » Il montrait les tables recouvertes de housses blanches, les lampes à abat-jour au bout de leur long fil, les rangées de fauteuils destinés aux joueurs. « C'est à moi ! Tout ! Tout ! »

Il s'interrompit soudain :

« Tiens, Carole, va voir le paysage à la fenêtre. C'est magnifique. On voit la mer... »

Il la poussait vers les grandes baies vitrées et elle s'exécuta, de plus en plus exaspérée.

« Hein, Sammy, disait derrière elle Raymond, c'est autre chose que le casino de Constantine !... »

Elle perçut dans son dos des froissements mystérieux, une activité fébrile. Quand elle se retourna, Raymond se tenait devant l'une des tables de jeu, débarrassée de sa housse.

« Tu as déjà joué à la roulette ? » demanda-t-il d'un ton innocent. Puis, sans attendre sa réponse : « Allez, mise quelque chose, mise... »

Déjà, il jetait la boule sur le plateau, s'exclamant dès qu'elle fut immobilisée :

« Oh ! quelle chance tu as, mon ange ! Tu fais sauter la banque du premier coup... »

En un éclair, Carole comprit ce qui se préparait. Ses ongles s'enfoncèrent jusqu'au sang dans ses paumes. Non, mon Dieu... pas le coup du cadeau... Mais comment espérer autre chose de sa part ? Quand on est simple, on est simple jusqu'au bout...

Sammy tendait à Raymond une boîte, qu'à son tour celui-ci fit glisser vers Carole, sur le tapis vert, à l'aide d'une palette utilisée par les croupiers :

« Ouvre, c'est un petit cadeau », dit-il avec un sourire indécis.

Pendant qu'elle prenait la boîte, hésitant sur la conduite à tenir, puis se décidant finalement à l'ouvrir, il expliqua d'une voix légère :

« Avant de partir, je suis passé place Vendôme... J'étais en train de penser à toi, à notre voyage, et voilà... »

Carole venait d'extirper le bijou de son écrin. Elle considéra la magnifique montre sertie de diamants. L'accepter, c'était accepter tant d'autres choses... C'était tout accepter. C'était se vendre, tout simplement... Elle releva la tête :

« Je crois qu'on ne s'est vraiment pas compris... »

Il arquait les sourcils, incapable de percevoir le véritable message, derrière la banalité des mots :

« Qu'est-ce qu'il y a? Si elle te plaît pas, on peut la changer, hein... Ils me l'ont dit, chez Van Cleef... »

Il faillit ajouter : « Pour le prix que je l'ai payée, c'est bien le minimum », mais il préféra se taire, ayant enfin perçu le malaise de Carole. Celle-ci abaissait lentement la main qui tenait la montre. L'échéance était venue plus vite que prévu. Elle avait compté lui parler plus tard. Peut-être dans l'avion du retour. Tant pis, ce serait fait.

Elle eut une sorte de demi-sourire qui, d'ordinaire, rendait plus attrayant le charme de son visage triangulaire. Mais, dans ses yeux bleus, se lisait une froide détermination, un rejet définitif :

« Ecoute, Raymond, si j'ai accepté ce voyage avec toi, c'est que j'en avais envie. C'est moi qui ai décidé de venir ici. Je n'ai pas besoin de récompense! »

La montre glissa sur le tapis en direction du chef de clan cependant que Carole, le frôlant pour sortir, ne laissait derrière elle qu'un nuage parfumé.

Il fixa longtemps les baies vitrées, dans un silence respecté par Sammy.

« Va chercher le directeur et les autres, dit faiblement Raymond en faisant un immense effort sur lui-même. Maintenant on va discuter affaires... »

15

Depuis plusieurs jours, Jacky Azoulay avait l'impression d'être suivi dans tous ses déplacements à travers Paris. Une impression tenace qu'aucun indice n'avait cependant concrétisé, jusqu'à présent. Jacky avait multiplié les ruses, revenant brusquement sur ses pas, utilisant les doubles issues de certains immeubles de la rue Saint-Denis, connues des seuls initiés, rien n'y faisait. Il avait la sensation désagréable d'être une proie aux traces de laquelle se serait attaché quelque chasseur silencieux et impitoyable. A mesure que les jours passaient, la nervosité du pied-noir s'accentuait. Il était devenu irritable et explosait de fureur au moindre prétexte. Une angoisse sourde s'était installée en lui, comme si à tout moment son existence pouvait prendre un tour dramatique. Pour se rassurer, il s'était mis à porter une arme, un 7,65 qu'il possédait depuis plusieurs années, pour le cas où... Ainsi, il se sentait plus en sécurité pour effectuer ses rondes quotidiennes parmi les prostituées du quartier.

En descendant de voiture, ce soir-là, il jeta automatiquement un regard autour de lui. Toute la journée encore, il s'était senti pisté dans chacun de ses déplacements. Mais, dans la petite rue Napoléon, tout était calme, hormis le mouvement habituel des filles devant l'hôtel de passe de Freddy. Sous son veston, Jacky caressa la crosse de son pistolet et plissa les lèvres : « Fils, tu te fais trop de cinéma. Qui c'est qui peut te suivre? Et d'abord, pourquoi on te suivrait? »

Il poussa avec entrain la porte de l'Empire, un estaminet mitoyen de l'hôtel et qui servait au souteneur de poste d'observation pour observer au chaud le travail de ses filles. Il passait là le plus clair de son temps à taper la carte avec d'autres collègues.

A l'entrée d'Azoulay, Alain, le barman, un personnage névrosé qui collectionnait les slips de prostituées, le salua d'un signe de tête. Dans le fond de la salle, quelques « hôtesses » tentaient de convaincre la clientèle de consommer du champagne, avant de suggérer un petit séjour dans l'une des chambres de Freddy. Tableau habituel auquel Jacky n'aurait pas accordé la moindre attention si son nom n'avait soudain été proféré par une voix sonore :

« Oh! Jacky! Je t'attends depuis deux heures! »

L'homme était caché par une fausse cloison. Quand il se pencha, Azoulay reconnut William Benhamou, le videur de l'Odyssée, ou plutôt l'ex-videur, puisque Maurice venait de s'en débarrasser. Benhamou ou rien, c'était la même chose : une grande carcasse qui ne contenait que du vide. Azoulay haussa les épaules :

« Et alors? Même si tu attends toute la nuit, qu'est-ce que j'en ai à foutre?

– Il a bu sur ton compte », dit le barman qui fit mine, pouce baissé, d'emplir une bouteille, indiquant ainsi que Benhamou était en état d'ébriété avancée.

« Putain, pensa Azoulay, pour qui il se prend çui-là, de boire comme ça à ma santé ? Qu'est-ce que ça veut dire ? Les gens, ils ont plus aucun respect du tout. » Il sentit monter la colère en lui. « Ce Benhamou, il va prendre pour tous les autres ! Je vais lui niquer sa gueule d'enfoiré... »

Il s'approcha à pas comptés de l'homme de main qui lui souriait d'un air bonasse :

« En quel honneur tu as bu sur mon compte ? »

La réponse qui filtra des grosses lèvres de Benhamou fit à Azoulay l'effet d'un véritable coup de poing dans l'estomac :

« En l'honneur, dit Benhamou, que tu fais travailler des filles à Bettoun sur les autoroutes et que tu te caches pour faire ça ! »

Le videur de l'Odyssée savoura une seconde le spectacle de Jacky Azoulay littéralement assommé par le choc, comme si tout l'établissement venait de lui dégringoler sur la tête.

« Ça te la coupe, hein ? » demanda cruellement Benhamou qui précisa aussitôt, pour dissiper tout malentendu : « L'autre jour, j'ai rencontré une salope qui fait des films pornos, une certaine Marie-Claire... Ça te dit rien ?

– Non... », réussit à balbutier Jacky, muet d'épouvante.

Il ne faisait encore que mesurer les premiers effets du séisme qui venait de ravager son petit monde bien tranquille. « Mon Dieu... niqué je suis... ça y est... Mort et enterré... Les vers ils me mangent... »

« Et si je te dis que sa mère elle s'appelle Madeleine et qu'elle tient des cantines sur les chantiers, là tu comprends ? » demanda encore Benhamou.

La décision d'Azoulay fut prise en un éclair et s'imposa à lui comme la seule évidence : Benhamou devait se taire. Il fallait que cette grande gueule soit mise dans l'impossibilité de prononcer un mot de plus. Oui, c'était la solution : lui clouer le bec définitivement... En attendant, gagner du temps, l'amadouer...

Azoulay fut surpris de trouver en lui-même le courage de sourire. C'était plutôt bon signe... Il posa la main, dans un geste cordial, sur l'épaule de Benhamou :

« La tchatche, William, tu es le roi ! »

L'autre prit un air offensé :

« Moi ? J'ai rien dit encore ! Mais si j'en parle à Raymond, les glaouis il te les coupe et il les fait frire... C'est pas bien, Jacky, ce que tu as fait à la famille... »

Azoulay avait presque ressenti physiquement le sort peu enviable auquel William destinait une paire de testicules qui ne demandaient encore qu'à servir. Il lui sembla qu'ils se recroquevillaient d'effroi dans son pantalon... Gagner du temps, il fallait gagner du temps pour trouver une solution ! Mais comment ? En désespoir de cause, il se tourna vers le barman :

« Alain, sers ce qu'il veut à mon ami William ! C'est pour moi ! »

Avant d'ouvrir une nouvelle canette de bière, le barman fit signe à Azoulay qu'on le demandait à l'extérieur. La tête de la Guêpe apparaissait en effet à travers l'un des carreaux de la porte vitrée du café. De l'index, il invitait Azoulay à le rejoindre dehors. Exaspéré, celui-ci s'employa à garder son sang-froid.

« Bouge pas, William, je reviens... »

Le videur, éméché, secoua la tête :

« Me fais pas attendre toute la nuit... »

Sur le trottoir, la Guêpe sautillait comme à l'entraînement. Tous les mercredis soir, par mesure d'hygiène, le boxeur venait, selon son expression, « se vider les burettes ». Il suivait ainsi les bons conseils de Raymond pour qui : « a) un boxeur il faut qu'il boive du lait; b) il faut pas qu'il nique plus qu'une fois par semaine; et juste avant un combat, rien du tout. » La Guêpe avait fait ses calculs : il restait neuf jours avant d'affronter Gardel, donc ça pouvait encore coller... Ce n'est pas l'air sinistre d'Azoulay à sa sortie du café qui pouvait décourager cette virilité trop bridée. En sautillant de plus belle, la Guêpe tendit la main au souteneur.

« Salut, Jacky ! Je te dérange pas, non ?... » Sans attendre la réponse, il poursuivait déjà : « Je suis venu tirer un coup... c'est mercredi...

– Bon, fit Azoulay, résigné, qui tu veux aujourd'hui ? »

Une expression enthousiasmée se répandit sur le visage de la Guêpe :

« Tu l'as encore, la grande blonde ? Comment elle s'appelle déjà ? Elle m'a fait un de ces trucs la semaine dernière...

– Sonia ? dit Jacky. D'accord, dis-lui que c'est de ma part, mais dépêche-toi, je perds une comptée. »

La Guêpe porta la main à la braguette de son blue-jean dans un geste cru :

« Eh, oh ! ça dépend pas de moi... »

Il vola rejoindre sa belle qui le dépassait d'une bonne tête. Azoulay s'apprêtait à pénétrer à nouveau dans le café quand il se figea sur place. A travers les carreaux, un spectacle s'offrait à lui qui lui ouvrait soudain des perspectives inattendues.

William Benhamou avait quitté sa table. Le sang de Jacky commença à lui battre aux tempes : mais oui, Benhamou demandait les clefs des W.C. au barman... Les W.C. qui se trouvaient derrière l'établissement... dans une petite cour déserte. Seules les fenêtres de l'hôtel de Freddy donnaient sur cet espace clos et elles avaient toutes les raisons possibles d'être fermées jour et nuit. Le nez collé à la vitre, Jacky Azoulay, les mains moites, sentit que son destin basculait, cependant qu'à l'intérieur, William Benhamou se dirigeait vers la porte du fond...

« Mais qu'est-ce qu'il est en train de foutre, d'après toi ? »

En posant la question, Villars avait enfoncé son coude dans les côtes de Bobiak qui sursauta. Le Gitan supportait difficilement l'atmosphère confinée de la voiture. Voilà des heures qu'ils observaient la façade du café... Et tout ça pour ce pauvre minable d'Azoulay que Villars s'était mis dans la tête de suivre de jour comme de nuit. Depuis une semaine, c'était la vraie folie, cette filature ! « Tout le monde sur le pont, avait dit Villars aux hommes rassemblés à la distillerie, on ne lâche pas Azoulay d'une semelle. Pour le moment, c'est le maillon le plus faible des Bettoun. Je le tiens solidement avec les nanas qu'il détourne à son profit, mais ce n'est pas suffisant. Un jour ou l'autre, il fera une autre connerie et nous serons là pour lui sauter dessus ! Alors, ne le perdez pas des yeux une minute... »

Bobiak observa le profil tendu de Villars : quel drôle de type, tout de même !... Quand il voulait la peau d'un mec, il allait jusqu'au bout...

Le Gitan sentit une haleine chaude dans son cou. Le Sacristain aussi s'était réveillé, excité par la perspective de flinguer... n'importe quoi... pourvu qu'il puisse défourailler comme un dingo avec son pistolet-mitrailleur. Abattre Carréras ne lui avait pas suffi...

« On y va ? dit le Sacristain dont l'haleine sentait l'ail.

— Non, non, ordonna Villars, main levée pour stopper toute initiative. J'ai bien l'impression que cette fois, on tient le bon bout... »

Jacky Azoulay longea la façade du café puis celle d'une cordonnerie voisine. Il se retourna plusieurs fois comme pour s'assurer qu'il n'était pas suivi, avant de s'engouffrer sous une porte cochère.

« La gueule d'Azoulay, quand il lui avait sorti le coup de Madeleine... Ah ! la gueule qu'il faisait !... Des instants comme celui-là, ça vous remboursait d'un beau paquet de conneries ! » William Benhamou en gigotait de plaisir sur la cuvette des W.C. Il fut pris d'un fou rire silencieux d'homme soûl et s'essuya les yeux du revers de la main : « Oh ! la gueule !... Bof, finalement, c'est un brave mec, cet Azoulay, c'était peut-être pas la peine de lui foutre tellement les jetons... Il lui parlerait, tiens, tout à l'heure... Fallait pas le laisser comme ça dans l'angoisse... Il en attraperait des cheveux blancs !... » De nouveau, Benhamou fut pris du même fou rire silencieux. « Mais, dans le fond, pensa-t-il, pourquoi j'en tirerais pas quelque chose, de ce que je sais ? Pourquoi j'aurais pas une part, moi aussi, sur les putes ? Hein ? Pourquoi pas ? Ils m'ont toujours pris pour une merde, à commencer par Azoulay, mais il va voir ! La moitié que je lui demanderai ! 50 p. 100 sur tout ! » Benhamou se donna un violent coup de poing sur le genou, puis s'interrompit. Il lui avait semblé entendre du bruit.

« William... William... »

C'est bien lui qu'on appelait. En tout cas, c'était son prénom...

« Quoi encore, dit-il, plus pour lui-même que pour son interlocuteur, on peut plus chier tranquille ?

– Qu'est-ce que tu veux pour fermer ta gueule ? reprit la voix que William reconnut soudain. Du fric ? »

Azoulay, évidemment, et mort de trouille, bien sûr... Tiens, on allait un peu s'amuser avec lui...

« Tu me prends pour une de tes putes ? chuchota Benhamou, penché contre la porte. Tu as peur, hein ? Tu as peur du petit Benhamou ! Mais il te tient, maintenant, et il te lâchera plus. A partir d'aujourd'hui, t'es plus qu'une merde. Tiens, écoute ! »

Un pet sonore résonna dans les W.C. Benhamou n'eut pas le temps d'ajouter : « C'est pour rire, Jacky... » Il reçut plusieurs coups de boutoir en pleine poitrine, qui se transformèrent en boules de feu dévorant ses poumons. Il eut encore le temps de penser qu'il mourait victime de sa propre connerie : un résumé de sa courte existence terrestre.

Allongé sur la plantureuse Sonia, la Guêpe s'apprêtait à plonger dans le vif du sujet quand il entendit les brèves détonations du 7,65. Il se dégagea instantanément des bras de la prostituée pour se précipiter à la fenêtre et, tout d'abord, scruta en vain l'obscurité de la cour. Puis un rai de lumière apparut sur le sol et s'élargit lentement, très lentement. Accompagnée par les aboiements des chiens du quartier, une forme humaine paraissait pousser de l'intérieur la porte des W.C. éclairés, qui s'ouvrait de plus en plus grand. Quand le front de l'homme ne trouva plus d'appui, c'est le corps tout entier qui bascula en avant. William Benhamou, foudroyé en plein effort, n'avait même pas eu le temps de remonter son pantalon.

En claquant des dents, la Guêpe se rhabilla plus vite qu'il ne l'avait jamais fait... Mauvais ça, très mauvais d'être mêlé de près ou de loin à un meurtre... Surtout quand le mort faisait partie du clan des Bettoun et qu'on était soi-même l'un des hommes de confiance de Raymond... Oh ! oui, très mauvais... Putain, vite le jean et ciao les mecs !

William flingué ! Mais pourquoi ? Plus tard... plus tard... on essaierait de comprendre plus tard...

Dans l'hôtel, c'était l'affolement. Clients et putes hurlaient et se bousculaient pour échapper à l'inévitable rafle. Freddy barra la porte de son corps pour empêcher la Guêpe de sortir :

« T'es pas louf, non? Tu vas tomber sur les flics! Barre-toi par en haut... Par les toits! File à Meudon prévenir Raymond! »

Au volant de la Continental, Jacky Azoulay se regarda dans le rétroviseur. Il n'avait pas changé d'apparence. Pourtant, depuis quelques minutes, il était devenu un meurtrier. Il freina sagement à un feu rouge : attention de pas faire l'idiot en ce moment. Manquerait plus que d'être arrêté par la police... « T'es un assassin, Jacky », dit-il à haute voix, mais c'était ce coulo de Benhamou qui l'avait obligé à tirer. Celui-là, alors, toujours à la ramener! Maintenant, il était content, il était mort. De toute manière, bête comme il était, ce William, presque c'était un service à lui rendre, de le tuer. Un jour ou l'autre, ça lui serait arrivé...

A mesure qu'il s'éloignait du lieu du crime, Jacky se détendait et reprenait des couleurs. Finalement, tout s'était bien passé. D'accord, on l'avait vu parler avec Benhamou, mais il avait également parlé avec la Guêpe, alors pourquoi le soupçonner, lui, plutôt qu'un autre? Après, personne ne l'avait vu ni entrer ni sortir de la cour par la porte cochère. Non, il était bien couvert de tous les côtés. Et, sur ce coup, il avait même été assez bon... Maintenant, il allait se faire oublier un peu, et puis il irait voir Villars pour lui dire que les putes sur les chantiers, c'était fini, terminé, classé! Cette fois, il lui dirait vraiment!

A vingt mètres derrière la belle Américaine, séparé d'elle par quelques véhicules, Pascal Villars souriait également, mais pour d'autres raisons... Si son intuition était juste, la première brèche sérieuse venait de s'ouvrir dans la cuirasse hermétique des Bettoun...

« Tu es sûr que le shako était noir?

– Absolument sûr, papa. »

Le vieil homme était loin d'être convaincu. Il remit ses lunettes en place sur son nez et trempa son pinceau dans le gobelet de peinture noire.

Jérôme Duché eut soudain envie de le serrer dans ses bras. Quelle tête de mule, tout de même! Ils avaient bien le même caractère, tous les deux! Jamais certains d'une chose, tant qu'elle n'était pas établie et prouvée. A son tour, il s'empara d'une figurine de plomb et en approcha son pinceau. Dans l'appartement bourgeois, Duché père et fils étaient occupés à une tâche d'apparence frivole mais qui, à leurs yeux, revêtait un caractère presque sacré : ils peignaient des soldats de plomb. Des dizaines et des dizaines de soldats qui leur arrivaient d'une fonderie spécialisée, sous une apparence grisâtre. Mais la magie du pinceau avait tôt fait de rendre aux uniformes napoléoniens leur lustre d'antan. A travers tout l'appartement, des vitrines d'exposition brillamment éclairées donnaient à contempler, dans un ordre parfait, les unités qui s'étaient illustrées à Austerlitz comme à Eylau, en Egypte comme en Italie. Les deux hommes pouvaient passer des soirées entières à décorer paisiblement les figurines. Toute contestation sur un point de détail se traduisait par des discussions fiévreuses, penchés sur les planches en couleur d'un ouvrage poussiéreux. Pour rien au monde le commissaire Duché n'aurait renoncé à cette activité qui lui permettait d'échapper au monde de boue et de sang dans lequel il évoluait habituellement. Absorbé par la délicate enluminure d'une guêtre de grognard, il lui arrivait même de relever la tête, l'air ravi : il venait de résoudre inconsciemment un problème majeur qui, jusque-là, bloquait la progression d'une enquête.

Quand la sonnerie retentit, les deux hommes tressaillirent, leur petit monde imaginaire fracassé par cette irruption de la réalité. Un coup de sonnette à une heure aussi tardive ne pouvait signifier qu'une chose : quelque part, la mort avait frappé, une mort brutale, et l'on venait chercher Duché pour qu'il démêlât ce nouveau puzzle...

Sans mot dire, celui-ci se leva pour aller ouvrir. Il revint quelques instants plus tard au salon, accompagné de Frémont, l'homme qui lui succéderait un jour à la P.J. Le nom de Benhamou fut échangé à plusieurs reprises. Oui, fit Duché, il fallait y aller, car Benhamou, c'était plus ou moins les Bettoun, et les Bettoun, n'est-ce pas... Ainsi, à travers tout Paris, la rumeur du crime courait-elle de bouche en bouche...

Avec difficulté, en raison de son bras droit paralysé, le commissaire enfila sa veste. Lorsqu'il peignait ses soldats de plomb, il fichait le pinceau entre ses doigts morts et bougeait la figurine de la main gauche...

Son père le regardait par-dessus ses lunettes :

« Vous sortez, Jérôme ? »

Duché contempla avec tendresse le vieil homme :

« Je vous laisse finir, papa... Un petit règlement de compte...

– Oh ! fit Duché père, encore vos pieds-noirs, n'est-ce pas ?... »

Le commissaire s'approcha de la table et renversa l'un des soldats de plomb, face contre terre :

« Un de moins... »

Pépé n'aimait pas être dérangé quand il dormait. Pour lui, les heures de sommeil étaient sacrées. Le meilleur moyen de le mettre de mauvaise humeur, c'était de venir le réveiller au beau milieu de sa sieste quotidienne. Même Raymond n'aurait jamais osé, sauf peut-être pour lui annoncer la mort de Blanche ou un autre événement aussi tragique.

Pourtant, tout à l'heure, Roland ne s'était pas gêné pour tambouriner à sa porte et l'arracher à son précieux sommeil. Avec une raison valable, d'accord, mais quand même... Tout ça à cause de ce foutu la Guêpe qui venait débouler à Meudon en plein milieu de la nuit et réveiller tout le monde dans la maison... A la hâte, Pépé, bousculé par Roland, avait enfilé en maugréant sa vieille robe de chambre, ses pantoufles éculées, et dégringolé l'escalier. Maintenant, dans la salle attenante à la cuisine, où l'on prenait habituellement le petit déjeuner, il était en train de composer le numéro de Raymond à Biarritz.

Bougeant d'un pied sur l'autre, avec des gestes nerveux, la Guêpe n'en finissait pas de raconter ce qui s'était passé à l'hôtel, la mort de William, comment il avait à peine eu le temps de s'habiller et de se sauver. Par une ouverture découpée dans le mur et qui servait de passe-plat, Roland, occupé à faire du café dans la grande cuisine, ne perdait pas une parole de la Guêpe. Dans ce genre d'affaire, mieux valait tout comprendre dès le départ. Même si William Benhamou était un personnage plutôt inintéressant, dont la perte ne serait pas regrettée, on ne pouvait laisser flinguer les membres du clan sans réagir : question de morale...

La tête de la Guêpe s'encadra soudain dans le passe-plat :

« T'as rien à manger ? De courir comme ça, j'ai une de ces faims... »

Roland lui tendit une corbeille où traînaient quelques vieux gâteaux dont l'homme de main s'empara avidement.

« Alors, t'as rien vu ? demanda Roland en remontant son pantalon de pyjama qui glissait.

– Ben non, dit la Guêpe, la bouche pleine. Quand je l'ai vu allongé comme ça, plein de sang, je me suis barré vite fait.

– Et Freddy ? »

La Guêpe avala une bouchée avec difficulté :

« Freddy ? Il dormait... Après, il m'a dit de venir ici et qu'il appelait les flics... »

La corbeille de gâteaux à la main, le jeune boxeur s'assit près de Pépé dont la main restait suspendue au-dessus du téléphone. Torturé de scrupules, il n'avait pas composé jusqu'au bout le numéro de Raymond. A voir qu'il aille le réveiller pour rien... A Orly, avant de monter dans l'avion, Raymond avait été très net : « On me dérange sous aucun prétexte, sauf si c'est vraiment grave. C'est à toi de juger... »

Mais, justement, comment juger l'importance de cet événement ? Il en avait de bonnes, Raymond! Purée, mais pourquoi la Guêpe il avait débarqué comme ça au milieu de la nuit, alors qu'il dormait si bien? Par-dessus ses lunettes, Pépé jeta un regard haineux sur l'objet de ses soucis, occupé à manger tranquillement ses gâteaux, puis il décida de demander conseil à Roland qui allait et venait dans la cuisine.

« Mais qui c'est qui avait intérêt à flinguer William? Il était net, ce garçon? »

Roland se pencha pour répondre, lui aussi, par l'intermédiaire du passe-plat, comme la Guêpe l'avait fait tout à l'heure :

« Oui... il était encore avec nous, l'autre jour, pour les flippers. » Il réfléchit une seconde et ajouta : « Moi, j'ai l'impression que c'est les Arabes qui continuent leurs salades... Allez, appelle Raymond... »

En soupirant, Pépé recomposa le numéro de l'hôtel à Biarritz, mais il reposa aussitôt le combiné. Non, pas possible! La tête de Raymond, si l'appel arrivait juste au milieu de...

Il se leva et, en trottinant, se dirigea vers Roland. Celui-ci n'avait pu s'empêcher de sourire au spectacle qu'offrait le numéro deux du clan : avec ses vieilles savates, sa robe de chambre rapiécée, ses cheveux dressés sur la tête...

Pépé s'accouda à la tablette du passe-plat et d'un souffle, pour ne pas être entendu de la Guêpe, murmura : « Je peux pas appeler... Il est avec une femme... » Puis, d'une voix normale, maintenant que l'information essentielle avait été communiquée :

« Si c'est les Arabes, Raymond il ira voir Bouli demain en rentrant. » Et, se penchant vers Roland : « Alors il est prêt, le café ? Je peux plus dormir, moi. »

En sirotant les premières gorgées, Pépé Atlan marmonnait le credo qui expliquait toute sa vie : « On peut rien faire... Il faut attendre Raymond. »

16

La vision d'une Rolls-Royce dans une rue de Paris attire déjà les regards. La même Rolls évoluant dans le quartier de la Goutte-d'Or constituait une vision stupéfiante. Mais que cette voiture, appartenant de surcroît au patron de la Mafia juive pied-noir, vienne narguer les Arabes au beau milieu de leur domaine réservé, c'était là un événement à proprement parler inouï... Pourtant, ce spectacle haut en couleurs s'offrait ce matin-là à tous les passants qui, pour une raison ou pour une autre, déambulaient aux alentours de la villa *Nungesser.* Raymond Bettoun et son gang débarquaient en force chez les Arabes !

Pour Raymond, à son retour de Biarritz, la décision avait vite été prise, et il l'avait dit à Pépé : « Je veux pas d'histoire avec Bouli. Les Arabes, on sait quand ça commence, on sait jamais quand ça finit. Appelle-le et dis-lui qu'il faut qu'on parle »... Rendez-vous avait été pris. Raymond, étant le demandeur, aurait à venir vers Bouli, solidement retranché dans son Quartier général.

A première vue, la villa *Nungesser,* par l'une de ces bizarreries architecturales si nombreuses à

Paris, semblait un petit morceau de Londres transféré au cœur de la capitale. Rien ne manquait : ni les grilles devant les maisons, ni les réverbères préservés, ni les coquettes demeures peintes en blanc et pourvues, pour certaines, de fenêtres à l'anglaise. On accédait à celle de Bouli par une étroite allée pavée de brique rose, tout à fait digne d'aboutir sur Kensington Street... Seule la présence d'une nuée d'hommes au teint basané et au regard farouche venait assombrir ce riant tableau.

A l'arrivée de Raymond et de sa troupe, il y eut un instant de flottement entre les deux groupes lourdement armés. Juifs et Arabes face à face, ça sentait la poudre. Déjà, des enfants astucieusement disposés en sentinelles couraient prévenir Bouli. Une première grille s'ouvrit devant Raymond. Il prit le chemin de brique, suivi par Roland, Pépé et Sammy. A mesure qu'ils avançaient vers la maison, ambiance, musique et odeurs se faisaient plus orientales : le son aigrelet d'une *raïta* venait agacer leurs oreilles, cependant que l'odeur puissante du café grillé imprégnait leurs narines. Raymond ferma les yeux une seconde : l'Algérie en plein Paris...

Un homme venait à leur rencontre. C'était Larbi, chef de guerre de Bouli, comme Roland était celui de Raymond. Les deux garçons se toisèrent du regard : chacun retrouvait chez l'autre la même ardeur belliqueuse.

Une seconde grille barrait l'accès à l'hôtel particulier, ravissante demeure blanche pourvue d'un agréable jardin et d'un escalier de pierre qui faisait son petit effet. Un garde s'interposa devant Raymond, afin de le soumettre à la fouille. Au même instant, Bouli apparaissait sur le perron : costume blanc, crâne rasé, carrure impressionnante. L'homme ne manquait pas d'allure, et le savait. Il ouvrit les bras dans un geste théâtral :

« Raymond, mon ami ! Rentre, rentre vite !... »

Bettoun désignait le garde :

« Attends, celui-là, il veut me fouiller. »

Bouli montra aussitôt son autorité en réprimandant le garde dans un arabe où passaient des accents de férocité. L'homme s'écarta, des excuses plein la bouche. Raymond et son petit groupe eurent enfin accès à la cour.

En vrai chef arabe, Bouli avait reconstitué autour de lui une microsociété tout entière à sa dévotion, et qui vivait en plein Paris de la même manière qu'à Alger. N'ayant rien changé aux habitudes ancestrales, l'ancien petit gangster de la casbah se donnait ainsi des airs de bachagha pour administrer un empire du crime qui ne cédait en rien à celui des Bettoun. De Pigalle à la Goutte-d'Or, dans un des secteurs les plus populeux de Paris, aucune opération illégale ne pouvait s'effectuer sans que Bouli ne prélevât sa part au passage. Son réseau de racket, de drogue et de prostitution reposait sur un terrifiant assemblage de gangsters et de tueurs auxquels nul n'osait se frotter. A la moindre incartade, des sentences de mort étaient prononcées et aussitôt exécutées. Face à Raymond Bettoun se trouvait l'un des hommes les plus puissants du monde du crime. Un jour peut-être très prochain, Bouli mourrait de manière violente, mais c'était littéralement le moindre de ses soucis...

Les deux hommes se donnèrent l'accolade, puis Bouli prit Raymond par le coude. Il était très fier de sa maison et désirait la faire admirer au grand chef des juifs, avant d'entamer la palabre. Raymond non plus n'était pas pressé. Avec les Arabes, tout devait se faire à un autre rythme, comme dans un autre siècle...

Une fenêtre du rez-de-chaussée laissait apercevoir un spectacle insolite sur lequel les yeux du pied-noir étaient venus se poser : l'archet en main, un enfant aux cheveux très blonds jouait avec application d'un énorme violoncelle. Pendant quelques secondes, Bouli goûta la surprise de son hôte qui se demandait visiblement d'où venait cet enfant et ce qu'il faisait là... Puis il ne put résister davantage et expliqua avec un sourire éclatant :

« C'est mon fils Eric... Tu as vu si il joue bien ? Des fois, des heures je reste à l'écouter. » Il baissa la voix : « Je l'ai eu avec une Française. C'est un fifty-fifty... »

Encore mal remis de sa surprise, Raymond cherchait ses mots :

« Il est beau... » Puis il finit par se reprendre : « Nous aussi, chez nous, la fille à Pépé, elle nous a fait un fifty-fifty avec un catholique. »

Cette révélation ne suffit pas à rasséréner Bouli qui poursuivait d'un air pessimiste :

« Chez vous, les juifs, c'est moins grave parce que c'est la mère qui compte. Mais moi, de quoi j'ai l'air avec un enfant tout blond ? » Il passa la main sur son crâne chauve : « Allez, Eric, arrête de jouer un peu, maintenant. Va dans la chambre avec la nurse. »

Il hocha la tête et répéta « la nurse », comme si ce mot résumait toute l'étrangeté de la situation...

C'en était fini des préliminaires et l'on allait

maintenant passer aux choses sérieuses. Comme dans une conférence internationale, l'entourage des deux chefs de clan s'éclipsa discrètement, pendant qu'ils prenaient place sur des chaises de jardin dans un coin ombragé de la cour. Tout naturellement, le silence s'était fait autour d'eux pour cette entrevue au sommet qui resterait gravée dans les annales de la criminalité.

Raymond et Bouli s'observèrent sans mot dire, comme si eux-mêmes avaient conscience de l'importance de l'instant. Si le chef arabe connaissait la raison de la visite de Bettoun, il n'en laissait rien paraître et soutint sans ciller le regard inquisiteur de Raymond. Bouli finit par se secouer et désigna verres et bouteilles sur la table :

« Tu veux boire un scotch, un cognac, quelque chose ? »

En d'autres circonstances, Raymond aurait souligné en riant cette grave entorse aux règles de l'Islam, mais il était venu dans un but précis...

« Bouli, je suis venu parler... »

L'autre approuva du chef :

« J'écoute et j'ouvre les oreilles...

– Tu sais que ma visite chez toi, elle va intriguer beaucoup de gens... Raymond Bettoun chez les Arabes, ça arrive pas tous les jours... Depuis quand on se connaît, Mohamed ? »

Bouli fit un rapide calcul et répondit en arabe :

« Onze ans...

– Onze ans, c'est vrai, traduisit Bettoun. Et pendant ces onze ans, chacun il a dirigé son secteur. Des fois, on s'est tapé dessus, on a eu des petites histoires, mais le mieux, j'ai toujours dit, c'est de parler d'homme à homme. Sans intermédiaire. Le dialogue direct. »

Bouli avait la tête un peu tournée par ce long discours. C'était un homme simple que les raisonnements compliqués décourageaient facilement. Néanmoins, il voulut démontrer à Bettoun qu'il avait bien compris sa démonstration :

« Moi aussi, je suis pour le dialogue. Mais des fois, toi tu veux parler, tu es de bonne foi, et l'autre il veut te niquer. Surtout les Français... »

Raymond écarta l'objection d'un geste :

« Oui, mais pas entre nous. Nous, on se tue ou on s'embrasse... »

Un sourire ironique vint jouer sur ses lèvres : « Pendant les événements, vous étiez soi-disant fellaghas tous les deux... toi et Larbi... » Il leva les yeux au ciel : « Fellaghas à Paris !... Pourtant, aujourd'hui, on est là à discuter pacifiquement de choses et d'autres... »

Le regard de Raymond Bettoun se fit soudain plus aigu, et Bouli se prépara à entrer dans le vif du sujet. « Les juifs, pensa-t-il, c'est des malins. Il faut bien les écouter... »

« Dis-moi, Bouli, reprit Raymond, hier soir on m'a tué un jeune : Benhamou. Il était avec Roland et deux ou trois autres pour les flippers, l'autre jour... J'aimerais pas que ce soit quelqu'un de chez toi qui ait fait une chose comme ça... »

Mentalement, Bouli revenait sur les derniers forfaits et crimes commis par ses hommes : personne ne lui avait signalé une quelconque intention de tuer un soldat des Bettoun. Il leva la main :

« Raymond, que je meure si j'ai touché un seul cheveu de ce William... »

Bettoun vit aussitôt que l'autre ne mentait pas, mais mieux valait être sûr. Totalement sûr.

« Excuse-moi, mon ami, dit-il, mais comprends-moi, c'est important. » Avec une facilité déconcertante, il passa soudain à l'arabe comme si le fait de s'exprimer dans cette langue allait conférer une solennité encore plus grande à sa question : « Jure-moi que tu n'as rien fait contre moi ! »

Bouli prononça alors le seul serment qui avait vraiment valeur sacrée à ses yeux, les seuls mots qui délimitaient son minuscule espace de moralité :

« Je le jure par Allah ! » Il revint aussitôt au français, car l'affaire était entendue : « Raymond, ni toi ni moi on veut la guerre. Alors pourquoi j'irais te tuer des gens ? »

Un grand sourire fleurit sur son visage, maintenant qu'on s'était expliqué entre hommes :

« Tu bois vraiment rien ? »

L'entretien au sommet était terminé, et Raymond en sortait plutôt soulagé. Benhamou n'avait donc pas été tué par les Arabes. Le mystère restait aussi complet, mais on échappait à un affrontement avec les hommes de Bouli : c'était quand même une bonne chose d'avoir une certitude de ce côté-là.

Devant la grille, il retrouva ses fidèles qui attendaient sagement la fin de l'entrevue. Larbi et Roland côte à côte, les chefs de guerre des pieds-noirs et des Arabes, l'arme au pied, et presque le sourire aux lèvres, quel spectacle étonnant ! pensa Raymond.

Pépé venait vers lui, anxieux comme d'habitude :

« Alors ? »

Bettoun secoua la tête négativement :

« Il m'a juré. Tu les connais... c'est pas eux. »

Il s'interrompit, subjugué. Au bout du chemin de brique rose, face à la maison de Bouli, mais de l'autre côté de la rue, s'encadrait l'attrayante façade d'une pâtisserie orientale, l'un de ces pièges à mouches qui abondent à la Goutte-d'Or. Aussitôt Raymond sentit monter en lui une irrésistible envie de gâteaux. Il voulait manger des gâteaux au miel ! Presque contre son gré, ses pieds le conduisaient vers cette maudite pâtisserie. Mais comment lutter contre le destin ? Il s'engouffra dans la boutique, suivi de Pépé qui ne chercha même pas à protester... Le pâtissier arabe connaissait-il l'identité de son client ? Quand Bettoun voulut le payer, l'homme refusa tout net, répétant obstinément :

« Non, non, cadeau, cadeau ! »

Raymond n'attendit même pas d'être sorti de la pâtisserie pour plonger les doigts dans le sac de papier. Il porta à sa bouche un premier gâteau, baissant les paupières pour mieux apprécier le miel et l'amande intimement mêlés. Quelle merveille, ces *makrouds* !...

Il s'apprêtait à franchir le seuil de la pâtisserie quand une voiture trop bien connue s'immobilisa le long du trottoir : Duché ! Encore lui, cette face de rat ! Qu'est-ce qu'il venait faire ici ? Mais jamais on en serait débarrassé, ou quoi ?

Le commissaire avait l'air de bien s'amuser :

« Les Bettoun dans la casbah, jeta-t-il, c'est une première !... »

Intérieurement, Raymond dut convenir que c'était exact. Roland vint à la rescousse de son oncle. Il désigna un étal de vêtements à trois sous, voisin de la pâtisserie :

« Et vous commissaire, vous êtes venu acheter un costume ? »

Duché ignora l'interruption et, toujours de l'intérieur de sa voiture, poursuivit, le visage levé vers Raymond :

« C'est Bouli qui vous fait des misères ? » Il abandonna son ton badin, cependant que ses traits reprenaient leur froideur habituelle : « Le jeune Benhamou, il travaillait bien pour vous ? »

Raymond demeura impassible, n'ayant apparemment jamais entendu le nom que Duché venait de prononcer. Celui-ci eut un rire amer :

« C'est vrai ! Un petit proxénète, ce Benhamou... Pas de relations possibles avec un homme d'affaires... Vous êtes toujours gérant de sociétés à 3000 francs par mois ?

– 3200, corrigea Raymond, je me suis augmenté... L'inflation... »

Duché reprit la balle au bond. Le vieux duo recommençait :

« Une maison de dix-huit pièces, une boîte de nuit, des voitures en pagaille, et toutes ces bouches à nourrir par-dessus le marché... Ça doit être dur de joindre les deux bouts... »

Raymond saisit au vol un regard de Pépé : ça commençait à s'éterniser...

« Vous en faites pas pour nous, Duché ! » Il montrait le gâteau entamé : « Chez nous, quelques olives, un bout de pain, et on remercie Dieu !

– Vous pouvez, approuva Duché qui, lui aussi, voulait mettre un terme à l'échange, c'est Dieu sans doute qui vous a permis de prendre la place de Carréras en évitant les vagues. » Il pointa l'index, tel un nain menaçant : « Mais depuis hier, du sang a coulé ! N'oubliez pas, Bettoun; Dieu a horreur du rouge ! »

La voiture du policier démarra sans qu'il eût ajouté un mot de plus ni daigné jeter un dernier regard sur Raymond. Pépé hocha la tête, écœuré :

« Ce Duché, il est comme un vautour. Dès qu'il y a un cadavre, il vient se poser sur l'arbre... »

Raymond restait songeur : la mort, c'était inévitable, attirait la police. Qui avait tué Benhamou ? Et pourquoi ?

Il prit conscience de la présence, tout autour de la Rolls, des hommes de Bouli, et s'engouffra dans la voiture. Pépé et Roland respectèrent son silence, car ils le savaient lourd de décisions : « Ça tombe mal, en ce moment, ce genre d'histoires, dit Raymond. On a besoin de calme. » Il finit par cerner le doute qui le troublait depuis quarante-huit heures : pourquoi Freddy n'avait-il rien dit dans la voiture, avant le départ pour Biarritz ? Ah ! pas le temps, plus le temps...

Raymond toucha l'épaule de Roland :

« Dis-moi, j'aimerais bien que tu t'occupes de ces filles de Freddy qui ont disparu... J'ai le nez et je peux vous dire que ça non plus, ça sent pas bon... »

Quelque part, un truc branlait dans le manche, c'était sûr... Freddy, Benhamou... Bouli... Trop de choses, vraiment. Beaucoup trop... Et maintenant, en plus, Carole...

17

COMME tous les lieux de plaisir nocturne, l'Odyssée offrait de jour une image triste et désenchantée. Elle était comme ces femmes terriblement séduisantes qui, au petit matin, leur maquillage évaporé, leur chevelure en désordre, révèlent le secret de leurs rides et la vulgarité de leur corps. L'Odyssée ne supportait pas d'être privée de sa musique, de ses danseurs et de ses lumières. Elle supportait encore moins, comme c'était précisément le cas, qu'un rayon de soleil intempestif vînt agresser, par la porte entrouverte, le décor chatoyant qui semblait refluer sous cet assaut brutal. Pour garder toute sa magie, il fallait à l'Odyssée l'ombre propice des nuits parisiennes.

Dans le cabaret désert à cette heure, Viviane était accoudée au bar. Elle jeta un regard oblique en direction de Maurice, occupé à téléphoner. Encore une fois, il était question de Benhamou. Un nom que l'on avait beaucoup prononcé depuis quarante-huit heures. L'avant-veille, la Guêpe avait réveillé toute la maison au beau milieu de la nuit pour annoncer sa mort. Et maintenant, Maurice, à son tour, donnait de multiples coups de téléphone où le nom de Benhamou revenait comme un leitmotiv.

Une fois pour toutes, Viviane avait décidé de ne jamais s'occuper des affaires de la famille. Apparemment, ce Benhamou était mort : peu importait la suite. Trop souvent, elle s'était aperçue qu'il valait mieux ne pas poser certaines questions, afin de ne pas obtenir de son père ou de Raymond ces réponses gênées, accompagnées de gestes évasifs, qui ressemblaient tellement à des mensonges... De toute manière, ce matin, elle n'avait vraiment pas l'esprit à résoudre des devinettes...

Au téléphone, Maurice s'énerva soudain contre son interlocuteur :

« Ecoute, Edouard, ça ne doit pas être difficile, quand même ! Il n'a travaillé que deux mois ici. Démerde-toi ! Je ne veux pas de traces de Benhamou dans la comptabilité, c'est clair ? »

Il raccrocha le combiné. Ces avocats ! Toujours prêts à vous soutirer de l'argent, mais jamais là, naturellement, quand on avait besoin d'eux. Voilà maintenant qu'Edouard semblait renâcler à éliminer toutes connections possibles entre Benhamou et la famille. La police serait trop heureuse de venir fourrer son nez dans cette affaire. Il ne fallait pas laisser subsister la moindre lacune. Les gens comme Benhamou étaient nés pour être flingués tôt ou tard : l'essentiel était qu'ils n'entraînent personne dans leur chute.

Le visage de Maurice se rembrunit : il n'avait pris Benhamou comme videur que sur les recommandations pressantes de Roland. Il faudrait qu'il lui dise deux mots, à celui-là...

Et comme si tout cela n'était pas assez compliqué, Viviane choisissait précisément ce jour pour venir relancer une discussion qui, bien qu'inutile, refaisait périodiquement surface. En s'approchant de la jeune femme, Maurice se reprocha son comportement de l'autre soir. Dans le fond, son père avait raison : il avait une attitude de lâche. Mais comment résister à cette passion charnelle qui balayait tout ? Si souvent ils avaient décidé d'en finir, et si souvent leurs corps s'y étaient refusés. Aujourd'hui, il le savait bien, Viviane lui ferait les même reproches et il présenterait la même défense : jusqu'à la prochaine fois... Comme la fois où elle avait été si belle, arrachant d'un geste spectaculaire la nappe de la table, devant les hommes stupéfaits...

Il eut envie de poser la main sur son épaule, mais elle pleurait et il comprit qu'elle ne supporterait pas le moindre contact physique. Il prit place à côté d'elle au bar. Que lui dire ? Que dire à une femme qui vous aime et que vous aimez, quand cet amour est sans issue ? Il baissa la tête puis, les dents serrées :

« Je t'en prie, Viviane, c'est déjà pas facile... »

Si pauvres les mots, si mesquins...

Elle le regardait dans un brouillard de larmes :

« Et pour moi, tu crois que c'est facile ? »

Un instant, il s'imagina quittant tout, partant au loin avec elle, abandonnant la famille, l'Odyssée, les affaires... Un rêve familier, qui lui tenait lieu d'évasion avant de retrouver les dures réalités, cet enchaînement affectif au clan qui ne pourrait jamais être brisé. Il se pencha vers Viviane :

« Il n'y a pas de solution, tu le sais bien. Je suis prisonnier... »

Elle eut un soupir d'exaspération devant cet

aveu d'impuissance qu'elle retrouvait toujours au détour de leurs discussions :

« Ce n'est pas avec ta femme que tu es marié, c'est avec ton père ! » Elle le toisa d'un regard dans lequel il y avait du mépris : « Au fond, ça t'arrange, tu es soulagé ! Une fois de plus, tu lui obéis et tout rentre dans l'ordre ! »

Après quelques secondes, peut-être par peur d'avoir blessé Maurice qui se taisait et regardait fixement son verre, Viviane reprit d'une voix plus calme :

« Tu ne comprends pas qu'il nous étouffe, qu'il nous écrase ? Il dit qu'il nous aime... »

Maurice l'interrompit aussitôt, comme si elle avait commis un crime de lèse-majesté : « Tais-toi. » Pour mieux marquer son désaccord, il lui tourna le dos, s'appuyant au bar.

Mais, de nouveau, Viviane, incapable de se contenir, reprit ses assauts verbaux avec la même passion :

« Il nous empêche de vivre, tu comprends ? Respirer comme lui, rire comme lui, manger comme lui ! Chaque fois qu'on fait l'amour, c'est lui qui rallume la lampe ! » Soudain, un ressort sembla se casser en elle. Elle haussa les épaules : « De toute façon, ce n'est pas important. Il vaut mieux qu'on arrête... »

Les premières notes tristes du piano s'étaient confondues aux derniers mots de Viviane, comme pour mieux en souligner l'amertume et le désenchantement. Les deux amants avaient d'abord intégré la musique à cette scène qu'ils se jouaient, mais ils finirent par sortir de leur querelle, intrigués : car c'est du piano de l'Odyssée que provenaient les notes.

Maurice n'avait qu'un geste à faire pour régler l'éclairage de scène. Un petit projecteur vint illuminer la coiffure en brosse de Duché. En effleurant les touches de sa main valide, le commissaire souriait doucement, ravi de sa petite blague.

« C'était ouvert », expliqua-t-il.

Il eut envie d'ajouter : « Quand les gens s'engueulent, tout leur échappe... », mais préféra demeurer neutre et hocha la tête :

« Il a une belle sonorité, ce piano... »

Le policier, tout en continuant à jouer presque distraitement, promenait un regard appréciateur sur les lieux :

« Alors, c'est ça, l'Odyssée... Pas mal... Ça change du Faubourg-Montmartre... changement de style, changement de décor... » Et, sans rupture de ton, il ajouta : « Dites-moi... William Benhamou... »

Toujours planté près du bar, Maurice coupa immédiatement la question :

« Jamais entendu parler ». Il sourit. Au jeu du sourire, on pouvait s'amuser longtemps : « Vous buvez quelque chose, commissaire ? »

Duché sourit encore davantage. Ce Bettoun-là n'était pas de la même pâte que les autres. Il y avait de l'acier trempé dans ce garçon.

« Champagne... C'est ce qu'on demande dans ces cas-là, non ? »

« Match nul », pensa Maurice en se retournant pour saisir une bouteille derrière le bar.

Il y eut d'abord une ombre, puis une présence parfumée aux côtés du policier qui se tourna, surpris, vers la gauche : Viviane venait de s'installer à ses côtés.

« Vous êtes Viviane », dit Duché.

Il vit qu'elle pleurait, et préféra se taire.

Pendant quelques secondes, la main gauche de Viviane plana au-dessus du clavier, puis elle rejoignit Duché sans perdre une note de la ligne mélodique. Verre à la main, Maurice observa le duo inédit qui s'accordait à la perfection. Violemment ému, Duché ne pouvait détacher son regard du profil pur de Viviane. Il eut envie de lui parler, comprit qu'il dirait des bêtises et continua de jouer.

18

Arrivé à l'âge de cinquante-neuf ans, tout homme porte en lui un certain nombre de souhaits accomplis et de vœux insatisfaits. Parmi ces derniers, certains sont encore de l'ordre du possible, tandis que d'autres resteront à tout jamais du domaine du rêve. Raymond Bettoun avait beaucoup demandé et attendu de la vie, et il en avait obtenu beaucoup : fortune, famille, pouvoir. Il était un homme comblé, au-delà même de ses espérances. Pourtant, il manquait à ce tableau un élément qui, à ses yeux, paraissait essentiel. Une inexplicable faiblesse qu'il n'avouait qu'avec la plus grande réticence, presque en rougissant, et pour en rire aussitôt tant elle paraissait incongrue : il regrettait de ne pas avoir fait une carrière de boxeur.

Cet homme qui, d'un mot, pouvait expédier n'importe quel adversaire en enfer, se lamentait intérieurement de n'avoir jamais eu sa chance sur un ring. C'est qu'il les entendait, les foules, hurler à ses oreilles pendant qu'il terrasserait un adversaire en déroute à coups de swings et d'uppercuts, pour finir par un magnifique K.O. Il se voyait, assis dans son coin, mâchonnant son protège-dents, tandis que son coach le bichonnerait comme un cheval de course. Il s'imaginait d'extraordinaires carrières qui le menaient de New York au Palais des Sports, des peignoirs brodés à son nom, « Bettoun The Terrible », des femmes ivres de lui, léchant son corps ruisselant...

Aussi la boxe avait-elle pris une valeur quasi mythique à ses yeux, et quelques mois de pratique dans un club constantinois, à la fin des années 30, étaient devenus une légende triomphante, l'enfance d'un nouveau Cerdan...

C'est dire que Raymond ne ratait pas une seule occasion d'aller suivre l'entraînement de la Guêpe afin de lui prodiguer des conseils et des recommandations destinées à démontrer son impressionnante connaissance du Noble Art... Le directeur de la salle n'était autre qu'un certain Alphonse Halimi, qui savait accueillir avec un intérêt admirablement feint les suggestions de Bettoun, ou qui promettait avec diplomatie d'appliquer ses instructions à la lettre.

En réalité, Halimi, depuis son fameux « J'ai vengé Jeanne-d'Arc », connaissait bien ce snobisme de la boxe. En avait-il vu des vedettes du Tout-Paris s'agglutiner à cinquante centimètres du ring, lors des rencontres importantes, uniquement pour se montrer, comme le Tout-Rome antique devait se rendre au Colisée voir bouffer les premiers chrétiens... Ce syndrome de la boxe n'épargnait ni les acteurs de cinéma, ni les vedettes de la chanson, ni même, apparemment, les truands les plus endurcis, à l'exemple de Raymond Bettoun. Encore que, dans son cas, il semblait prendre un réel plaisir à venir renifler l'embrocation et la sueur des boxeurs, là où les caméras de télévision ne se risquent jamais : dans la salle d'entraînement. Cet amour pour l'envers du décor suffisait largement, aux yeux d'Alphonse Halimi, pour disculper Raymond Bettoun...

La salle d'Halimi se trouvait tout près du canal Saint-Martin, dans un coin de Paris où les entrepôts abandonnés deviennent aujourd'hui des « lofts ». Là venaient s'entraîner quotidiennement des jeunes gens, la tête pleine de beaux rêves de gloire que le premier K.O. ramènerait aux dures réalités de l'attaque et de l'esquive...

La mitraillade des poings sur les punching-balls et les sacs de cuir, la résonance particulière du ring sous les pieds, le staccato des cordes à sauter, le halètement convulsif des hommes en plein effort, les grognements rauques du boxeur qui cogne de toutes ses forces, cette rumeur virile parvenait, très atténuée, à Raymond et Alphonse Halimi. Tous deux se tenaient dans la petite buvette séparée de la salle d'entraînement par une grande baie vitrée. Les yeux de Raymond étaient braqués sur la Guêpe, occupé à travailler son jeu de jambes dans un coin du gymnase pendant que Pépé tournait autour de lui pour l'encourager.

« Ça va ? demanda Raymond en continuant d'observer son boxeur. Comment il est aujourd'hui ? Il a l'air bien... »

En vrai professionnel, Alphonse Halimi ne voulut pas trop s'avancer :

« Ça va mieux, il a fait des progrès, le petit... »

Admiratif, Raymond fronçait les sourcils :

« Qu'est-ce qu'il est rapide, ce bâtard... Y en a pas un ici qui lui arrive à la cheville... »

Son regard glissa vers le ring central, violemment éclairé, où un autre poids mouche affrontait un sparring-partner au visage protégé par le casque de cuir habituel.

Instantanément, Raymond reconnut dans le poids mouche le jeune Gardel, poulain de Pascal Villars. Pas possible ! On allait rigoler un peu ! Sa main saisit le micro qui, par l'intermédiaire d'un puissant haut-parleur, permettait de communiquer avec la salle :

« Eh ! Gardel, sourit Raymond dans le micro, sûr du succès de sa blague, en combien de rounds tu veux que la Guêpe il t'allonge ? »

Surpris par cette voix amplifiée, le boxeur avait tourné la tête au moment précis où son sparring-partner lui portait un magnifique direct. Gardel s'écroula, K.O. pour le compte ! L'identité de son adversaire, catastrophé, ne se révéla aux yeux de tous que lorsqu'il eut ôté son casque : c'était Villars !

De surprise, Raymond était resté muet trois secondes. Ça alors, c'était la meilleure de l'année ! Pauvre Gardel !... Il porta de nouveau le micro à sa bouche, encore stupéfait de retrouver Villars, tout fringant, sur un ring. La voix de Bettoun résonna encore dans la salle :

« La putain, si je m'attendais... Excuse-moi, Pascal, mais avec ce casque, les amis ou les ennemis, on les reconnaît pas... »

Comme Villars demeurait penché sur Gardel, Raymond, sincèrement désolé, prit Halimi par le bras :

« Alphonse, descends voir... Je crois qu'il l'a vraiment sonné... »

Mais déjà Villars empoignait le poids mouche

et le forçait à se redresser. Le jeune garçon s'ébroua et fit signe que ça allait mieux.

Soulagé, Raymond invita d'un geste Villars à le rejoindre cependant que sa voix résonnait, amplifiée, dans la salle :

« Viens, viens te rafraîchir, tu es tout rouge... Je savais pas que tu boxais !... »

L'autre fit un clin d'œil, se passa une serviette autour du cou et descendit du ring pour rejoindre Bettoun.

Celui-ci avait reposé le micro et réfléchissait : pourquoi était-il irrité de voir Villars boxer ? Etait-ce de la jalousie, ou bien sentait-il monter en lui une sourde crainte que le jeune truand fût capable de se servir de ses poings ? La boxe faisait partie du système de valeurs de Raymond Bettoun, or voilà que Villars démontrait qu'il se débrouillait fort bien dans ce domaine-là aussi. « Et alors, pensa Raymond, qu'est-ce que ça prouve, sinon que j'ai raison de vouloir qu'il travaille avec moi ? Je me suis pas trompé sur lui, c'est tout... » Mais il ne parvint pas à chasser de son esprit l'ombre de cette contrariété.

Lorsque Villars apparut, après avoir passé un survêtement blanc, Raymond ne lui offrit qu'une parodie de sa jovialité habituelle. Les deux hommes se faisaient face de part et d'autre du petit bar autour duquel Halimi recevait ses amis, dans le décor de sa glorieuse carrière. Derrière la grande baie vitrée, les boxeurs continuaient inlassablement leur entraînement. Après avoir servi un jus de fruit à Villars, ainsi qu'à lui-même, Raymond montra la salle du menton :

« Regarde-les... regarde-les, tous ces jeunes... Ils espèrent tous être champions un jour... Les pauvres ! Comme s'il y avait de la place pour tout le monde... En haut, y a de la place que pour un, et un seulement... ! »

Villars approuva cette phrase sentencieuse d'un battement de cils. Raymond leva son verre : « Allez, à ta santé, mon petit Pascal ! Et à mon casino !

– A ton casino ! approuva Villars d'un ton neutre.

– Tu as raison, reprit Bettoun comme s'il n'avait pas lui-même suggéré cette conversation. Heureusement que je suis allé à Biarritz, parce que Maurice, avec sa folie des grandeurs, il a failli tout foutre en l'air...

– Ah ! bon, dit Villars. Pourtant, il avait des projets...

– Il t'en a parlé ? » demanda Raymond, inquiet comme toujours quand un membre de la famille révélait les affaires du clan.

Villars bougea la main d'un geste vague :

« Une fois, à l'Odyssée... Rien de précis... Tu connais Maurice...

– Oui... bien sûr, approuva Raymond, n'empêche qu'il leur a fait peur, à Biarritz... Il voulait transformer toute la ville... Faire comme Las Vegas, en Amérique... Les femmes avec les seins nus pour servir au bar, la roulette de Macao, va savoir encore... Tu les connais, en province. Paniqués, ils étaient... » Le chef de clan eut un sourire éclatant : « Enfin, j'ai bien rattrapé le coup, et on a signé... Un souci de moins...

– Tant mieux pour toi », fit Villars qui paraissait sincère.

Il cogna son verre contre celui de Raymond. Celui-ci observa le visage lisse où perlaient encore des gouttes de sueur après l'exercice. Villars s'amusait à bâtir une pyramide avec les dés d'un jeu de 421 qui traînaient sur le bar. C'est maintenant qu'il fallait le prendre, pendant que sa garde était baissée et qu'il se croyait en sécurité.

« Alors, dit Raymond, les traits soudain durcis, tu as réfléchi à ma proposition ? Tu viens travailler avec nous ? »

La main de Villars s'immobilisa sur le tapis vert du 421 :

« Je croyais t'avoir déjà répondu... »

Raymond se tourna vers la salle de boxe. Putain, s'il se retenait pas ! Mais il n'offrirait pas à Villars ce que celui-ci recherchait peut-être : voir Raymond Bettoun en colère...

« Merde alors, glissa-t-il, qu'est-ce qui t'intéresse dans la vie, Pascal ? On dirait toujours que tu es indifférent, que ça te concerne pas... Tu crois que tu vas toujours rester à l'écart, comme ça ?... »

En apparence fort paisible, Villars s'était remis à construire son édifice de dés :

« Tu veux savoir la vérité ? » demanda-t-il d'une voix un peu enrouée qui, si Raymond l'eut mieux connu, était le plus sûr indice de son trouble. « Il n'y a qu'une chose qui me fait bander : monter des coups, prendre des risques, tout seul, toujours tout seul... » Peu à peu, Villars sortait malgré lui de sa réserve : « C'est formidable de préparer un coup, de placer les pions... » Il regarda Bettoun qui le fixait, perplexe : « Tu joues aux échecs, Raymond ?

— Non, juste au jacquet, c'est plus rapide. »

Villars sourit d'un air dédaigneux :

« Tu as tort... Moi, aux échecs, ma pièce préférée, c'est le cheval. Il n'avance jamais tout droit. Il fait un saut, et un autre sur le côté... Comme ça... » Il s'était emparé d'un dé qu'il fit avancer à la manière de la pièce d'échec : « Un, deux... Le cheval fait des dégâts terribles, car on ne l'attend jamais là d'où il vient... »

Sans mot dire, Raymond fit le tour du bar. Avant de sortir de la pièce, il lâcha entre ses dents :

« Je peux te casser, si je veux... »

19

FREDDY le chanteur n'aurait pas raté pour un empire les répétitions de Colette au Châtelet. Blotti dans un coin de la salle obscure, c'est dans un ravissement constant et avec un sourire béat qu'il suivait l'évolution de sa femme. Pour lui, nulle autre chanteuse n'existait dans la troupe. Et s'il arrivait qu'une réflexion désagréable fût adressée à Colette par le metteur en scène, alors le cœur du tôlier se mettait à battre douloureusement, comme s'il venait de subir une agression physique. « Comment ? on " osait " s'en prendre à " sa " petite Colette ? » Mais ne voyaient-ils pas, pauvre bande de médiocres, à quel point elle leur était supérieure ? Certes, dans ce spectacle, elle n'avait toujours pas obtenu le rôle de grande envergure qui lui aurait permis de déployer toutes les facettes de son immense talent, mais ce qu'elle avait à faire, elle le faisait bien, Bon Dieu ! Et d'abord, qu'est-ce qu'il connaissait à l'opérette, ce petit trou du cul de metteur en scène ? Ah, si l'on confiait tout ça à quelqu'un qui s'y connaisse ! A quelqu'un qui puisse se glisser dans la peau de chacun des membres de la troupe ! A un professionnel, quoi...

« A quelqu'un comme toi, en somme..., dit malicieusement Colette.

– Mais pas du tout! s'insurgea Freddy, qu'est-ce que tu vas chercher? Encore que, vois-tu, tu serais probablement très surprise si on te prenait au mot... »

Chaque soir, sur le court chemin qui séparait l'hôtel du parking souterrain où Freddy rangeait précieusement sa voiture, la même discussion reprenait. Qui n'était en fait que l'aimable badinage de deux êtres heureux d'être ensemble.

Pendant qu'il fourrageait dans sa poche à la recherche de la clef donnant accès au parking, Colette eut un de ces petits rires perlés qui enfiévraient toujours autant Freddy du même désir.

« Ça serait rigolo, tu ne trouves pas, qu'on chante en duo en scène... »

Il s'escrimait en jurant sur la porte d'acier qui finit par basculer en arrière.

« Eh bien quoi? Je serais certainement meilleur que cet imbécile de Leblond... »

La rampe de béton, dont la pente était sévère, avait forcé le couple à accélérer le pas, mais Freddy parvint à freiner quelque peu sa course, frappé par une idée subite. Il se retourna pour attendre sa femme qui avançait avec mille précautions en raison de ses hauts talons.

« D'ailleurs, au sujet de Leblond, je n'aime pas du tout qu'il t'embrasse dans le cou, comme il l'a fait hier. Tu le lui diras de ma part. »

Colette avait relevé la tête, surprise :

« Mais c'est dans le livret, voyons. C'est écrit comme ça, mon chéri! Je n'y peux rien. Et lui non plus.

– Non! Pas du tout! » Freddy brandit un

index sentencieux. « Il n'y a pas écrit qu'il l'embrasse. Je suis désolé, je connais ce rôle par cœur, je l'ai joué quatre ans. Donc ce n'est pas à moi qu'il faut raconter des salades. Il n'y a pas écrit qu'il l'embrasse. »

Colette fit une moue charmante :

« Il y a écrit qu'il l'enlace... »

Arrivé à proximité de sa voiture, Freddy se pencha pour ouvrir la portière du côté passager. Il décida d'avoir le triomphe modeste :

« C'est bien ce que je dis. Il l'enlace. Pas : il l'embrasse. Alors, tu diras à Leblond que si la nuance lui échappe, je viendrai moi-même sur scène lui foutre ma main sur la figure !...

– On bouge pas ! Stop ! On dit rien !... »

Les hurlements sauvages paralysèrent instantanément Colette et Freddy. Mal habitués à la semi-pénombre dans laquelle était plongé le parking, il leur fallut quelques secondes pour reconnaître Jacky Azoulay. Dissimulé entre l'avant de la voiture et le mur, le souteneur venait de jaillir comme un diable de sa boîte, brandissant un impressionnant calibre. D'une enjambée, il fut sur Colette terrifiée et appuya le canon de l'arme contre la tempe de la jeune femme. Il fit signe à Freddy :

« Jette les clefs ! Démerde ! Vite ! »

Le tôlier cligna des yeux, indécis. Trop de choses arrivaient en même temps. Que faisait Azoulay dans le parking, et que signifiait ce comportement incohérent ? Freddy étudia le visage ravagé du souteneur, ses yeux traqués qui trahissaient la peur, la jointure blanchie de son doigt crispé sur la détente : le type était barjot ! Il avait craqué ! Surtout ne pas le provoquer, ne rien faire qui puisse l'exciter. Ce serait trop dangereux pour Colette...

« Jette les clefs », hurla de nouveau Azoulay.

Freddy s'exécuta, cherchant l'argument qui apaiserait le pied-noir.

« Ecoute, Jacky, on peut discuter, quoi...

– Ta gueule ! »

Azoulay entraînait Colette gémissante à travers le garage. Elle perdit une chaussure et se tordit brutalement la cheville, poussant un cri de douleur qui tortura Freddy.

« Jacky... »

Celui-ci enfourna Colette dans son immense voiture, dissimulée à une dizaine de mètres dans la pénombre. Il revint en arrière de quelques pas vers Freddy, pour laisser ostensiblement tomber les clefs du véhicule du tôlier dans une bouche d'évacuation.

Freddy avançait, mains ouvertes, le visage suppliant :

« Ecoute, Jacky, ne fais pas le con... Si c'est pour les filles, tu sais bien que j'ai rien dit à Raymond... Que veux-tu que je lui dise ? Je sais même pas où tu les emmènes... »

Un instant, Azoulay parut hésiter.

« Relâche ma femme, elle t'a rien fait, insistait Freddy, emmène-moi...

– Freddy ! » hurla soudain Colette depuis l'intérieur de la Continental.

Azoulay tressaillit. Le cri aigu sembla avoir balayé ses hésitations. En trois enjambées, il rejoignit la Continental et s'installa au volant. Le grondement du moteur huit cylindres couvrit un nouvel appel de Colette. La voiture s'immobilisa devant Freddy :

« Roland est venu me voir ce matin, expliqua le souteneur, mains appuyées sur le volant. On dirait qu'il a des soupçons... Je veux être sûr que tu ne diras pas de conneries. Après, je te rendrai ta femme... »

La masse de la Continental, démarrant dans un hurlement de pneus, effleura Freddy, écrasé de chagrin. La grosse américaine avait broyé le soulier de Colette abandonné au milieu du garage. Freddy se pencha pour ramasser la petite chaussure éclatée. Il se redressa, la serrant très fort contre son cœur, le visage baigné de larmes, et murmura dans un souffle :

« Jacky, lui fais pas de mal, je t'en prie, lui fais pas de mal... »

Très vite, Jacky était sorti du secteur Saint-Denis qu'il jugeait un peu trop brûlant désormais. À ses côtés, Colette sanglotait sans discontinuer depuis un bon quart d'heure. De ces sanglots étouffés qui se traduisent par des mouvements d'épaules et de brusques reniflements. « Une spécialité de bonne femme... », pensa avec irritation le souteneur.

« Ah! la ferme, merde! Ça suffit de chialer! »

La violence des propos avait surpris Colette qui s'interrompit pendant quelques secondes, avant de reprendre presque aussitôt son manège.

« Merde, reprit Jacky, je vais pas te flinguer, connasse! Je te mets juste à l'abri des fois que ton mari il serait un peu bavard... » Brusquement, le pied-noir leva la main pour protéger son visage : « Tous ces cons qui roulent en code, ils font chier... Tiens, enculé, mange-moi un peu ces phares! » Il se tourna vers Colette, tout réjoui : « Des phares à iode, j'ai mis! Spéciaux, longue portée, qui éclairent loin! Putain, aveuglé il doit être, cette tapette! »

Il scruta l'obscurité en quête d'une marque d'admiration sur le visage de sa compagne forcée, mais ne discerna que des larmes : « Purée, pensa-t-il, qu'elle est fatigante, celle-là! Les putes, au moins, elles font pas tant d'histoires... »

Par habitude plutôt qu'autre chose, les yeux de Jacky vinrent se poser sur le rétroviseur. Etrange comment un homme qui se trouve en pleine circulation parisienne, environné de milliers de véhicules, peut du premier coup sélectionner deux phares, que rien ne distingue apparemment des autres, et qui, pourtant, recèlent désormais pour lui une menace presque palpable.

Un frisson parcourut l'échine d'Azoulay : « Putain, on me suit... » Déjà, il avait analysé toutes les possibilités, en commençant par la plus évidente : que Freddy se soit lancé à sa poursuite... Impossible, il avait délibérément jeté les clefs. Impossible également que le tôlier ait eu le temps matériel de lancer une chasse à l'homme. Alors qui?

Freddy risqua un virage serré sur la droite. L'autre voiture lui emboîta le pas avec aisance. « Merde de merde de merde! » jura-t-il à haute voix. Manquait plus que ça! Mais qui c'était qui le suivait? Et pourquoi? Il était déjà pas assez dans la merde, peut-être?... D'un coup sec, il interrogea Colette :

« Tu connais cette voiture qui nous suit? »

Elle se retourna en reniflant :

« Non...

– Tu es sûre ?
– Je vous dis que non... »
Une Américaine, c'est une belle voiture, sûr. L'ennui, c'est qu'elles roulent pas très bien. On peut même dire qu'elles roulent comme des brouettes, sans la roue avant. C'est exactement ce que pensait Jacky après avoir subitement accéléré l'allure pour échapper à ses poursuivants. Purée, une poursuite comme ça, mieux il vaudrait avoir une Afla-Roméo ou une BM, parce que cette saloperie d'Américaine, vraiment...
Lancées à pleine vitesse, les deux voitures roulaient maintenant en bord de Seine, à l'extrême limite de la banlieue parisienne. Cramponné à son volant, Jacky n'était plus qu'un masque figé par l'inquiétude, levant constamment les yeux vers le rétroviseur. Mais qui c'étaient ces types ? Et qu'est-ce qu'ils lui voulaient à la fin ?
Encore un virage en épingle à cheveux. La lourde Continental rétablit difficilement son équilibre après avoir effectué une série de lacets du plus bel effet. Dans le noir, peut-être que... Jacky éteignit les phares, puis le moteur, intimant le silence complet à Colette qui s'était remise à pleurer. Ils étaient garés à l'abri d'un immense entrepôt de béton. Derrière eux, la voiture poursuivit son chemin sans s'arrêter. Il les avait semés ! Plus malin qu'eux, il avait été ! On resterait là un petit quart d'heure, et puis salut les mecs ! Mais, quand même, qui c'étaient ces types qui lui collaient au derrière juste un soir comme ce soir ? Si c'était un hasard, quel drôle de hasard...
Silencieusement, l'autre voiture était revenue, elle aussi moteur coupé. Quand les phares inondèrent la Continental, Azoulay réalisa qu'il ne

pouvait plus avancer ni reculer : il était coincé. Rien à dire... Niqué comme un gamin...

Bon, maintenant il saurait... Et puis il avait le pétard... Attention à ne pas énerver Azoulay quand il avait le pistolet. Le dernier qui avait essayé, il s'appelait Benhamou William, pour votre information.

Des ombres approchaient. Même pas le temps de menacer, même pas le temps d'ouvrir la bouche. En un clin d'œil, il fut saisi aux aisselles, traîné, fouillé, troussé. Pistolet sur la tempe à son tour, il râlait :

« Mais... mais... »

Il reconnut enfin les deux bougres qui l'immobilisaient : Bobiak, la saloperie de gitan, et Delmas : deux hommes à Villars ! C'était la meilleure de l'année ! Qu'est-ce qu'ils foutaient ici, ceux-là ? Et en plus à lui tordre les bras, que ça lui faisait mal, purée ! Mais ils savaient pas que Villars, c'était son associé ou quoi ?

Il tenta de se redresser, écumant de rage :

« Ça va pas la tête, non ? Vous savez qui je suis ? C'est pas possible, vous êtes givrés, hein !...

– Respire pas trop fort, Azoulay. »

Il s'immobilisa, pétrifié. Cette voix... Putain, cette voix... Il l'avait entendue une fois, des années auparavant. C'était celle de l'autre fou, l'évadé, qui avait abattu Carréras. Comment il s'appelait déjà ? Le Curé... Non... L'Evêque, ou quelque chose comme ça...

Le Sacristain s'approcha du pied-noir, l'air amusé par sa mine déconfite.

« Eh oui, c'est moi, le Sacristain. Tu me reconnais ?

– Un peu », murmura Azoulay qui venait de

décider de ne plus faire le malin, surtout avec le revolver de Bobiak dans le cou.

Delmas contournait la Continental et revint en traînant une Colette Ambrosi malade d'épouvante. Toujours aussi ironique, le Sacristain fit un pas vers elle, sans cesser de couvrir Azoulay du regard.

« Regarde ce que tu as perdu ! »

D'un geste sec, le Sacristain venait d'arracher la robe de la jeune femme. Ses seins aux pointes érigées par le froid apparurent, un peu incongrus dans la lumière jaune des phares.

Le Sacristain se pencha pour ramasser à terre l'écharpe blanche que Colette portait et dont il lui couvrit la gorge avec une délicatesse hors de propos.

« Vous n'avez plus rien à craindre, madame, vous êtes tombée sur des gentlemen... »

« Ce mec, il est fou, pensait Azoulay. Il faut rien faire pour l'exciter... » Il se racla la gorge :

« C'est Pascal qui vous envoie ?

– Pascal, oui, rigola le Sacristain. D'ailleurs, il veut te voir à la brasserie... Tout de suite... On va t'accompagner... Moi, je prends la tire pour raccompagner Madame à Paris... Je te rembourserai l'essence... »

Une minute plus tard, les deux véhicules démarraient dans des directions opposées, entraînant chacun Colette et Jacky Azoulay vers des destins qu'ils ne pouvaient imaginer...

20

« Protège-toi, bon sang ! Mais où je t'ai appris à boxer comme ça, la putain de tes os ?

– Vas-y, la Guêpe !... Avance ! Avance ! Donne-lui sa mère !...

– Tu vas te protéger, oui ? Tu veux qu'on t'achète un parapluie, ou quoi ?

– Oui, la Guêpe... C'est bien... oui... Non ! Esquive ! Esquive ! Il va t'abîmer !... »

Esquive, esquive... Ils en avaient de bonnes, toute la bande, là... Bien sûr qu'il aurait voulu esquiver... Qui c'est qui est assez fou pour aimer prendre des coups ? C'est qu'il était rapide, ce putain de Gardel ! Une vraie toupie ! Jamais là où on envoyait les poings. On tapait à gauche, il était à droite, on tapait à droite, il était à gauche. Même Halimi qui arbitrait, il arrivait plus à suivre... Encore heureux qu'on boxait avec les masques...

« Allez, la Guêpe, accélère maintenant ! Accélère !

– Vas-y, du une-deux, un peu !

– Il me fait honte, Pépé, il me fait honte !

– Mais qu'est-ce que tu as ? Tu as oublié comment on boxe ou quoi ?

Entre deux rafales de coups de poing, la Guêpe glissa un regard haineux vers le groupe assemblé autour de Raymond, au pied du ring. C'est facile d'être un expert en boxe quand on est assis sur son gros cul dans un fauteuil... C'est facile de donner des conseils à ceux qui se battent entre les cordes...

Ah ! ils étaient beaux, les Raymond, Pépé, Roland, Elie, Sammy et compagnie, tous dans leur beau costume, le verre de whisky à la main. Pas un seul d'entre eux n'aurait tenu dix secondes devant Gardel...

Enfin, le combat du siècle, il était plutôt mal parti : heureusement que c'était pas en public, juste en petit comité dans la salle d'Halimi, après l'heure de fermeture. D'un côté, les Bettoun venus nombreux, de l'autre Villars tout seul, à part son Bobiak... La Guêpe glissa soudain et faillit tomber en arrière. Instinctivement, Raymond s'était cramponné à son fauteuil : non, il allait pas faire ça, le petit ! Jamais, jamais il lui pardonnerait d'avoir perdu devant Gardel. Pas tellement devant Gardel, d'ailleurs, que devant Villars... Quel affront... Quelle humiliation...

Putain, jamais on aurait dû lui faire confiance, à ce la Guêpe... Alors, tout ce lait qu'il avait bu, toutes ces séances d'entraînement, tous ces petits privilèges, tout ça pour rien du tout ? C'est simple, s'il perdait ce match, demain il pouvait aller chercher du travail chez sa mère... Un boxeur entraîné par Raymond Bettoun, vaincre ou mourir il devait ! Et s'il « vainquait » pas, qu'il aille travailler avec Villars ! A savoir si Villars il l'avait pas acheté... La Guêpe, d'où il sortait ? Des sex-shops ? Et dans les sex-shops, les gens ils ont aucune moralité! Oui, ça devait être ça : Villars il avait payé la Guêpe pour qu'il se couche. Purée, avec tous les coups qu'il prenait, il lui en donnait pour son argent...

Avec souplesse, Pascal Villars escalada soudain le ring où Gardel était sur le point de triompher de la Guêpe. Il manquait quelque chose à cette rencontre, la petite pointe d'audace qui la rendrait inoubliable dans un camp comme dans l'autre... Villars s'adressa au chef des Bettoun qu'il apercevait à peine dans la pénombre de l'autre côté du ring :

« Raymond, on leur retire le masque? »

Après un instant d'hésitation, Bettoun, qui avait consulté du regard Pépé et Roland, quitta son fauteuil pour s'approcher lentement du ring. La proposition de Villars était profondément choquante et tentante à la fois. Gardel et la Guêpe n'étaient encore que de très jeunes boxeurs qu'il fallait protéger de leur inexpérience mutuelle. Les forcer soudain à s'affronter à visage nu, dans les conditions d'un vrai combat, c'était risquer de graves blessures. Car au bout de trente secondes, dans l'atmosphère chauffée à blanc, ces deux-là ne seraient plus que des enfants terrifiés, des coqs se combat cherchant à éventrer l'adversaire.

Mais, dans les yeux bleus de Villars, brillait une intolérable lueur de défi. Raymond s'appuya au ring, considérant tour à tour Villars, puis les boxeurs à bout de souffle. Derrière lui, le clan s'était silencieusement regroupé, comme s'il fallait insuffler à la Guêpe l'énergie nécessaire pour aller jusqu'au bout.

« Alphonse, dit Raymond, s'adressant à Halimi dans son rôle d'arbitre. Enlève-leur le masque. »

Il y eut un grand silence dans la salle, car tout le monde avait pris conscience des risques courus. Halimi aurait voulu protester devant ce massacre probable, mais un regard de Raymond l'arrêta et il s'exécuta, la rage au cœur. Quelque chose dans cette affaire dépassait le cadre étroit du ring... Tout ça, ce n'était plus du sport, mais du réglement de compte...

Et voilà, c'est reparti! pensa la Guêpe à qui cette pause inattendue avait permis de reprendre ses esprits. Il avança sur Gardel avec une froide détermination, semblable à celle qu'il avait lue dans les yeux de Raymond, au pied du ring. Avec un cœur gros comme ça, la Guêpe vient de passer en surrégime, acculant brièvement Gardel dans les cordes, ce qui déclenche aussitôt des hurlements de joie du côté des Bettoun. Mais l'autre feinte, plonge et se dégage, balançant au passage un coup de tête qui fait éclater l'arcade sourcilière du pied-noir. Le sang jaillit et inonde le visage du boxeur. La Guêpe a mis un genou à terre, momentanément aveuglé. Dégoûté, Halimi s'apprête à s'interposer. Il faut arrêter ce massacre! Le geste de Gardel était irrégulier. Dans un combat normal, il aurait été expulsé du ring. La Guêpe relève la tête, s'ébroue. Encore une fois, son regard croise celui de Raymond. Et ce qu'il y lit fouette le boxeur comme si on lui avait jeté un seau d'eau au visage : Raymond admet la défaite! Raymond donne la Guêpe perdant! Du revers de son gant, le jeune garçon essuie le sang qui réduit sa vision. Quoi! Raymond le laisse tomber? D'un coup de reins puissant, la Guêpe s'est arraché à la tentation de l'évanouissement et se rue à nouveau sur Gardel.

« Tu vois, semble dire Raymond à Villars, de l'autre côté du ring, chez nous, on se relève d'entre les morts, s'il le faut... »

Ça y est, maintenant le petit il allait gagner, c'était sûr! D'un seul coup, il avait compris que quand on travaille pour Bettoun, c'est simple, le mot perdre, il existe pas... Le vocabulaire, il s'arrêtait au mot « gagner ». Il allait pas plus loin. Putain, qu'est-ce qu'il lui mettait, ce bâtard de Gardel!

« Oui, la Guêpe, ça c'est bien. Laisse-le venir, une-deux, une dans le buffet, une dans sa gueule de pédé, allez, donne-lui encore! Mais non, petit, n'écarte pas les bras comme ça, tu lui fais les Champs-Elysées! Voilà, tu vois, qu'est-ce que je disais, il t'a fait mal!... »

Tout entier mobilisé pour soutenir son poulain, Raymond n'avait pas prêté attention à certains remous dans les rangs du clan, derrière lui. Il finit par tourner la tête, irrité, pour reconnaître Freddy le Chanteur qui essayait d'arriver jusqu'à lui. Tiens, qu'est-ce qu'il faisait là, celui-là? Et d'abord, comment il était entré dans la salle? Normalement, toutes les entrées elles étaient couvertes. Il devait encore avoir une histoire avec une fille...

Raymond se replongea dans le combat : en tout cas, qu'il essaie pas de lui casser les pieds. Plus mal il pouvait pas tomber avec le pauvre la Guêpe qui venait encore de prendre un mauvais coup juste sur sa blessure à l'œil. Ce Gardel, purée, il faudrait qu'on trouve un moyen de lui rembourser la monnaie après le match...

L'air hagard, Freddy Ambrosi, maintenu à distance, était bien insensible au combat. L'enlèvement de Colette repassait devant ses yeux comme un mauvais film. Où était-elle maintenant, sa chérie ? Que pouvait-il dire à Bettoun, sans mettre sa vie en péril ? Freddy tendit les mains vers le chef du clan accoudé au ring :

« Raymond, il faut que je te parle !...

– C'est pas le moment ! grinça Bettoun, qui voyait à nouveau se profiler la perspective du K.O. pour la Guêpe.

– Je t'en prie, Raymond, insista Freddy, le visage suppliant, écoute-moi, ma femme a disparu...

– Qu'est-ce que tu veux que j'y fasse ? dit Raymond entre ses dents. Il fallait pas épouser une jeune !... »

Celle-là, il l'avait pas volée, depuis le temps qu'il la cherchait... Mais il était fou, cet Ambrosi, de venir le déranger à la boxe, juste quand la Guêpe perdait...

« Il faut que tu m'aides, Raymond ! » balbutia encore Freddy.

Roland perçut l'énervement grandissant de son oncle et, calmement mais fermement, commença à repousser le tôlier de la rue Napoléon :

« Allez Freddy, ça suffit maintenant... Tu nous emmerdes... Dégage...

– Mais... je voulais...

– Ça suffit, Freddy... Fous le camp... Tu verras Raymond une autre fois... S'il veut te voir...

– Roland ! Regarde ! »

Elie, transporté de joie, venait d'agripper le bras de son frère. Sur le ring, un miracle était en train de se produire. Malmené par une nouvelle série de une-deux, la Guêpe avait soudain frémi de tout son orgueil meurtri. Un direct instinctif du gauche était parti, foudroyant Gardel qui titubait sur place, déjà à demi inconscient. Littéralement porté par les hurlements des Bettoun, la Guêpe revenait à la charge, mitraillant Gardel de tous les côtés à la fois. Le poulain de Villars, K.O. debout, bascula lentement en arrière, terrassé. La Guêpe avait gagné ! Lui-même n'était plus qu'une statue de sang, une caricature de boxeur qui, les deux yeux fermés, distinguait à peine l'agitation environnante. Pourquoi tous ces cris ? Le combat était fini ? Qui avait gagné ? La Guêpe sentait que ses jambes devenaient molles. Il avait tellement sommeil... Si seulement on le laissait un peu dormir, même sur le ring...

Il fut soudain aspiré entre des bras puissants pendant qu'une voix, reconnaissable entre toutes, hurlait à ses oreilles : « Reste droit, tu as gagné ! Reste droit, tu as gagné ! »

Sans se soucier du sang qui inondait sa chemise et son costume, Raymond soutenait la frêle silhouette du poids mouche et l'aidait à lever le bras dans un dérisoire geste de victoire.

Exultant de bonheur, il chercha et trouva le regard de Villars. Il eut l'impression de contempler un puits sans fond.

21

DEPUIS quelques minutes, le sang battait plus vite aux tempes du commissaire Duché. S'il ne se trompait pas, et son instinct de vieux policier était trop bien affûté, le chaînon manquant, destiné à créer de gros ennuis à Bettoun, se trouvait là sous ses yeux... La vision de la pauvre Colette Ambrosi allongée à moitié nue, les seins découverts, dans sa propre chambre à coucher, aurait pu, en d'autres circonstances, susciter des pensées grivoises chez le commissaire. Le seul problème, c'est que Colette avait aussi un foulard serré autour de la gorge... Ses yeux étaient révulsés et elle tirait une énorme langue noire en direction des hommes qui la manipulaient et la photographiaient pour l'expédier bientôt à la morgue.

Aux côtés de Duché, le jeune inspecteur qui l'avait fait appeler d'urgence dissimulait mal sa joie :

« Quand on m'a dit qu'il y avait un autre meurtre chez Ambrosi, j'ai d'abord cru que c'était encore un règlement de compte, comme le maquereau, l'autre jour, dans les cabinets...

– William Benhamou, coupa Duché que le débit de l'inspecteur énervait.

– C'est ça... mais dès que j'ai réalisé que c'était sa femme, alors là, ça prenait une autre tournure, j'ai pensé à vous et j'ai envoyé une voiture...

– Vous avez bien fait. »

Duché s'était approché du cadavre de Colette Ambrosi. Il toucha légèrement l'écharpe de soie blanche :

« Pauvre fille... Crever comme ça...

– Ben oui, dit l'inspecteur mal à l'aise, qui ne savait comment analyser l'humeur de Duché. C'est vrai que c'est moche... »

Duché sortit de sa rêverie et examina le décor de la chambre à coucher, les murs tendus de velours pourpre, le grand lit à baldaquin, les draps de satin. Rien n'était trop beau pour la petite chanteuse. Tout ce faste dans un misérable hôtel de passe... Il se demanda si Freddy permettait aux filles d'utiliser les lieux lorsque sa femme était absente. Cela n'aurait guère été étonnant...

« Si vous cherchez Freddy, ajouta l'inspecteur qui venait de nettoyer ses fines lunettes avec son mouchoir, il est à côté, en train de chialer depuis une heure... Il accuse Raymond Bettoun d'avoir fait zigouiller la patronne... »

Duché hocha la tête :

« Tiens donc... » Il finit par sourire : « Merci, mon petit, de m'avoir fait prévenir... Je m'en souviendrai... »

L'inspecteur eut un geste modeste :

« Tout le monde sait que vous voulez la peau de Bettoun, commissaire... »

Il vit Duché se figer sur le pas de la porte.

« Je ne veux pas la peau de Bettoun ! Je n'ai pas

de compte personnel à régler! Je ne suis qu'un flic! Et je fais mon travail, de flic!... C'est tout...

– Bien sûr, bien sûr, dit hâtivement le jeune policier. Je m'étais mal exprimé... »

Quand le commissaire eut refermé la porte, l'inspecteur se tourna vers l'un de ses collègues : « Quel connard, ce Duché... Il est vraiment complètement marteau... »

La douleur d'un homme, ça se respecte. Celle de Freddy était un de ces chagrins immenses qui vont au-delà des larmes et des sanglots. Au centre du capharnaüm qui tenait lieu de salon, le tôlier, écrasé par l'assassinat de sa femme, se tenait accoudé à la table sur laquelle ils avaient pris tant de repas en commun... Les larmes coulaient sur son visage mou et crevassé de rides profondes. En une soirée, il avait vieilli de dix ans, et ce n'était qu'un début.

Sans faire de bruit, Duché tournait autour de la table, mains dans le dos. Son regard attentif glissait sur les dizaines de bibelots disséminés dans la pièce et qui tous rappelaient la carrière évanouie de Freddy Ambrosi. Ici, une pochette de 78 tours, jaunie par le temps, le montrait, trente ans plus tôt, souriant à pleines dents. Là, c'était un télégramme d'encouragement, envoyé par une personnalité du Tout-Paris au soir d'une première. Là encore, une affiche de gala sur laquelle le nom de Freddy s'étalait en gros caractères. Vestiges dérisoires d'une gloire éphémère... Et partout, partout des photos de Colette. Colette à la montagne, Colette au bord de la mer, Colette en costume d'opérette sur la scène du Châtelet... Colette, Colette, Colette...

« Ce type est foutu, pensa Duché, il ne s'en remettra pas... » Il fit une brusque volte-face qui attira le regard de Freddy :

« Si je te comprends bien, Freddy, pendant que tu allais le retrouver à la boxe, Bettoun donnait l'ordre à Azoulay de tuer ta femme... qu'il avait fait enlever par ce même Azoulay dans la soirée... C'est bien ça ? »

Freddy avala plusieurs fois sa salive, mais aucun son ne sortit de sa gorge nouée.

« ... Ce n'est pas mal imaginé, poursuivit Duché, mais c'est faible. Personne ne te croira... » Le regard du commissaire se fit plus aigu. « Je vais te raconter ce qui s'est passé, Freddy... Tu es rentré chez toi et tu as trouvé Azoulay avec ta femme... C'est aussi idiot que ça... Il a réussi à s'enfuir, et elle, tu l'as étranglée... » Freddy avait commencé à bouger la tête de droite et de gauche dans un mouvement de refus. « Elle est à côté ! hurla soudain Duché. A poil !... Etranglée !... Tu veux retourner la voir ? Tu as vu ses yeux gros comme des balles de ping-pong ? »

Freddy s'effondra, face contre la table, le dos secoué d'énormes sanglots.

« Tu l'as étranglée, reprit Duché plus calmement. Et tu sais ce que ça va donner devant les jurés ? « Il était vieux, il était moche, elle était jeune, elle était belle... » Ça va chercher dans les quinze ans... En sortant, tu auras soixante-quinze ans. Il te restera une bonne petite semaine pour profiter de la vie... »

Le dos de Freddy s'était raidi à l'exposé de la sentence probable. Duché sentit qu'il le tenait, d'un pouvoir aussi complet que celui d'un homme sur une machine. Maintenant, il n'y avait plus qu'à trouver le bon bouton pour déclencher le mécanisme espéré : celui de la vengeance et de la dénonciation. Freddy serait le Cheval de Troie qu'on introduirait chez les Bettoun.

Duché se reprit : non, ce serait Blücher jeté au pire moment dans les jambes de Napoléon... encore que Bettoun et Napoléon, vraiment... Il contourna la table pour s'approcher d'un vieux pick-up des années 50. Un disque était posé sur le plateau : c'était *Jalousie*, qui avait tant de fois permis à Freddy de triompher sur scène. Duché jeta un coup d'œil sur le chanteur effondré et, de sa main valide, mit en marche l'électrophone.

Les premières mesures s'élevèrent dans la pièce déjà tellement encombrée de souvenirs. Le souffle de Freddy s'était brusquement ralenti... Pendant quelques secondes, Duché lui-même avait succombé au charme : *Jalousie,* c'était toute une époque... Celle des premières amours... et puis, si vite, le départ pour l'Indochine... l'explosion terrible de la mine... la jeep soulevée de terre... le bras en bouillie qui pendait, inutile... Pas la peine de revenir en arrière, ça faisait trop mal...

« Finalement, dit-il d'une voix dont la douceur surprit Freddy, qui redressa la tête, je veux bien croire que tu n'es pas le coupable... C'est vrai, insista Duché devant le regard méfiant de Freddy, de toute manière, tu ne m'intéresses pas comme suspect... » Il s'approcha davantage encore du tôlier : « Par contre, comme témoin à charge, tu peux me servir... Donnant-donnant... »

Des bruits et des craquements de plancher dans le couloir imposèrent le silence aux deux hommes, cependant que s'achevait la chanson de Freddy. Celui-ci interrogea Duché du regard :

« Ils... ils l'emmènent ? »

Le commissaire, posa sa main sur celle, tavelée par l'âge, du tôlier :

« Oui. Il faut faire une autopsie à l'Institut médico-légal. C'est le règlement... Ensuite, on te la rendra... »

Duché se haït d'insister dans un moment pareil, mais, depuis longtemps, son métier l'avait rendu moins sensible à la douleur et à la misère humaines...

« Ecoute, Freddy, donne-moi Bettoun... Tout Bettoun... Tout ce que tu sais... Les hôtels... Les putes... Les trafics d'armes... Les règlements de compte... Donne-moi tout... Ça ne ressuscitera pas Colette, mais ça lui fera quand même plaisir, là où elle est... C'est d'accord ? »

Freddy Ambrosi marqua son consentement d'un simple battement de cils...

La rumeur s'était répandue comme une traînée de poudre à travers tout le Faubourg-Montmartre : la police... La police devant la Nouvelle-Algérie... Des tas de voitures avec les lumières bleues... Des policiers en uniforme... D'autres sur des motos... Plein partout... Qu'est-ce qui se passait à la Nouvelle-Algérie ? De magasin en café, de boutique en échoppe, les commentaires allaient bon train : on avait trouvé un mort dans le café... Non, il y avait eu une fusillade... Mais non, c'était simplement une rafle...

En entendant deux clients parler de l'événement, la décision d'Aboutboul fut prise en une seconde.

– Simone, je vais voir ce qui se passe à la Nouvelle-Algérie...

– Qu'est-ce que tu vas encore te mettre dans des histoires, Roger? Tu es pas bien, ici, dans ta teinturerie? Toujours il faut que tu ailles courir dehors...

– Je vais juste jeter un coup d'œil...

– Va te faire casser la tête, va... Mais ne reviens pas pleurer après... »

– A l'arrivée du teinturier devant le café, les policiers retenaient difficilement une foule de curieux et de badauds attirés par ce déploiement de force. Immédiatement, les yeux d'Aboutboul vinrent se poser sur la Rolls de Bettoun à côté de laquelle stationnait en double file une Renault 30 gris métallisé. Quelques gardiens de la paix bavardaient auprès d'un fourgon cellulaire.

« Diable, pensa le teinturier, c'est du sérieux... »

Dans la foule, les hypothèses les plus invraisemblables circulaient. Aboutboul capta soudain quelques mots qui le firent tressaillir : « C'est Bettoun qu'ils viennent arrêter... », disait un gros homme avec autorité. Le teinturier reconnut Tobaïlem, le boucher casher dont sa femme était une bonne cliente. Il glissa vers lui :

« Vous êtes sûr que c'est Bettoun, monsieur Tobaïlem?

– Bien sûr, dit l'autre, c'est un journaliste qui m'a expliqué. Bettoun il a été dénoncé par un type qui travaillait pour lui. Maintenant, ils viennent le chercher. Tenez, regardez... »

Il y eut une poussée générale de la foule qui

voulait mieux voir. Les portes de la Nouvelle-Algérie venaient de s'ouvrir toutes grandes. Précédé de quelques gardiens, Raymond Bettoun finit par apparaître, très pâle, les traits tendus, encadré par deux inspecteurs. Un murmure courut parmi les curieux : il avait les menottes. Ils avaient mis les menottes à Raymond...

« Salauds !... Fumiers !... », cria Albert, accouru sur le seuil de son établissement.

Pépé Atlan lui imposa le silence et l'attira à l'intérieur.

Autour de Raymond, qui attendait devant le fourgon, les photographes se bousculaient pour obtenir le meilleur cliché. Il clignait des yeux, aveuglé par l'éclair des flashes. De l'intérieur, quelqu'un déclencha la porte grillagée, permettant à Raymond de s'engouffrer dans le véhicule. Au dernier moment, il s'était penché comme pour regarder à l'intérieur de la R 30 grise garée à proximité. A son tour, Aboutboul glissa un coup d'œil dans la limousine. A l'arrière, un homme aux cheveux taillés en brosse, un flic probablement, souriait d'un air secret, étrange, comme s'il venait de remporter une victoire connue de lui seul.

« Mon petit Frémont, fit Duché, on a fait du bon boulot, mais ce n'est que le début... Allez, suivez le convoi... »

Au retour du teinturier, la femme d'Aboutboul l'attendait devant la boutique, mains plantées sur les hanches :

« Alors, glapit-elle de loin, ça y est ? Ils l'ont

mis en prison ? Bon débarras, après tout ce qu'ils ont fait, ces Bettoun... »

Aboutboul n'arrivait pas à se réjouir :

« Il faut voir... Bettoun il avait du bon... »

Elle faillit s'étrangler :

« Comment ? Tu te rappelles plus la dernière fois qu'il est venu avec Atlan ? Tu as déjà oublié ?

– Non, bien sûr... Mais est-ce que ça sera mieux si c'est un Français qui le remplace ? Avec Raymond, on pouvait discuter... »

Pascal Villars referma le journal et le pressa contre son cœur en fermant les yeux : le cheval venait de frapper... La pièce avait bougé, maintenant tout l'équilibre de l'échiquier s'était transformé. Il ne s'était pas assez méfié, le père Bettoun... Il l'avait bien prévenu, dans un accès de vanité qui aurait pu d'ailleurs avoir de graves conséquences. Mais non, l'autre était trop occupé à ouvrir sa grande gueule, comme d'habitude. Il n'avait prêté aucune attention à ses propos... Pourtant... On avait suivi Jacky Azoulay en tout lieu et à toute heure. Celui-ci flinguait Benhamou, qui en savait trop : meurtre inexplicable pour Villars, qui n'en avait compris le motif que lorsque Jacky lui-même en avait fait l'aveu. Benhamou en savait trop. Ensuite, le cauchemar pour Azoulay, la panique à l'idée que Raymond apprenne ses petits trafics. L'enlèvement préventif de Colette. Et son intervention à lui, Villars. L'assassinat de la jeune femme par Bobiak, cependant que le pauvre Bettoun croyait triompher ce soir-là à la boxe. Freddy qui craquait et accusait son patron. Enfin, Bettoun en prison : le couronnement! La conclusion royale d'un plan millimétrique, caractérisé par les évolutions déroutantes du cheval. Un coup à droite, un coup à gauche. Jamais là où on l'attendait. Toujours là où on le redoutait.

« Génial... », dit Villars en toute simplicité. Il se leva et se planta devant la fenêtre de son bureau pour observer la cour de la distillerie, déserte en cette fin d'après-midi. Oui, tout avait formidablement bien fonctionné depuis sa décision de concentrer tous les efforts sur Azoulay... Au fait, ça lui ferait peut-être plaisir, à celui-là, d'être tenu au courant de ces péripéties...

Villars saisit le journal sur son bureau et sortit de la pièce. Il traversa les grandes salles de stockage et de préparation : l'odeur du houblon et de la fermentation donnait à l'air une odeur lourde et pénétrante. D'autres talons claquaient sur le sol de ciment. Bobiak venait à la rencontre de Villars. Les deux hommes échangèrent un sourire. Bobiak tenait un pistolet à la main :

« Je vais faire des cartons dans la cour sur des casiers à bouteilles », expliqua-t-il.

Villars n'aimait pas ces exercices qui risquaient d'attirer l'attention, mais la brasserie se trouvait suffisamment loin de toute oreille indiscrète pour que le danger soit plutôt minime. De toute manière, quand le Gitan avait décidé quelque chose... Une bête... Tout comme le Sacristain... Des chiens enragés...

Il rappela Bobiak qui s'éloignait, et leurs paroles résonnèrent sous les voûtes :

« Je vais voir Azoulay...

– Tu veux que je m'en occupe? »

Bobiak brandissait son calibre.

« Non, on le garde un peu. Il nous rendra encore service... »

Les premiers coups de feu éclatèrent dans la cour au moment où Villars ouvrait la porte du réduit qui tenait lieu de prison à Azoulay. L'endroit avait déjà servi pour planquer le Sacristain quand le fond de l'air était devenu un peu chaud pour lui...

Le Jacky Azoulay d'antan, le voyou qui roulait en Continental, avait bien changé... Les mains entravées par des menottes, il était affalé contre le mur, son beau costume souillé de boue et de poussière. Son visage même était à peine reconnaissable. Au bout de quelques heures de captivité, cet homme habitué à prendre soin de lui-même se défaisait et n'était plus qu'un être angoissé, aux abois. A l'entrée de Villars, il sursauta, submergé de peur. Ses yeux étaient braqués vers un soupirail qui ne dispensait qu'une faible lumière :

« Qui c'est qui tire dehors ? C'est des coups de pétard, j'ai bien reconnu... »

Villars considérait avec une pitié méprisante ce qui n'était plus pour lui qu'un déchet d'humanité.

« C'est Bobiak, mon pote... Il s'entraîne pour être sûr de ne pas te rater quand il viendra te faire la peau... »

Azoulay avait blêmi et s'était instinctivement recroquevillé contre le mur.

« Connard... », cracha Villars.

Il jeta le journal qu'il avait apporté avec lui en direction du pied-noir :

« Tiens, lis-moi ça... Des nouvelles de ta famille... »

Le titre était énorme et barrait la première

page de *France-Soir.* Les yeux d'Azoulay le parcoururent plusieurs fois, avant que les mots ne parviennent jusqu'à une partie de son cerveau pas encore engourdie par l'épouvante : « RAYMOND BETTOUN ACCUSÉ DE RACKET ET DE PROXÉNÉTISME... LE NUMÉRO UN DU MILIEU SOUS LES VERROUS... », proclamait la manchette qui avait dû plonger Duché dans une extase sans mélange...

Plus bas, le chapeau de l'article précisait : « Après l'assassinat de sa femme, un ancien chanteur d'opérette dénonce les activités de son patron. »

Lentement, très lentement, Jacky Azoulay releva la tête, stupéfait par ce qu'il venait de lire. Colette assassinée ? C'était incroyable... Ce Villars était complètement cinglé. Nom de Dieu de merde, il avait bousillé la femme de Freddy... Mais quel enculé, ce mec... Il était fou... Il était vraiment fou... Il laissa retomber le journal, dépassé par les événements :

« Tu as tué Colette ? »

Villars tirait avec satisfaction sur l'une de ses minces cigarettes.

« Oui. Et tout le monde croit que c'est toi, pauvre pomme.

– Mais moi, j'ai jamais voulu la..., balbutia Jacky.

– Toi non, mais nous, oui, figure-toi... »

Progressivement, la vérité se faisait jour dans l'esprit d'Azoulay. Il se sentit envahi d'une sueur froide qui collait à ses vêtements :

« Alors, t'as pas arrêté de me doubler, depuis le début ? »

Villars approuva benoîtement :

« Depuis le début, c'est vrai... On t'a suivi partout...

– Putain, poursuivit Jacky, accablé. William, Colette et maintenant Raymond en prison... Tout ça à cause de moi... J'ai été aveugle...

– ... ou bien très myope, c'est vrai, ironisa Villars. Ce qu'il y a de bien avec toi, c'est que tu comprends vite... J'ai tiré le bon numéro... »

Le regard d'Azoulay se fit haineux. S'il croyait qu'il l'emporterait au Paradis...

« Bâtard, hurla-t-il soudain, les larmes aux yeux, quand Raymond va savoir la vérité, j'aimerais pas être à ta place... »

Villars haussa les épaules, placide :

« Au train où vous comprenez les choses, les pieds-noirs, j'ai encore de beaux jours devant moi... »

L'homme enchaîné lui adressa un crachat dérisoire qui manqua largement son but. Dehors, les détonations avaient repris. Villars tendit l'oreille :

« Tu entends, Jacky? Bobiak viendra bientôt... Mais pas tout de suite... Peut-être demain... ou après-demain, ou peut-être cette nuit... Allez, salut. Dors bien... »

22

FINALEMENT, ce n'était pas la grande joie...

La grande joie, Duché l'avait éprouvée en voyant Bettoun sortir de son café, menottes aux poignets. Plus que de la joie, d'ailleurs, un sentiment de plénitude absolue, la certitude que ça n'aurait pas été une mauvaise idée d'interrompre sa carrière ce jour-là, pour prendre sa retraite. Après tout, des soldats de plomb, il y en avait encore des milliards à peindre... Aujourd'hui, c'était la routine qui reprenait le dessus. Mais une routine qui ressemblait à la première cigarette après l'amour. Car voir devant soi Raymond Bettoun, menottes aux mains, dans sa chemise froissée, sans cravate, la barbe naissante et les traits tirés, c'était tout de même profondément jouissif. Premier interrogatoire, premier baiser... C'était comme un long flirt qui commençait... Un tango venimeux dans lequel lui, Duché, conduirait fermement la danse.

Pendant quelques secondes, il observa avec une feinte sympathie le chef du clan qui, l'air épuisé, passait ses mains entravées dans ses cheveux.

Raymond promena ensuite des yeux fatigués sur le petit bureau trop chauffé, où le mobilier était réduit à sa plus simple expression. La passion napoléonienne de Duché se reflétait dans quelques bibelots disposés çà et là : une pièce d'artillerie lui servait de presse-papiers; au mur, une estampe représentait la bataille d'Austerlitz; un sabre de cavalerie était accroché derrière le porte-manteau. Sans doute l'arme secrète du commissaire au cas où un voyou voudrait le prendre en otage...

S'adressant à l'homme prostré devant lui, Duché découvrit légèrement ses dents de devant, dans un simulacre de sourire :

« On se sent sale, hein, Bettoun... Ça gratte... Ça pique... Une nuit ou dix ans, la prison c'est la même chose... »

Il regarda le plafond et ajouta d'un ton léger :

« C'est ennuyeux d'être dénoncé comme un malpropre... surtout pour un chef de famille honorable... »

Quelque part en Raymond Bettoun, il y eut un hurlement de colère qu'il réprima tant bien que mal, serrant les mâchoires jusqu'à entendre le sang siffler dans ses oreilles : rester calme... Il ne fallait pas s'énerver. Il fallait tout aplanir. Encaisser et se taire... Mais tout de même, non, pas complètement... De toute manière, au point où il en était...

« Ça vous amuse, hein... » Raymond se gratta la gorge et réalisa qu'il n'avait pas parlé depuis des heures. « On est une bonne cible pour vous. Une vraie famille, ça vous étonne. Vous comprenez rien, alors vous vous acharnez... Ça soulage votre solitude. » Les lèvres du chef de clan se retroussèrent dans une moue méprisante : « Vous voulez que je vous dise, Duché? Vous me faites pitié!...

– La pitié, entre nous, ça n'existe pas... »

A son tour, Duché s'était raidi, fouetté par les propos du pied-noir. Quelle incroyable vanité! Ce type était là, face à lui, menottes aux poignets, ayant à répondre des accusations les plus graves, et il se permettait de l'insulter! En d'autres temps, Duché aurait peut-être souri de cet aplomb somme toute sympathique. Mais on ne démarre pas un interrogatoire sur un malentendu : il fallait remettre les pendules à l'heure, et très vite! Son regard accrocha celui de Raymond auquel il se vrilla intensément. Chaque mot devait être une gifle insupportable :

« Non la pitié entre nous, Bettoun, ça n'existe pas. Depuis quinze ans que je vous suis, vous n'avez pas encore compris : je ne vous aime pas... Je n'aime pas votre arrogance, votre manière de parler haut, de piétiner les autres, de vous conduire comme en pays conquis. Vous vous êtes trompé sur notre hospitalité et vous avez pris la France pour une colonie... Non, Bettoun, je ne vous aime pas, parce que en plus de tout ça, vous sentez l'huile et que j'ai l'odorat délicat... »

Sans accorder davantage d'attention au gangster, Duché farfouilla dans les papiers disposés devant lui et s'empara du dossier :

« Que répondez-vous aux accusations de Freddy Ambrosi? »

C'est maintenant qu'il saurait s'il avait ou non pris l'ascendant. La vision de Bettoun blême, le souffle coupé par sa tirade, lui avait déjà fourni un élément de réponse. Il eut la certitude de mener le jeu quand il entendit la petite phrase lamentable, dernier recours des macs les plus arrogants :

« Je veux parler à mes avocats... »

Il suffisait de mettre « manman » à la place d'« avocats » pour mieux saisir la transformation de Raymond, écrasé par l'assaut verbal de Duché, mais aussi par la mauvaise nuit passée en prison, le stress nerveux auquel il était soumis depuis vingt-quatre heures.

« Vos avocats, vous les verrez plus tard ! » décida Duché, mis en joie par l'évolution des événements. Ça ne s'annonçait pas mal du tout. Il se leva et ouvrit la porte de son bureau : « Faites entrer le témoin... », puis, se retournant vers Raymond, sur un ton moqueur : « Si vous avez envie de sauter par la fenêtre, ne vous gênez pas, il n'y a que cinq étages... »

Le visage dans ses mains, Raymond perçut des mouvements derrière lui. On introduisait quelqu'un dans le bureau. Le fameux « témoin » de Duché ! Freddy le Chanteur. Freddy le traître !... Freddy l'enculé !... L'homme par qui le malheur était arrivé... Vingt ans pour mettre sur pied une organisation exemplaire, un dernier coup de reins pour éliminer Carréras, et voilà, il suffisait d'un minuscule grain de sable pour que tout s'enraye. Freddy le Chanteur !... Toute la nuit, se tournant et se retournant sur l'inconfortable bat-flanc pénitentiaire, enroulé dans une mauvaise couverture, Raymond avait essayé de comprendre. Mille fois il avait lu un *France-Soir* prêté par un gardien compatissant, jusqu'à connaître le journal par cœur. Ainsi il ne s'était pas trompé, il y avait bien anguille sous roche, avec cette histoire de filles... Lui seul s'en était inquiété. Mais on ne pouvait pas à la fois évoluer sur les cimes, jongler avec les casinos et soulever les couvercles des poubelles, contrôler les mouvements de putes dans les rues chaudes. Ça, c'était le boulot des intermédiaires, de Freddy et d'Azoulay en particulier, qu'il incombait à Roland de chapeauter. Dans cette affaire, chacun avait mal fait son travail. Mais qui aurait cru aussi qu'Azoulay trahirait ? Jacky, c'était la famille, l'homme aux costumes voyants dont on avait publiquement honte, mais qui faisait rentrer un maximum d'argent avec ses filles. Qui pouvait prévoir qu'un jour il détournerait des putes à son profit et assassinerait la femme de Freddy, la pauvre petite Colette ? Raymond voyait clair, maintenant, dans les défauts de son organisation. Il avait trop fait confiance à tout le monde. La famille vivait dans un sentiment de fausse sécurité, persuadée que les rouages étaient graissés une fois pour toutes. Rien n'était jamais remis en question. Résultat : la banquise avait d'abord bougé en profondeur, avant de craquer spectaculairement dans une gerbe d'éclaboussures meurtrières. Freddy accusait Azoulay d'avoir tué sa femme. Or, à qui appartenait Azoulay ? A Raymond Bettoun. Les conclusions étaient faciles à tirer, surtout pour un homme simple...

Dans le bureau de Duché, Raymond eut d'abord des difficultés à reconnaître le tôlier. Ruminant sa douleur, Freddy avançait d'un pas incertain. Son visage était celui d'un vieillard torturé de chagrin. Dans ce masque tragique, les yeux noyés de larmes s'illuminèrent soudain en apercevant Raymond. Une haine mortelle crispa les traits du chanteur qui débita un flot d'accusations sans queue ni tête :

« Je t'avais demandé de m'aider! Je te l'avais demandé à la boxe! Tu te rappelles? Mais tu n'as rien fait, non, tu t'es même foutu de ma gueule! Tu m'as fait jeter dehors! Pourtant, Azoulay venait de l'amener... Si tu avais levé le petit doigt... Seulement, tu te crois tellement supérieur que tu es devenu aveugle! Oui, aveugle! C'est à cause de toi que Colette est morte!... »

La voix de Freddy s'était brisée. Il répéta plusieurs fois : « Ma petite... Colette... », les épaules secouées de sanglots.

En l'observant, Raymond avait l'impression qu'on lui avait jeté une grenade dégoupillée entre les pieds. D'un instant à l'autre, elle pouvait faire explosion. Il fallait manipuler Freddy avec d'infinies précautions pour limiter au maximum les dégâts. Ses années d'expérience de tôlier avaient dû lui permettre d'accumuler de redoutables secrets sur le gang. Comment lui faire comprendre que son intérêt était encore de se taire? Que rien n'était perdu tant que l'essentiel demeurait caché? Et que, bien sûr, Jacky Azoulay serait retrouvé et châtié comme il convenait? On laisserait Freddy lui arracher les yeux un à un s'il le désirait...

D'une voix très calme, espérant que ce calme s'étendrait au tôlier, Raymond s'adressa à lui :

« De quoi tu parles, Freddy? Pourquoi j'aurais tué Colette? »

Duché avait aussitôt deviné la stratégie du pied-noir : il espérait transformer la confrontation en simple duo sentimental... Vieille tactique qui pouvait tromper un débutant... De nouveau, il montra son dossier :

« Personne ne vous a accusé du meurtre de Mme Ambrosi, Bettoun. Non, non, ne vous trompez pas, c'est de proxénétisme et d'extorsion de fonds qu'il s'agit. C'est écrit là en toutes lettres... »

Malgré son désir de rester calme, Raymond sentit la colère monter en lui. Arriver à son âge et s'entendre dire des choses pareilles... Bon, bien sûr, ça faisait partie des activités de la famille, mais que contrôlait-il, lui personnellement ? Et puis, avec Biarritz, c'en était fini de cet aspect-là des choses. Bientôt, tous les soirs, il mettrait le smoking et le nœud papillon, et il accueillerait les gens devant le casino...

Il intercepta le regard fuyant du chanteur :

« Pourquoi tu as raconté tous ces mensonges, Freddy ? Hein ? C'est pas ça qui fera revenir Colette, tu sais bien... »

Il se pencha vers le tôlier qui baissait la tête, de plus en plus accablé :

« J'ai pas été gentil avec toi ? Moi aussi, j'ai beaucoup de peine. On était des amis, non ? Tu te rappelles plus la fête, la musique, quand tu nous as chanté *Jalousie* ?... »

Fasciné, Duché observait la performance de Bettoun, digne des plus grands comédiens. Tout y était : les yeux implorants, le rappel des jours de bonheur, l'évocation de la vieille complicité d'antan... Du beau travail, vraiment... Le tôlier, effondré, regardait ses chaussures, recroquevillé sur lui-même.

Avant que le commissaire ait pu esquisser le moindre geste, Raymond empoigna soudain le

« témoin » de Duché par les revers de sa veste. Il approcha son visage à quelques millimètres de celui de Freddy et se mit à hurler :

« Regarde-moi ! Regarde-moi dans les yeux ! »

Toute la puissance physique du chef de clan s'était cristallisée dans ce cri rauque et démesuré qui fit trembler les murs du bureau. Lentement, comme hypnotisé, Freddy releva la tête.

Duché, prenant conscience de l'emprise de Bettoun, leva la main :

« Attention : on ne menace pas mon témoin... »

Mais il savait que, désormais, la balle avait changé de camp. Nerveusement, il se mit à feuilleter les pages du dossier :

« Bon, on va un peu revenir à nos moutons, n'est-ce pas ? »

Le jeu du chat et de la souris reprenait...

23

MAURICE sentait les regards du clan peser sur ses épaules. Derrière lui, une bonne partie de la bande était réunie : la Guêpe, Pépé, Sammy, Gégé, Edouard qui faisait sans arrêt l'aller-retour entre la maison et le Quai des Orfèvres. Il savait aussi que, derrière les rideaux tirés, les femmes devaient observer son comportement. Raymond en prison, il était automatiquement devenu le numéro un de la famille, celui sur lequel s'abattaient toutes les responsabilités, dont celle, essentielle, de se battre pour l'honneur du clan. Voilà pourquoi, retranché derrière les grilles du parc, il faisait face à une quinzaine de journalistes et reporters en tout genre.

A travers les grilles, on tendait des micros, et des objectifs en direction de Maurice qui tenait un papier à la main. Tous ces journalistes... Ils s'en donnaient à cœur joie, depuis l'arrestation de Raymond. Que n'avaient-ils inventé... Les Bettoun portaient tous des chaussures de crocodile, des boutons de manchette en diamant, et les robinets de la maison étaient naturellement en or massif; la famille dépassait, par son chiffre d'affaires, toutes les familles américaines réunies, et bon an mal an, elle expédiait *ad patres* l'équivalent de l'armée helvétique... Bref, la presse qui savait reconnaître une bonne histoire quand elle en tenait une, assimilait les Bettoun à de monstrueux criminels qu'on ferait bien d'exécuter en place publique. Le plus troublant, dans tous ces articles, c'était le soin avec lequel leurs auteurs soulignaient unanimement que les Bettoun étaient pieds-noirs, ajoutant parfois « de confession israélite », comme s'il s'agissait d'une circonstance aggravante. En réalité, Maurice le percevait fort bien, l'antisémitisme colorait directement l'encre de certaines plumes. Il revoyait des visages de journalistes à qui il avait souvent offert le champagne à l'Odyssée, pour découvrir maintenant que ceux-là étaient les premiers à le poignarder.

En regard de la gravité des événements, tout cela était secondaire. Après s'être assuré que le calme était revenu dans le rang des reporters, Maurice se mit à lire le communiqué rédigé avec l'aide d'Edouard. Chaque mot en avait été pesé et analysé pendant des heures, comme s'il s'était agi d'une déclaration susceptible de modifier le destin du monde. Mais Maurice savait que son père aurait apporté le même soin maniaque à clouer le bec aux chacals qui tournaient autour de la famille.

« Depuis plus de trois jours, on retient mon père de façon arbitraire. Or je tiens à dire ceci : les Bettoun ont toujours gagné leur vie d'une manière honnête... » (« Honnête, oui ! » répéta Maurice qui avait croisé le regard moqueur d'un journaliste.) « Notre réussite, poursuivit le successeur de Raymond Bettoun, nous a valu des jalousies... Sur la dénonciation d'un homme égaré par la douleur, on a jeté le discrédit sur nos différents intérêts, alors que chez nous tout est clair comme du cristal. On veut salir notre famille, on veut salir les Bettoun, mais nous nous battrons jusqu'à ce que notre honneur soit complètement réhabilité. »

Maurice leva les yeux de son papier, fort satisfait de cette tirade. Les journalistes, eux, ne se privaient pas de sourire, et, pour certains d'entre eux, de rigoler ouvertement... En fallait-il tout de même, du culot, pour aligner autant de mensonges et de contre-vérités !... Comme si personne n'était au courant des activités des Bettoun...

« Et les hôtels de passe, monsieur Bettoun ? » demanda un journaliste.

Maurice sourit finement :

« Si quelqu'un en démontre l'existence, nous les mettrons à la disposition de l'Armée du Salut... C'est tout ce que j'avais à dire. »

A travers les grilles, les reporters, fermement repoussés par la Guêpe et Gégé, purent observer les chaudes félicitations que les membres du clan adressaient à Maurice. Apparemment, son dernier trait d'esprit faisait les délices de la bande, qui le commentait en remontant vers la grande maison blanche.

Livrés à eux-mêmes, les journalistes stationnaient par petits groupes avant de regagner leurs rédactions respectives.

« Ça frise l'inconscience ! déclarait un reporter en faisant la grimace.

— Ou la connerie pure et simple », ajouta un confrère qui remontait la bande de son Nagra pour diffuser la déclaration depuis sa voiture-émettrice.

Un troisième journaliste, celui qui avait repris Maurice au milieu de sa lecture, hochait la tête d'un air indécis :

« Je ne sais pas... il avait l'air sincère, pourtant... Ces gens-là pensent vraiment qu'ils sont honnêtes et qu'ils n'ont rien de grave à se reprocher. Je suis sûr qu'ils nous en veulent énormément pour nos papiers. Et c'est vrai qu'ils ont une certaine dose d'innocence et de cruauté très primaires... Comme l'enfant qui arrache les ailes d'une mouche... »

Les autres le regardaient, surpris :

« Dis donc, tu les aimes, toi, les Bettoun ? »

Le journaliste rangea son calepin dans sa poche.

« Non. Je me dis seulement qu'ils évoluent dans un autre monde, et que c'est trop facile de les considérer uniquement comme des gangsters... Si j'avais le temps, j'en ferais un bouquin...

– Pourquoi pas un film ? » suggéra quelqu'un.

« Bravo, Maurice ! Tu leur as bien mis, aux journaleux !

– Mon vieux, niqués ils étaient ! Tu leur as montré qui c'est le patron ! Qu'est-ce que j'ai ri avec l'Armée du Salut !...

– Les Bettoun, on n'est pas encore morts, purée ! »

Sous cet assaut de compliments et de félicitations, Maurice faisait tout son possible pour garder la tête froide. Il sortait satisfait de cette confrontation avec la presse, qu'il avait tant redoutée. La mise au point avait été claire et nette. Quel que soit le ton employé par les journaux pour rapporter le communiqué lu quelques minutes plus tôt, ils en parleraient, donnant ainsi la preuve que les Bettoun étaient bien vivants malgré l'incarcération de Raymond. Et c'était cela qui comptait en priorité. Un clan privé de son chef est un clan qui entre en agonie. Déjà les bruits les plus divers circulaient dans la rue. Des petits voyous de quartier relevaient la tête, cependant que les profits tirés du racket amorçaient, eux, une courbe descendante. A mesure que les jours de détention de Raymond s'additionnaient, à travers tout Paris, la rumeur de la chute des Bettoun s'amplifiait. Il fallait donc donner un coup de poing sur la table, et de la manière la plus catégorique. C'était fait.

Dans son for intérieur, Maurice savait pourtant que cet effort ne servirait à rien tant que la situation à l'intérieur du clan serait aussi insaisissable. Car Azoulay courait toujours, et c'était lui qui détenait en grande partie la solution de la crise actuelle. Avant de songer à refaire l'unité et la puissance du gang, il fallait d'abord retrouver Jacky. Tout passait par lui. Tant qu'il n'aurait pas expliqué son geste de folie, les Bettoun resteraient sur la défensive, incapables de prendre l'initiative. Et dans ce monde, on ne restait pas bien longtemps paralysé sans être gobé par une mouche plus grosse que soi...

Accompagné de Pépé et d'Edouard, Maurice entra en coup de vent dans le bureau de Raymond. En l'absence de son père, et de manière très symbolique, il avait installé là son état-major de crise. C'est un autre Maurice qui s'était révélé aux membres de la famille : un être dur et autoritaire qui, par moments, rappelait Raymond, jusque dans ses intonations. Cette transformation s'était opérée du jour au lendemain, à l'insu de Maurice lui-même qui ne réalisait guère ces modifications de sa personnalité. Pour lui, dès l'arrestation de Raymond, les choses avaient été très claires : il fallait prendre la place du chef de clan, et continuer coûte que coûte, en serrant les dents pour ne rien laisser voir du trouble et du désarroi intérieurs.

C'est ce que Raymond aurait voulu, et c'est ce que Maurice faisait de la manière la plus naturelle du monde. Assis face aux hommes du gang, donnant ses ordres d'une voix brève et précise, il n'était plus Maurice Bettoun, l'affable propriétaire de l'Odyssée, mais un homme encore jeune qui se savait investi d'une écrasante responsabilité : celle de faire fonctionner une lourde famille dont les différents intérêts, effrayés par l'incertitude, cherchaient déjà à s'échapper. Quand Raymond sortirait, il demanderait des comptes. Maurice voulait pouvoir affronter son père, l'esprit serein, avec la conviction absolue qu'il avait fait pour le mieux.

Dans la maison, les premières à percevoir les changements intervenus en lui avaient été les femmes, Blanche en particulier. La mère de Raymond découvrait dans son petit-fils des traits de caractère propres à son fils aîné, lorsque la famille vivait encore en Algérie. Elle observait, émue et ravie, sa manière de manger sans dire un mot, les sourcils froncés, perdu dans ses pensées, comme si son entourage n'existait plus. Elle le voyait se mettre à écraser les noix dans sa paume, exactement comme Raymond. Et encore comme Raymond jeune homme, Maurice savait d'un geste, d'une brève caresse sur la joue, rassurer sa grand-mère : il veillait au grain. Rien ne pouvait arriver à la famille tant qu'il était là. Blanche avait également observé qu'en dépit des regards appuyés de Viviane, il demeurait d'une grande froideur, marquant en revanche plus d'attention à Hélène, un peu surprise.

Avant qu'il n'entre dans le bureau de Raymond, elle posa une main inquiète sur son bras :

« Ils sont partis, les journalistes, mon fils ? »

Maurice sourit d'un air très doux :

« Ne t'en fais pas, Mémé, c'est fini... Ils nous embêteront plus... »

Blanche ne put retenir ses larmes :

« Quand est-ce qu'ils vont nous rendre Raymond ? Hein, Maurice ? Ils vont le garder encore longtemps là-bas ? »

Il l'attira contre lui et déposa un baiser sur sa joue :

« Non... Il sortira bientôt... Tu verras... Et ça sera comme avant... On sera tous ensemble... Ne pleure pas... »

Elle laissa s'échapper son petit-fils, pleine d'une infinie reconnaissance. Décidément, comme il ressemblait à Raymond maintenant ! Il avait même appris à mentir pour faire plaisir...

« Tu as bien parlé, dit Pépé qui suivait Maurice comme son ombre.

– Oui, c'est pas la peine de lui faire peur... Déjà, avec son cœur, toutes ces émotions, c'est un peu... »

Les mots s'étranglèrent dans la gorge de Maurice qui, en une seconde, fut saisi de fureur devant le spectacle qui s'offrait à ses yeux : une fesse posée sur le bureau de Raymond, Roland était en train de composer nonchalamment un numéro de téléphone. Cette vision fit à Maurice l'effet d'un chiffon rouge sur un taureau. En trois pas, il était sur Roland qui tournait la tête, surpris.

« Qu'est-ce que tu fous au téléphone, toi ? Tu crois que c'est comme ça que tu vas retrouver Azoulay ? Pourquoi tu fais pas les renseignements, tant que tu y es ? »

Maurice écumait littéralement, cependant qu'une expression glacée se répandait sur le visage de Roland, d'abord pris de court :

« Téléphoner, conclut Maurice, je peux le faire aussi bien que toi ! »

La voix de Pépé, gêné, s'éleva dans la pièce :

« Maurice...

– Quoi, « Maurice » ? reprit celui-ci. Jusqu'à nouvel ordre, c'est moi le patron ! » D'un geste méprisant de la main, il désigna Roland : « S'il avait bien fait son boulot, on n'aurait pas de problèmes avec Azoulay. Un chef de guerre doit savoir ce qui se passe sur le terrain, sinon on le change ! »

Le souffle accéléré de Roland et ses lèvres serrées firent craindre le pire à Pépé. Les deux garçons allaient en venir aux mains. Jamais encore Maurice ne s'était déchaîné de cette façon. Mais si Roland ne lui avait pas encore mis son poing dans la figure, c'est peut-être aussi parce qu'il y avait un peu de vrai dans ces accusations qui pleuvaient dru. La colère de Maurice descendit d'un degré tandis qu'il plantait son index dans la poitrine de Roland :

« Je peux encore te trouver un remplaçant, tu sais. Quelqu'un qui nous ramènera ce fumier d'Azoulay dans les vingt-quatre heures... Allez, tire-toi... »

La porte du bureau claqua si fort derrière Roland que les parois de l'aquarium en vibrèrent.

Atterré, Pépé baissa les yeux : mais où on allait, purée, qu'est-ce qui se passait dans cette maison ?...

24

AU volant de son Alpine, Roland enfilait en virtuose les rampes du parking en béton qui domine la gare du Nord. Chaque virage à angle droit donnait lieu à un festival de crissements de pneus. Pendant que le moteur de la voiture hurlait en surrégime, Roland lui-même devait se retenir pour ne pas l'imiter. Depuis son départ de la maison, il vivait dans un état second, encore sous le choc des propos de Maurice à son égard. Ah ! les choses n'avaient pas traîné ! A peine quelques jours que Raymond était entre les mains de Duché et déjà Maurice se comportait en dictateur absolu, prétendant mettre tout le monde à sa botte et virer tous ceux qui ne lui plaisaient pas ! Ce matin, il avait fait exprès de l'humilier. Maintenant qu'il se croyait numéro un, il ne raterait pas une occasion d'accabler le chef de guerre devant les membres du clan. Pour saper l'autorité de quelqu'un, rien de tel que de le critiquer publiquement.

Mais ça ne durerait pas cent sept ans ! décida Roland en maniant brutalement le volant de sa voiture de sport. Il ne se laisserait pas cracher à la gueule sans réagir. Avec Maurice, ça faisait trop longtemps que la marmite bouillait. Un jour ou l'autre, il faudrait régler les comptes entre hommes... De toute manière, il y en avait un des deux en trop, et depuis toujours...

Viviane n'avait été que le révélateur de cette évidence. Tout à l'heure, quand il avait quitté la maison, elle avait tenté de le retenir; comme si elle se sentait responsable de ce qui n'aurait été qu'une simple rivalité de cœur entre Maurice et lui. Non, personne dans la famille n'avait encore réalisé que, Raymond écarté, l'affrontement entre les deux garçons devenait inévitable. Et peut-être même mortel. Désormais, il suffirait de si peu de chose...

Dans un dernier rugissement, l'Alpine émergea sur la terrasse du parking. Sous un soleil d'été, le panorama permettait d'admirer les toits de la capitale, et, au loin la tour Eiffel.

Le coup de téléphone de Villars avait surpris Roland dans l'Alpine, alors qu'il dévalait les rues en pente de Meudon, s'étant arraché aux supplications de Viviane. Un coup de téléphone bien dans le style du propriétaire de la brasserie : « Monte en haut du parking de la gare du Nord, t'auras une petite surprise... »

« Pour le moment, pensa Roland qui roulait lentement sur la terrasse déserte, la surprise, c'est qu'il n'y a rien... »

Sa main glissa vers le téléphone de bord, puis s'immobilisa : tiens, la voiture d'Azoulay! Au milieu d'une longue rangée d'épis, la grosse Continental jaune était soigneusement garée, seule et incongrue.

« Au minimum, on aura déjà retrouvé la bagnole », se dit Roland en descendant de l'Alpine. Il fit lentement le tour de la Continental dont les portières étaient verrouillées. La voiture était sale et poussiéreuse. Il nettoya une glace et se pencha pour observer l'intérieur. Rien de spécial. Arrivé à hauteur de la malle arrière, il fit jouer sous ses doigts le mécanisme d'ouverture, qui céda aussitôt.

Des morts, Roland en avait vu beaucoup, mais jamais il ne s'habituerait à l'odeur... Recroquevillé dans son sang dont il s'était complètement vidé, Jacky ne pourrait plus jamais parler : il avait la gorge tranchée. Roland fit la grimace : qu'est-ce qu'il schlinguait, le pauvre Azoulay, lui qui aimait tant s'asperger d'after-shave !... Enfin, maintenant on savait où il était...

« Referme le coffre ! Tu vois bien qu'il fait pas la sieste ! »

La voix ironique avait fait sursauter Roland qui se trouva nez à nez avec Pascal Villars, arrivé discrètement sur les lieux. Derrière lui, perché sur sa moto, Bobiak surveillait l'accès au parking.

Roland et Villars n'avaient pas eu souvent l'occasion de se rencontrer. A priori, leurs activités étaient bien différentes. Le chef de guerre des Bettoun savait que Raymond tenait le brasseur dans la plus grande estime, et qu'il lui avait même proposé une place d'honneur dans le clan. Cela, en soi, était suffisant pour considérer Villars avec une certaine sympathie. Pour le reste, Roland n'avait pas souvenir d'entourloupes, de pièges ou d'embuscades signés Villars. Dans le monde cruel où évoluaient les deux truands, c'était une raison suffisante pour le placer plutôt dans le camp des amis...

La satisfaction de Roland d'avoir remis la main

sur Azoulay était cependant gâchée par deux éléments : d'abord, le souteneur était mort, ensuite il avait été retrouvé par quelqu'un d'extérieur au clan, ce qui ne constituait pas précisément un succès...

« Comment tu as fait pour?... » demanda Roland, sans finir sa phrase, car le mot « retrouver » ne passait décidément pas...

Villars mordillait l'une de ses éternelles cigarettes orientales :

« Un de mes gars a repéré la bagnole ce matin... On a toujours un œil qui traîne par-ci, par-là... Tu as vu? ajouta Villars en montrant le cadavre d'Azoulay : Le « sourire kabyle »... J'étais sûr que c'étaient les Arabes... avec ce qui se passe en ce moment chez vous... »

Le visage de Roland se ferma. Ne jamais parler du clan avec un étranger...

« Tu t'occupes de nos affaires, maintenant? »

Villars avait perçu le raidissement du chef de guerre. Attention, tout se jouait maintenant. Il fallait marcher comme sur des œufs...

« Je ne m'occupe de rien, tu es assez grand pour ça... Non, si je t'ai prévenu, c'était pour Raymond... Tu sais qu'il risque d'en prendre pour quelques années au ballon... »

Roland avait lancé un regard de surprise à Villars qui reprit :

« Eh oui... quatre ou cinq ans, c'est tout à fait possible, avec tout ce qu'a déballé Freddy... Alors, dans votre situation, vous ne pouvez pas cracher sur un petit coup de main, surtout s'il est amical... »

Villars vit que ses paroles tombaient comme des graines sur un champ fraîchement retourné.

Ça ne demandait qu'à germer... Le pauvre Roland était complètement largué, on le sentait à des kilomètres ! Ce garçon ne vivait que par et pour Raymond. Que celui-ci fût physiquement absent, comme c'était le cas en ce moment, et Roland n'était plus qu'une ombre indécise. Un être incapable de prendre des décisions et qui s'opposerait d'autant plus brutalement à Maurice. A l'Odyssée, plusieurs semaines auparavant, lors de la querelle au sujet de Viviane, c'était bien l'héritier des Bettoun qui avait pris le dessus, vidant Roland comme un malpropre. Dans un éclair, Villars, témoin de la scène, avait compris tout le parti qu'il pourrait tirer de cette révélation : Roland était un faible qu'il faudrait un jour travailler au corps. Après Azoulay, désormais inutile, c'est donc sur le chef de guerre des Bettoun que reposait la stratégie du brasseur.

Mais, avec celui-là, on emploierait d'autres armes que la terreur. C'est de lui-même que Roland tirerait certaines conclusions, c'est encore de lui-même qu'il passerait dans l'autre camp, et c'est enfin par lui que s'accomplirait la véritable chute des Bettoun...

Pour le moment, adresse et habilité étaient de rigueur. Il fallait amener Roland à comprendre et à admettre certaines choses, sans déclencher un processus de révolte, toujours possible chez ces pieds-noirs trop émotionnels...

« Il faut réagir vite, dit Villars... Les Arabes, c'est comme la gangrène : on doit trancher dans le vif. Et pour ça, ajouta-t-il, dévoilant pour la première fois ses batteries, tu peux compter sur moi... On est du même calibre tous les deux, non, Roland ? »

Celui-ci observait un point situé derrière Villars, qui vit le visage du chef de guerre se durcir. La BMW bleu nuit de Maurice venait d'apparaître à son tour sur la terrasse du parking. Dans la crispation de colère de Roland, Villars reconnut sa victoire. Il ne s'était pas trompé ! Le torchon flambait déjà entre les deux lieutenants de Raymond ! Les choses allaient même plus vite que prévu...

« Tu as prévenu Maurice ? demanda Roland, contrarié, qui ne prêta pas attention à la réponse faussement naïve de l'autre :

– Pourquoi, il fallait pas ? »

Maurice descendait de la voiture conduite par Sammy. Roland remarqua qu'il s'était assis à l'arrière, tout comme l'aurait fait Raymond, et son irritation en fut augmentée. Décidément, il s'y croyait ! Il prenait ses aises !

Comme il s'avançait vers la Continental, Roland se précipita pour ouvrir le coffre, révélant à nouveau le cadavre d'Azoulay. Il avait espéré que Maurice sursauterait devant le spectacle du mort, mais il resta de glace comme s'il enregistrait simplement un fait acquis.

« Alors, dit Roland énervé, c'est signé, non ? Les Arabes ! Notre grand ami Bouli ! Sourire par-devant, poignard par-derrière ! Je l'ai toujours dit : il faut pas discuter avec les ratons ! Il faut cogner, putain ! »

Pour appuyer ses paroles, Roland venait d'administrer un violent coup de poing sur le coffre refermé. Maurice réfléchit une seconde. Il ne fallait pas discuter devant Villars et Bobiak. Roland avait complètement perdu les pédales...

« On ne fait rien pour l'instant, décida Maurice. S'il y a des problèmes avec les Arabes, je veux rencontrer Bouli : on réglera ça à l'amiable...

— A l'amiable? » Roland avait l'impression qu'on venait de le gifler ou de lui jeter un verre d'eau froide au visage. « A l'amiable? » Ses traits étaient déformés par l'exaspération : « Mais tu rigoles, ou quoi? On va pas se remettre à discuter pendant mille ans. »

L'expression neutre de Maurice porta à son comble la fureur du chef de guerre. Pourquoi perdre son temps à discuter avec une lavette pareille? La famille était foutue! Il n'y avait rien à tirer de Maurice! Il l'avait toujours pensé, mais, cette fois, c'était une certitude.

« Ah! ils sont beaux, les Bettoun, avec un chef comme toi... T'es vraiment une... une gonzesse! »

Roland avait craché le mot avec tout le mépris et toute la haine dont il était capable. Villars lança un regard significatif à Bobiak : si, avec tout ça, les pieds-noirs n'étaient pas lessivés, c'était à désespérer...

Le visage de Maurice était demeuré parfaitement inexpressif sous l'injure. Il s'approcha de Roland et, très doucement, plaça ses mains de chaque côté de son visage, comme pour lui parler à voix basse. Roland, indécis, commença à s'incliner. Avec une brutalité inouïe, Maurice lui administra alors de la tête l'un des coups les plus traîtres et les plus meurtriers dans une bagarre de rue : le « coup de boule ». Pissant son sang en abondance par le nez, c'est dans un brouillard de larmes que Roland, terrassé par la douleur, vit la BMW s'éloigner.

C'est à cet instant qu'il prit sa décision...

25

La première photo atterrit à l'envers sur le bureau. Duché se pencha pour la retourner et l'offrir à l'observation de Raymond. Sur le cliché, un homme au visage ensanglanté était assis sur une chaise de café. La mort l'avait surpris alors qu'il consommait à une table. Le corps avait glissé et le front de l'homme était appuyé à la porte vitrée de l'établissement. Les yeux encore ouverts fixaient l'objectif avec étonnement.

De ses mains entravées par les menottes, Raymond essaya de s'emparer de la photo.

« Vous ne le reconnaissez pas? demanda Duché. Pourtant, vous l'avez vu récemment... C'est Larbi, le lieutenant de Mohamed Bouli... Pas beau, hein? Et vous savez à qui on doit ce joli travail? » Duché savoura une seconde la petite bombe qu'il allait lâcher à la face de Bettoun : « Roland, votre neveu Roland... Votre chef de guerre... Il est entré dans l'un des cafés arabes de Barbès, il a sorti un pistolet de gros calibre et il a froidement mis une balle dans la tête du pauvre Larbi qui n'en pouvait mais... »

Le commissaire vit que ses informations faisaient progressivement leur chemin dans l'esprit de Raymond Bettoun. Il passait la main sur son menton, faisant craquer sous ses doigts sa barbe déjà drue.

« Roland ? » murmura-t-il, incrédule, en regardant Duché.

Le policier fit le tour du bureau pour venir se placer tout près du chef de clan. Il approuva d'un clignement de paupières.

« Roland, oui... Les témoins sont absolument formels. Reconnu par tout le monde. Il s'est enfui sur une grosse cylindrée, pilotée par un complice non identifié... Vous allez me dire que vous n'étiez au courant de rien, peut-être ?... »

Encore abasourdi par ces révélations, Raymond haussa légèrement les épaules :

« Evidemment... »

Engourdi par la détention prolongée et les nuits blanches dans sa cellule, son cerveau se refusait à analyser lucidement la situation. Roland aurait flingué Larbi ? Mais qu'est-ce que c'était cette histoire ? C'était pas possible ! Pourquoi ? Dans quel but ? Rien ne pouvait justifier ce meurtre... Tuer Larbi, si c'était vrai, c'était l'acte le plus grave qui soit. Mais non, c'était de la blague... Une mauvaise plaisanterie de Duché... Une autre manière de le pousser à bout... Non, non, impossible de croire ça...

La deuxième photo fit monter en Raymond une vague froide et glacée. « Dieu Tout-Puissant, faites que mes yeux se trompent, que je sois en train de dormir et que, dans quelques instants, je me réveille, le cœur battant, tout en sueur... »

Là encore, des yeux morts fixaient l'objectif. Non plus des yeux étonnés comme ceux de Larbi, mais des yeux exorbités, ouverts sur une horreur sans bornes, sur une mort terrifiante, pleine de hurlements et de sursauts convulsifs. Une mort comme on n'en souhaiterait pas à son pire ennemi.

Devant l'affreux cliché, Raymond, le souffle coupé, remuait les lèvres, incapable de parler. Duché, quoi qu'il en eût, aurait presque ressenti un peu de pitié devant le spectacle de cette détresse inhabituelle. Il pointa un index ferme vers la photo sur laquelle venait de s'écraser une larme de Bettoun.

« Vous l'appeliez la Guêpe, je crois ?... Il faisait des courses dans un magasin de Belleville. Trois Arabes sont entrés dans la boutique. Ils ont viré tout le monde. Votre la Guêpe a bien essayé de se défendre, mais seul contre trois... »

Raymond tentait désespérément de reprendre son sang-froid. Il ne fallait pas craquer... Surtout pas face à Duché... Il se força à regarder à nouveau la photo :

« Pourquoi... pourquoi est-ce qu'il est mouillé comme ça ? »

Duché mit les mains dans ses poches :

« J'ai toujours pensé que les Arabes avaient une forme particulière de cruauté... Figurez-vous qu'ils ont retourné votre garçon les pieds en l'air et qu'ils l'ont noyé dans un baril d'olives vertes. On l'a trouvé comme ça, la tête en bas... »

Un silence passa entre les deux hommes. Dans un autre bureau, quelqu'un tapait maladroitement sur une machine à écrire. Quand Duché parla à nouveau, sa voix parvint à Bettoun comme à travers un très long tunnel :

« Une sale manière de mourir, n'est-ce pas ? Remarquez, Larbi non plus, ce n'est pas mal...

Vous ne manquez pas d'imagination, entre gens du même pays... »

Au fond de son désarroi, Raymond avait perçu le changement de ton de Duché. Celui-ci alla se rasseoir dans son fauteuil où il prit aussitôt son attitude favorite pendant les interrogatoires : le menton reposant sur le bout des doigts joints comme en prière, un sourire énigmatique aux lèvres. Il considéra d'un air secrètement satisfait son prisonnier :

« Entre nous, mon cher Bettoun, c'est un beau cadeau que vous nous faites, cette guerre entre les Arabes et les pieds-noirs... Nous n'avons même plus besoin d'intervenir : vous vous tuez entre vous... Il n'y a plus qu'à compter les buts, comme au football... On descend Larbi : 1-0 pour les Bettoun au tableau d'affichage. On descend la Guêpe : les Arabes reviennent à égalité... »

Raymond sentait un étau de fer se resserrer autour de sa tête. Combien de temps encore devrait-il supporter ce Duché? Il fallait qu'il sorte... Qu'il sorte vite... Trop de choses anormales se passaient dehors, comme si un grand vent de folie s'était levé dans les esprits. Etre ici, coupé de tout... Ne rien savoir... Ne rien comprendre... Tant d'efforts à faire pour ne pas se jeter sur cet enculé et l'étrangler à mains nues, même avec les menottes... Il baissa la tête :

« J'ai jamais voulu la guerre...

– Dites plutôt ça à votre neveu Roland! s'exclama presque joyeusement Duché, que sa comparaison avec le football avait égayé. Chronologiquement, il n'y a aucun doute : c'est lui qui a commencé. Moi, je le comprends, Bouli. C'est un homme simple : on lui tue son lieutenant, il réagit. Il faut se mettre à sa place... » Le policier émit un long soupir : « Le paysage est en train de changer, dehors... Les jeunes, monsieur Bettoun, les jeunes... Chez nous, dans la police, c'est la même chose... Ils nous poussent... »

« La guerre... C'est la guerre... C'est la guerre... » Depuis quelques secondes, les trois mots battaient aux tempes de Raymond sur un rythme lent et funèbre. Oui, la guerre. Quelqu'un avait lancé le nom terrible tout à l'heure, lui peut-être... La guerre... Le cauchemar continuait donc... Retenu ici sur les accusations du malheureux Freddy, voilà maintenant que l'enfer se déchaînait sans qu'il pût, de quelque façon que ce soit, infléchir le cours des événements. Que s'était-il passé pour que le pauvre la Guêpe finisse aussi dramatiquement ?... Après la Guêpe, mon Dieu, il y aurait d'autres morts encore... Quand ça commençait avec les Arabes... Ni Maurice, ni Pépé n'étaient de taille à affronter Bouli. Quant à Roland... Du revers de la manche, poignets entravés par les menottes, Raymond s'essuya le front. Quand il parla, ce fut d'une voix fiévreuse, celle d'un homme qui voudrait en convaincre un autre tout en sachant l'effort inutile.

« Qu'est-ce que vous attendez pour me relâcher, commissaire ? Si les Arabes ont pris le maquis, je suis le seul à pouvoir arrêter le massacre. Il faut que je sorte...

– Allez-y... »

Duché montrait la porte. Indécis, se disant que son appel avait peut-être été entendu, Raymond répondit à l'offre surprenante. La porte entrebâillée, son regard croisa celui, indifférent, du gardien chargé de l'escorter jusqu'à sa cellule.

Pauvre Duché... Il finirait peut-être par comprendre... Mais tant de sang devrait d'abord couler... Raymond hocha la tête : quand le malheur arrive, l'homme doit l'affronter de son mieux, mais tant que la cause du malheur demeure inconnue, le combat est inégal...

Tandis qu'il redescendait vers sa cellule, la voix sarcastique de Duché résonna dans l'escalier :

« Quand on tient Raymond Bettoun, on ne le lâche pas... »

Raymond se demanda si cette phrase n'était pas à double sens, à l'insu même de Duché...

26

DANS la grande maison de Meudon, la tension était à son comble. Depuis l'acte insensé de Roland, l'assassinat de Larbi, suivi du meurtre horrible de la Guêpe par les hommes de Bouli, le clan vivait littéralement en état de guerre. Nul ne se déplaçait sans armes. Interdiction avait été faite aux femmes de quitter l'abri de la maison. A travers les vitres, le petit Alexandre s'amusait à compter les ombres redoutables qui peuplaient subitement le parc, prolongées par le canon d'un P.M. ou d'un fusil de chasse chargé jusqu'à la gueule de chevrotines meurtrières.

Cette succession d'événements sur une période d'à peine quarante-huit heures avait assommé tous les membres de la famille, incapables de réaliser comment on avait pu en arriver là. L'impression de cauchemar ressentie par Raymond trouvait son fidèle écho dans tous les esprits. Par sa brutalité et sa sauvagerie, la mort de la Guêpe avait cristallisé une vague d'appréhension : la guerre avec les Arabes, c'était ce qui pouvait arriver de pire... Tous les ennemis, sauf ceux-là... Car nul ne serait épargné, et Dieu sait quand ça finirait...

Porté à la tête du clan par la détention de son père, Maurice faisait front de son mieux à l'adversité, naviguant au jour le jour, avec l'impression d'être à la barre d'un bateau sans gouvernail, se dirigeant droit vers les récifs. Il repassait au ralenti la succession des accrochages, réflexions et prises de bec avec Roland : quand avait-il commis l'erreur ? A quel moment aurait-il dû se montrer généreux et compréhensif ? Plusieurs fois, dans de petites allusions de Pépé, il avait cru deviner des reproches informulés. Se pouvait-il — et c'est cette pensée-là qui lui faisait le plus mal — qu'il se fût montré mesquin quand son père, lui, aurait fait preuve de générosité ? Analysant la personnalité complexe de Roland, Maurice se découvrait des raisons de se haïr lui-même. C'est vrai qu'il n'avait guère été compréhensif...

Puis son orgueil reprenait aussitôt le dessus. Roland devait se plier à la loi des Bettoun. Qu'aurait fait Raymond en découvrant le cadavre de Jacky ? Il aurait donné une dernière chance à la paix en rencontrant Bouli. Il n'avait donc rien fait d'autre que se montrer fidèle aux consignes de son père. Ça n'avait pas empêché Roland de déclencher unilatéralement ce conflit désastreux qui pouvait avoir les conséquences les plus graves. Car maintenant, comment en sortir sans aller d'affrontement chaotique en embuscade sanglante ? Si seulement Raymond était là... Si seulement...

Face à Maurice, Edouard rangeait calmement des papiers dans sa serviette. Il venait d'apporter des nouvelles du chef du clan, rencontré le matin même. Un Raymond Bettoun obsédé par l'idée de sortir, qui posait des milliers de questions auxquelles l'avocat était bien incapable de répondre. Chez le père comme chez le fils, à longueur de journée revenaient les mêmes sursauts de révolte aveugle qui démontraient une incapacité totale d'affronter les événements contraires.

Les Bettoun étaient faits pour l'offensive, non pour rester dans une position d'expectative. Cet état d'esprit agressif leur avait valu bien des victoires. Aujourd'hui, il les desservait.

« Avant toutes choses, répéta patiemment Edouard, il faut que tout le monde reste calme. Duché compte sur notre fébrilité pour enrichir son dossier. Donc, nous devons à tout prix garder notre sang-froid...

– Garder notre sang-froid ? »

Comme l'avocat l'avait redouté, Maurice était encore sur le point de piquer une de ces crises de fureur qui se multipliaient de manière alarmante. Derrière ses fines lunettes, il fit front à l'héritier des Bettoun qui écumait de colère en reprenant sa question :

« Garder son sang-froid ? Mais tu te fous de ma gueule, Edouard... C'est pour ça qu'on te paie ? Pour que mon père reste enfermé alors que le dossier est vide ? Tu m'entends : vide !...

– Je fais ce que je peux, répondit Edouard avec une dignité qui ramena Maurice à plus de calme.

– Comment il va ? »

Edouard lança un regard vers Sammy, penché sur l'aquarium.

« Il tient le coup... La prison, n'est-ce pas... » Il

se reprit : « Toi, Maurice, tu n'en as jamais fait... Tu as un casier vierge...

— Mon père aussi, répondit Maurice, et ça ne les empêche pas de le retenir. C'est quand même incroyable de penser que dans ce pays... »

La sonnerie du téléphone interrompit ce qui promettait d'être encore une de ces longues tirades qui n'étaient rien d'autre que des aveux d'impuissance. Maurice avança la main vers l'appareil, mais, de la pièce voisine, s'éleva la voix de Pépé :

« Je le prends... »

Depuis quelque temps, l'homme de confiance de Raymond avait pris ses distances vis-à-vis de Maurice. Dans la mesure du possible, il évitait de participer aux réunions organisées par le chef provisoire du clan. L'attitude de Pépé pouvait être interprétée comme un blâme déguisé. Depuis la désertion de Roland et la mort de la Guêpe, le vieil Atlan vivait au ralenti, comme en état d'hibernation, attendant que sa vie quotidienne soit à nouveau réchauffée par la présence de son ami Raymond...

La plupart du temps, comme en cet instant précis où le téléphone venait de sonner, Viviane se tenait aux côtés de son père. Dans l'adversité, leurs liens s'étaient resserrés. Elle savait qu'il appréciait de l'avoir auprès de lui, ainsi que son petit-fils qui de temps à autre, dans un élan enfantin, sautait au cou du vieil homme. Pépé aimait enfouir son visage dans les boucles blondes, car il lui semblait alors retrouver un peu de ces années de bonheur où la haine n'avait pas encore fait son apparition dans le clan... D'un geste las, il tendit le téléphone à Viviane...

En composant le numéro de Meudon, Roland savait qu'il prenait un risque calculé. Mais il fallait absolument débloquer la situation une fois pour toutes. Ce n'est pas qu'il était très à l'aise dans ses nouvelles conditions d'existence... Tout était allé si vite... Il y avait eu la découverte du corps d'Azoulay, et puis ce coup en traître de Maurice sur le parking. Ensuite, tout se brouillait un peu dans l'esprit du chef de guerre des Bettoun. Villars l'avait relevé, lui avait tendu un mouchoir, puis il avait simplement posé cette question :

« Et maintenant ? »

Oui, et maintenant ? avait pensé Roland. Quel était l'avenir des Bettoun quand Raymond se trouvait en prison et que les Arabes pouvaient impunément massacrer des hommes comme Jacky ?...

Maurice et sa faiblesse signifiaient la fin du clan à très courte échéance. Il fallait qu'un homme réagisse. Cet homme ce serait lui, Roland... Après tout, c'était le rôle d'un chef de guerre, et Raymond ne pourrait qu'approuver ce comportement.

Le soir même, dans le bureau de Villars, il expliquait son plan : les Arabes ayant déjà commis l'irrémédiable avec le meurtre gratuit de Jacky, il répliquerait par un meurtre tout aussi gratuit et destiné à démontrer que les Bettoun existaient encore. Voilà qui forcerait Maurice à prendre enfin des décisions draconiennes.

Ce plan avait été approuvé avec enthousiasme par Villars qui avait aussitôt proposé son aide amicale. Ce n'était pas d'enthousiasme que le neveu de Bettoun s'était rangé sous une bannière autre que celle du clan familial, mais dans ce qu'il percevait comme une croisade pour le bien de la famille, tous les moyens et toutes les alliances pouvaient se révéler précieux. Pas question de faire la fine bouche... Et Pascal, après tout, n'avait-il pas été jugé digne par Raymond d'entrer dans le clan ?

Avec armes et bagages, Roland était donc passé chez Villars qui lui avait offert provisoirement l'asile dans sa brasserie. C'est Bobiak le premier qui, un soir, avait calmement parlé d'abattre Larbi. Tout d'abord, Roland avait reculé : non, tout de même, Larbi c'était trop haut. Jacky Azoulay n'était pas du même niveau dans le clan. Lui, il avait en tête un intermédiaire, un soldat dont la perte serait durement ressentie par les Arabes, sans les rendre fous de rage. Mais Villars et Bobiak s'étaient récriés : alors, dans ces conditions, par la peine de critiquer Maurice, si c'était pour faire moins qu'il n'aurait fait lui-même...

Pour le Sacristain, toujours présent aux discussions, mais qui intervenait uniquement quand Villars lui en donnait l'autorisation, il ne fallait pas faire de détails : il fallait matraquer sans la moindre pitié. Ce qui signifiait : grenadage préalable de la maison même de Bouli, puis sulfatage de tout ce qui bougeait. Tous ces crouilles, ça ferait un joli carton...

Mal à l'aise, Roland avait fini par se taire, suivant les propos échangés entre Villars, Bobiak et le Sacristain. Il avait l'impression d'être un joueur exclu du terrain par l'arbitre. Ces trois hommes, il n'avait pas la moindre confiance en eux : le Sacristain lui donnait froid dans le dos par sa folie meurtrière. Quant à Villars et Bobiak, on sentait passer entre eux des courants souterrains qui charriaient des odeurs d'égouts.

Roland avait eu soudain envie de se lever et de partir. Mais pour aller où ? Tant que Raymond était en prison, la famille lui était interdite. Ou alors, il en viendrait fatalement à descendre Maurice, ce que tout son être rejetait...

En fin de compte, comme l'avait proposé le Gitan, la décision avait été prise d'assassiner Larbi. Un meurtre commis de la manière la plus simple et la plus aisée. La moto conduite par Bobiak avait facilité la fuite dans les rues de Paris. Mais la réplique des Arabes, l'assassinat de la Guêpe, avait foudroyé Roland, incapable de concevoir les conséquences de ses actes. Depuis deux jours, littéralement groggy, il tentait de récupérer ses esprits : que faire maintenant que la mort avait frappé au sein même des Bettoun, fauchant un garçon que tout le monde aimait ? Roland vivait à la brasserie, mais toute son âme et tout son être étaient tendus vers la maison de Meudon. Que pensaient-ils là-bas ? Auraient-ils compris les raisons de son comportement ? Ou bien était-il déjà rejeté par la famille ? Par tous ceux qui comptaient vraiment dans son cœur ? Pourtant, tout ce qu'il avait fait, il l'avait fait pour eux. Cette guerre avec les Arabes était inévitable.

Dissimulant soigneusement sa jubilation intérieure, Villars suivait sur le visage de Roland les effets de ses tortures morales : le mec était mûr, prêt à tomber de l'arbre. Après Jacky Azoulay, la partie se poursuivait à un train d'enfer. Grâce à Roland, on infligerait aux Bettoun un retentissant échec et mat...

Villars s'était approché du neveu de Raymond :

« Roland, maintenant les choses sont allées très loin. Impossible de faire demi-tour. Seulement, c'est idiot que tu restes isolé de ta famille. Il n'y a pas que Maurice... Tu ne veux pas essayer de t'expliquer avec quelqu'un d'autre, en attendant la libération de Raymond ? »

Pépé... C'était le seul qui pouvait l'écouter et qui, surtout, serait de bon conseil... Oui, il fallait appeler Pépé. Comment n'y avait-il pas pensé plus tôt ? Fébrilement, Roland avait composé le numéro de Meudon, sous le regard attentif de Villars...

Après avoir décroché l'appareil, Pépé l'avait aussitôt tendu à Viviane. A côté, Maurice était encore en train de piquer une de ses crises, ça commençait vraiment à bien faire... Dès les premiers mots de sa fille, le visage de Pépé Atlan s'était figé... Elle parlait à Roland... Oui, à Roland... Enfin, ce petit con donnait de ses nouvelles !... D'une main tremblante, il arracha le téléphone des mains de sa fille qui s'empara de l'écouteur.

« Allô, Roland ? C'est toi ? Mais où tu es ? Qu'est-ce que tu fais ? Tu es devenu fou ? Pourquoi tu as tué Larbi ?... » Tant de questions venaient en même temps à l'esprit de Pépé qu'il ne savait plus laquelle choisir : « Pourquoi tu as tué Larbi ? répéta-t-il, exprimant son unique obsession des dernières heures. Tu as vu ce qui est arrivé à la Guêpe ?... »

Sa voix se brisa, et Viviane lui serra doucement la main.

Dans l'appareil, la voix de Roland était basse et tendue, celle d'un homme qui a dépassé le stade des questions et des réponses et qui veut aller droit à l'essentiel :

« Ecoute, Pépé, c'est pas le moment... Ce que j'ai fait avec Larbi, il fallait le faire... C'était pas une connerie... Tu sais bien que Maurice, il est pas à la hauteur.

– C'est pas une raison pour commencer à... »

Roland ignora l'objection de Pépé et poursuivit :

« On peut pas continuer comme ça. Il faut que je te voie... Seul... Et vite... Il faut reprendre les choses en main pendant que Raymond n'est pas là... Alors écoute bien : demain matin à onze heures, je t'attends au café de la Victoire, place Saint-Ferdinand. »

L'écouteur sur l'oreille, Viviane nota rapidement l'adresse de l'établissement. Pépé marmonna encore quelques mots, puis il reposa le téléphone d'un geste las. Viviane le trouva soudain terriblement vieilli. Elle regardait son père, pleine d'une énorme tendresse à l'idée que lui au moins était encore là, et qu'il l'aimait. Elle ne put contenir bien longtemps cet élan d'affection et l'embrassa sur le front, là où les rides se faisaient de jour en jour plus nombreuses. Pépé serra très fort la main de sa fille et hocha la tête, le regard perdu dans le vide :

« Putain, soupira-t-il, tous ces événements, ils me minent... Tu te rends compte un peu... Je sentais venir quelque chose, mais quoi, je savais pas... Pourtant, j'avais un mauvais pressentiment... »

Il attira Viviane vers lui :

« Ecoute, il faut que tu viennes avec moi, demain... » Comme elle secouait la tête, indécise, il la prit par les épaules : « Si... Il faut que tu viennes, parce que toi, Roland il t'écoutera... On a besoin de lui ici, tu vois pas ? Avec les Arabes sur le dos, on se croirait en Algérie. On sera jamais assez nombreux, face à eux... Alors toutes les disputes, elles doivent passer derrière. Lui et Maurice, ils feront la paix... Je les forcerai... »

A côté, la porte du bureau de Raymond s'ouvrit brutalement. La silhouette de Maurice s'encadra dans le grand hall d'entrée. Tournant le dos à Pépé et à sa fille, il s'adressait à un interlocuteur qui se trouvait encore à l'intérieur du bureau — Sammy ou l'avocat.

« J'ai dit non, c'est non... Je ne vais pas le répéter cinquante mille fois, quand même... Roland n'existe plus dans cette maison !... C'est clair ? »

Furieux, Maurice grimpa trois à trois les marches qui conduisaient à l'étage.

Témoins involontaires de la scène, Pépé et Viviane échangèrent un regard.

« D'accord, dit Viviane, je viendrai. »

A l'autre bout de Paris, la main de Roland enveloppait encore le téléphone, comme s'il s'apprêtait à refaire le numéro de Meudon. Villars le fixait, tête penchée, comme plongé dans une profonde méditation :

« Tu vois, finit-il par dire d'une voix très douce, c'était tout simple à faire... Tu vas rencontrer Pépé et tout s'arrangera... »

Roland eut l'impression de faire face à un sphinx.

27

TUER... Il allait tuer... Dans ces moments-là, c'est drôle, mais quand le cœur de n'importe quel autre homme aurait battu à cent à l'heure, celui du Sacristain, au contraire, ralentissait sa cadence jusqu'à devenir presque imperceptible. Il s'était souvent demandé d'où provenait ce calme qu'il éprouvait avant de donner la mort, et il avait conclu que c'était probablement une question de respect. Il respectait ses futures victimes au point de se vouloir plein d'humilité devant elles, comme pour leur rendre un dernier hommage.

Ainsi, avant d'être retrouvé dans le coffre de sa voiture, Azoulay n'avait pas eu une mort anonyme et rapide. Pour ça, Villars ne manquait pas d'imagination... Il avait offert sa chance à Jacky. Une sorte de tribunal devant lequel le pied-noir avait été prié d'expliquer pourquoi, selon lui, il ne devait pas mourir. Quelle rigolade !... Voir Azoulay plaider et supplier, la bave aux lèvres, que l'on épargne sa pauvre et lamentable existence, ça valait largement le déplacement... Il n'y avait que Pascal pour avoir ce genre d'idées... A la fin, le pied-noir s'était traîné à leurs pieds, en gémissant, prêt à toutes les bassesses pourvu qu'on le laissât vivre...

« Tu vois, avait dit Villars après une minute de réflexion, mon pauvre Jacky, tu n'aurais même pas fait un bon avocat, tu ne m'as pas convaincu. Et en tant que président de ce tribunal, c'est mon opinion qui compte... Alors je te condamne à mort. »

L'exécution elle-même avait donné lieu à d'autres réjouissances dans la brasserie déserte : Azoulay, réveillé brutalement à quatre heures du matin, pour faire plus « vrai »; Bobiak l'invitant à faire ses prières; Villars lui offrant même un verre de rhum. Non, ce n'était pas une mort banale que le souteneur avait eue. Au lieu d'une balle dans la nuque, il avait péri la gorge tranchée d'un coup de rasoir. C'est de face qu'il avait vu approcher le Sacristain. Solidement tenu aux bras par Bobiak et Villars, Azoulay avait d'abord hurlé sa terreur avant de s'effondrer, terrassé d'épouvante, vomissant sur sa chemise. Doucement, le Sacristain l'avait saisi aux cheveux et avait forcé Jacky à le regarder dans les yeux. Et dans ce regard, il avait mis tout son infini respect pour ses victimes. Quand le sang d'Azoulay, jaillissant furieusement, avait inondé son visage, le Sacristain avait subi sans broncher cette douche horrible. Il se sentait régénéré et purifié par ce liquide chaud et gluant, et en avait conçu encore plus d'amour pour Jacky qui agonisait à ses pieds dans d'affreux gargouillis.

Donner la mort, en fin de compte, pour lui qui n'avait plus touché de femmes depuis vingt ans, c'était presque comme faire l'amour... A guetter ses futures victimes, il ressentait des élancements douloureux, analogues à ceux d'un homme qui a trop longtemps désiré une partenaire capricieuse. Aujourd'hui, le désir du Sacristain était porté à son comble, car c'est un plateau royal qu'on lui offrait... Une proie comme on en voyait rarement...

Il se tourna vers Villars et Bobiak, assis à l'avant de la vieille camionnette Citroën. Le Gitan était appuyé au volant. A ses côtés, Villars observait la place Saint-Ferdinand. Les trois hommes étaient arrivés trente minutes plus tôt et avaient garé la camionnette de manière à pouvoir surveiller tranquillement la terrasse du café où Roland et Pépé avaient rendez-vous. Debout à l'arrière, le Sacristain bougea d'un pied sur l'autre et dit : « C'est long », pour meubler le silence pesant. Villars tourna la tête vers le tueur : « Tu es prêt ? »

Le Sacristain brandit son pistolet-mitrailleur :

« Il n'y a plus qu'à tirer...

— Voilà Roland », signala Bobiak.

Le regard de Villars se braqua vers le chef de guerre des Bettoun : pauvre mec, dire que dans vingt minutes... Il n'était pas méchant, ce Roland... Un peu con, mais pas méchant... Il faisait bien son travail. Sa manière de passer et de repasser devant la terrasse en observant soigneusement les lieux, puis de choisir une table de coin, dos au mur, et enfin d'étudier un à un les visages des autres consommateurs, tout cela révélait un excellent entraînement. En d'autres circonstances, on aurait même pu lui proposer du boulot, à Roland... Mais maintenant, on n'en était plus là... La partie d'échecs avait d'autres exigences...

Villars jeta un regard circulaire sur la place :

tout paraissait calme. Pas l'ombre d'un flic à l'horizon... Des jeunes mamans qui promenaient leur enfant, des vieillards assis sur un banc. Un après-midi comme les autres... Et Roland Bettoun qui, sur cette terrasse de café, attendait l'arrivée de Pépé Atlan... Comme c'était facile, finalement, une fois que les pièces s'étaient mises à bouger...

Bobiak poussa un grognement qui figea ses complices dans la camionnette. Une grosse limousine venait de s'arrêter en face du café, mais de l'autre côté de la rue. Atlan, sans aucun doute. En voyant apparaître Pépé, les yeux de Villars se plissèrent jusqu'à n'être plus que deux meurtrières par lesquelles filtrait un regard implacable.

« Démarre, murmura-t-il à Bobiak, tu feras... »

Sa voix se brisa dans sa gorge, car il y avait une autre personne dans la limousine. Une femme! Qui descendait à son tour!

... Villars la reconnut instantanément : Viviane, la fille de Pépé Atlan! Il l'avait rencontrée à l'Odyssée. Mais qu'est-ce qu'elle foutait là? Qui lui avait demandé de venir? Un beau morceau en plus...

« Merde! dit Bobiak, catastrophé. Vous avez vu la nana? Qu'est-ce qu'on fait? On rentre?

– Vas-y! grinça Villars.

– Mais...

– Vas-y, je te dis! Vas-y! »

Le Gitan démarra sans trop savoir ce qu'il faisait. Derrière eux, le Sacristain s'agitait à son tour :

« Bon, alors, qu'est-ce que je fais, moi? »

Villars, le visage déformé par la fureur, fit volte-face et attrapa le tueur par le revers de sa veste :

« Tu flingues ! Tu entends ? Tu flingues !
— Mais quoi ? Tout ? »
Hors de lui, Villars se mit à hurler :
« Tout ! Oui ! Tout ! »
Très calme, maintenant que les ordres étaient donnés et confirmés, le Sacristain arma son pistolet-mitrailleur, puis commença à écarter la porte à glissière de la camionnette...

C'est avec une joie profonde que Roland avait vu arriver Pépé accompagné de Viviane. Le vieil Atlan avançait vers lui, agitant la main dans un geste de menace, l'air de dire : « Je vais te donner une bonne gifle ! » Ça ne fait rien, pensa Roland, l'arrivée de Pépé, c'était la fin de toutes les embrouilles. La négociation pouvait s'ouvrir sans passer par ce crétin de Maurice. Alliés à Villars, les Bettoun pourraient contre-attaquer face aux Arabes, au lieu d'attendre comme des moutons qu'on leur porte le prochain coup. Raymond approuverait cette stratégie s'il était là, ou quand il sortirait ! Et Viviane, toujours si jolie... C'était bien qu'elle soit venue aussi...
Plus tard, comme dans un cauchemar, Roland reverrait au ralenti les images du drame, sans pouvoir les chasser de son souvenir, et toujours il aurait ce regret de n'avoir pas réagi à temps, de n'avoir pas tiré son pistolet plus vite, de n'avoir pas couvert Pépé et Viviane de son corps. De n'avoir pas fait quelque chose... Il reverrait encore et encore et encore la camionnette arriver tout doucement, son regard étonné croiserait celui de Villars, puis celui du Sacristain à l'arrière de la camionnette, jambes fléchies dans la posi-

tion classique du tireur au P.M. Lentement, très lentement, Roland réaliserait alors ce qui allait se passer, et sa bouche hurlerait des mots dérisoires : « Couchez-vous ! », alors que déjà retentiraient les premières détonations, autant de coups de poignard dans son propre cœur...

En un millième de seconde, Roland s'était jeté à plat-ventre, dégainant son pistolet dans le même mouvement. Au-dessus de lui, les balles sifflaient rageusement, semant la panique sur la terrasse où les consommateurs se piétinaient pour fuir en hurlant. Il y eut le claquement de fin de chargeur et, à son tour, le 11,43 de Roland se mit à aboyer en direction de la camionnette. Mais elle était déjà loin et disparaissait de l'autre côté de la place.

Pour Pépé, c'était fini. La rafale s'était concentrée dans son dos, comme si le Sacristain s'était acharné tout particulièrement sur lui. Viviane gisait immobile entre les tables. Sur son chemisier blanc, les orifices d'entrée de deux projectiles étaient parfaitement visibles. La première balle l'avait frappée à la taille, la seconde juste au-dessous du cœur. Les taches de sang s'élargissaient rapidement. Roland crut d'abord qu'elle était morte, mais ses lèvres bougeaient encore. Il se pencha et la prit dans ses bras.

« Sauve-toi, murmura Viviane, sauve-toi... »

Il eut soudain l'impression de devenir fou, affronté à une réalité qui dépassait ses possibilités de compréhension. Pourquoi Viviane ? Pourquoi ?

— Ils reviennent ! »

L'un des garçons de café avait lancé cet avertissement aux curieux qui commençaient à affluer sur la terrasse, où tables et chaises avaient été renversées comme par un cyclone. Roland aperçut la sale gueule plate de la camionnette qui effectuait un nouveau passage.

« Sauve-toi... », dit encore Viviane à qui une mousse de sang rose venait de monter aux lèvres.

Aveuglé par les larmes, Roland laissa doucement la tête chérie reposer sur le bitume. Elle avait raison. A la seconde rafale, le Sacristain ne le raterait plus. Et il fallait qu'il reste vivant. Vivant pour la vengeance. Plus tard viendrait le temps de pleurer, de gémir, de s'arracher les cheveux, de se meurtrir le visage à coups de poing. En attendant : rester vivant ! Il se releva et s'enfuit.

28

En voyant la famille rassemblée devant la maison, Raymond se raidit et essuya les larmes qui embuaient ses yeux. Ils étaient tous là : Blanche, Elie, Maurice, sauf Pépé et Viviane... Pépé et Viviane... Même Duché avait été touché par l'écrasant chagrin du chef de clan. C'est avec ménagement qu'il lui avait annoncé la nouvelle, incapable lui-même de contenir son dégoût devant des criminels qui n'hésitaient pas à mitrailler jusqu'aux femmes.

Spontanément, Duché avait offert une semaine de répit à Raymond Bettoun, le retour dans son territoire afin de mettre un terme à cette série de règlements de compte sanglants. Le policier agissait moitié par générosité, moitié aussi par crainte de ses supérieurs dont il sentait de plus en plus souffler l'haleine chaude sur son cou... Le sang coulait un peu trop à leur gré...

Depuis vingt-quatre heures, Raymond vivait dans une sorte de coma douloureux, incapable de prendre l'exacte mesure de la disparition de Pépé Atlan. Pépé, son ami, son complice, son frère! Abattu en pleine rue d'une rafale dans le dos... Pépé, cet être doux et faible qui n'avait d'autre qualité dans la vie, mais c'était l'essentiel, que de savoir écouter les autres... Pourquoi ? hurlait une voix en Raymond. Et qui ? ajoutait une autre voix en écho. Oui, pourquoi et qui ?

Personne n'avait reconnu les occupants de la camionnette Citroën. Le seul homme qui aurait pu parler était Roland, mais il avait pris ses jambes à son cou, et on n'était pas près de le revoir chez les Bettoun... Qui donc frappait la famille avec un tel acharnement ? Les Arabes ? Tout indiquait que la fusillade était leur œuvre, et pourtant cette hypothèse, de loin la plus vraisemblable, Raymond ne voulait pas, ne pouvait pas y croire. Il y avait eu, c'est vrai, la mort de Jacky, le geste de représailles de Roland sur Larbi, et la contre-représaille de Bouli sur la Guêpe, mais Raymond ne pouvait s'empêcher de penser que tout sonnait faux dans cette affaire. Dans l'ombre, lui semblait-il, quelqu'un tirait les ficelles. Lequel, parmi les innombrables petits mecs qui nourrissaient quelque obscur grief contre la famille Bettoun ?

A un moment ou à un autre, l'organisation, dans son désir d'expansion, venait parfois à heurter de petits intérêts locaux qu'elle écrasait aveuglément, faisant naître ici et là des haines et des rancunes tenaces. Tout était possible dans ce monde de chacals, pensait Raymond, à moins que l'homme qui démolissait la famille n'appartînt, lui, à l'espèce des loups. De cette race-là, il y avait peu de spécimens à Paris. Il n'y en avait même qu'un seul sur lequel le chef de clan pouvait mettre un nom. Mais tout en lui se rebellait à cette idée...

La Rolls s'était immobilisée devant la maison. Raymond en descendit difficilement. Ses yeux gonflés par le manque de sommeil, son costume froissé et sali, le chef de clan était à l'image d'une famille autrefois orgueilleuse, aujourd'hui brisée par le malheur. L'un après l'autre, il embrassa ceux qui restaient encore et qui pleuraient sans retenue, leurs nerfs finissant par craquer avec ce retour tant attendu et tant espéré.

« Mon fils, sanglota Blanche en étreignant Raymond de toutes ses forces, ils ont tué Pépé... »

Il caressa doucement ses cheveux :

« Je sais, manman... je sais... ne pleure pas... »

Il se tourna vers Maurice, qui paraissait très maître de lui-même, presque trop détaché du chagrin environnant.

« Et Viviane ? Comme elle va ? »

Raymond sentit un contact contre sa jambe. Par jeu, Alexandre s'amusait à se pendre à son pantalon. Il prit l'enfant dans ses bras et répéta la question :

« Comment elle va, Viviane ? »

Maurice évita son regard et bougea la tête de manière négative.

« Manman... pourquoi pas là, manman ? » gazouillait Alexandre.

De nouveau, Raymond sentit monter les larmes.

« Je ne veux pas qu'elle reste à l'hôpital ! Si elle doit... » Il hésita devant le mot affreux. « Si elle doit... que ce soit ici, avec nous ! Et puis tu appelleras Carole... Tu lui diras qu'on a besoin d'elle... »

Il entra dans la maison, retrouvant les odeurs domestiques, mais aussi la présence de la mort, lourde, immobile, qui guettait peut-être d'autres proies... Le corps de Pépé reposait dans le salon.

Raymond ignora la porte close. Avant d'aller veiller le défunt, il voulait faire un peu de toilette, se laver de tous les miasmes de la prison pour honorer de la manière la plus digne son frère Pépé.

Maurice le retint une seconde par la manche :

« Qu'est-ce qu'on fait, papa ? »

La main sur la rampe, Raymond posa sur lui un regard infiniment las :

« On fait rien... Rien du tout... On reste chez nous... Tous ces morts, ça suffit, tu crois pas ?... Appelle Carole », répéta-t-il comme s'il ne se souvenait plus d'avoir déjà fait cette requête.

Toute la nuit, Raymond Bettoun resta seul avec son ami Pépé. Les deux hommes avaient tellement d'histoires à se raconter. Des histoires qu'ils étaient seuls à connaître et dont ils étaient seuls à rire dans le silence de la maison...

« Tu te souviens, disait Raymond par-delà les yeux définitivement clos de Pépé, au début qu'on se connaissait, ta mère elle voulait pas qu'on se fréquente...

– Le pilon ! s'exclamait Pépé. Le pilon !

– Oui... le pilon... Tu te rappelles ? Un soir, on se promenait tous les deux dans la rue, on discutait... Et nos discussions, rappelle-toi, on voyait la lune apparaître et disparaître sur le lac, tellement elles étaient longues... On discutait dans la rue, et tout d'un coup, en passant sous tes fenêtres, j'entends une purée de sifflements à mes oreilles et quelque chose qui éclate sur le trottoir... Tu sais ce que c'était ? Un pilon !... Ta mère elle m'avait balancé un pilon d'au moins cinq kilos sur la tête ! Elle voulait me tuer ! D'un centimètre, elle m'avait raté! Ça, quand elle aimait pas quelqu'un... »

Les deux hommes riaient et finissaient par « taper cinq[1] ». Raymond retenait la main de Pépé dans la sienne :

« Tu es tout froid, toi... »

Pépé haussait les épaules :

« Evidemment, puisque je suis mort...

– Alors, ça sert à rien que j'essaie de te réchauffer les doigts? demandait Raymond.

– Bien sûr que non... Sauf si tu as du temps à perdre...

– Mais qui c'est, Pépé? suppliait soudain le chef de clan? Qui c'est qui t'a tué? Qui c'est qui t'a tiré dans le dos?

– Je sais pas... Mais je crois pas que c'est Bouli...

– Tu les as pas vus! affirmait Raymond. Comment tu peux dire que c'est pas eux?

– C'est pas eux! répliquait Pépé.

– Mais alors qui?

– C'est celui que tu crois, Raymond... Et quand tu sauras pour de bon, alors tu nous vengeras. Jure que tu nous vengeras...

– Pépé, sur la tête d'Alexandre, ton petit-fils, je le ferai... »

Si les Bettoun l'avaient voulu, l'enterrement de Raphaël Atlan aurait pu donner lieu à une écrasante manifestation de sympathie de la part du Faubourg-Montmartre. Mais, comme l'indiquait

1. Coutume pied-noir qui consiste à frapper la main d'un interlocuteur pour indiquer que l'on est bien d'accord.

un carton collé sur la devanture de la Nouvelle-Algérie, les obsèques se dérouleraient dans la plus stricte intimité.

Une poignée d'hommes seulement avaient été conviés à la cérémonie : les amis les plus fidèles, ceux qui ressentaient un véritable chagrin et verseraient les larmes les plus amères.

Dans le vaste cimetière de Pantin, à peine remarqua-t-on le cortège lorsqu'il traversa le carré réservé aux morts de confession israélite. Le cercueil de Pépé fut déposé sur des tréteaux. Le premier, Raymond s'avança pour poser les mains sur l'acajou massif, bientôt imité par les autres hommes. Une fois de plus, dans l'existence de la famille, tout comme au jour de la circoncision, c'était le vieil Isaac, le rabbin de Constantine, qui officiait. Il le faisait avec une chaleur et une conviction non feintes, car il aimait Pépé Atlan.

Pour mieux se concentrer dans la prière, comme s'il voulait une dernière fois entrer en contact avec Pépé, Raymond avait fermé les yeux, insensible au monde extérieur. Dissimulé derrière les monuments funéraires, à cent mètres de là, un jeune photographe d'une agence de presse appuya sur le déclencheur de son appareil. Au téléobjectif, la photo sortirait très nette, et il en tirerait une belle somme. Le reporter n'eut guère le temps de se réjouir. Pendant que deux bras l'immobilisaient par-derrière, Gégé lui arrachait son Nikon des mains, extirpait la pellicule, puis fracassait l'appareil à terre dans un geste rageur. Dix secondes plus tard, le journaliste était expulsé *manu militari* du cimetière. Les Bettoun n'aimaient pas exposer leur souffrance en public...

« C'en est fini de Pépé Atlan... C'en est fini de cet homme qui n'avait d'autre faiblesse que d'aimer les autres et d'être attentif à leur bonheur comme à leurs chagrins. Plus jamais on ne reverra dans la grande maison de Meudon sa bonne figure souriante. Lentement, son cercueil descend en terre. Plus jamais, il n'entrera, un peu embarrassé, dans le bureau de Raymond pour plaider la cause d'une veuve dans le besoin et « à qui, peut-être, on pourrait donner un peu d'argent, juste pour lui permettre de redémarrer. C'est une fille Chiche, des Chiche de la rue d'Eckmuhl... Tu te rappelles ? Son père il était tailleur... »

« Plus jamais, quand une querelle aura éclaté au sein de la famille, on ne verra les inlassables aller-retour de Pépé, du rez-de-chaussée au premier étage, pour tenter de recoller les morceaux... « Elie, mon fils, va demander pardon à ton « oncle... Il t'a giflé pour ton bien. Il sait mieux « que toi ce qui est bien pour toi... Raymond, sois « gentil, ne l'embête plus avec ça... Tu as jamais « feuilleté des magazines de femmes nues quand « tu avais son âge ? » Vieil et tendre Pépé, ombre patiente, murmure serein, âme généreuse... »

Tous les hommes se sont regroupés autour de la fosse, cependant qu'à quelque distance, Alexandre joue, innocent, comme Pépé l'aurait sans doute souhaité. Dans le silence troué de longs soupirs douloureux, le rabbin entonne la prière des morts, ce *kaddish* que nul Juif au monde ne peut entendre sans frémir.

Raymond fixe intensément le cercueil de son ami qui sera bientôt recouvert de terre. La nuit viendra, et Pépé restera seul... Qui ? pensa Raymond. « Qui a pu nous le tuer, sinon une bête immonde ? »

Les accents funèbres du *kaddish* montent et s'enroulent autour des tombes, portant au loin la nouvelle accablante...

« Ah ! Pépé, dit dans sa tête Raymond Bettoun, qu'est-ce qu'on va devenir sans toi ?... Et ta mort, Pépé, peut-être bien qu'elle annonce la mienne... J'ai envie d'aller te rejoindre là où tu es maintenant, pour qu'on puisse encore discuter, comme on faisait avant... »

Dans le groupe compact des membres du clan, un remous s'est créé. Encore un journaliste, sans doute... un corbeau... Murmures et chuchotements ont presque couvert le son des prières.

Agacé, Raymond lève les yeux. Les hommes s'écartent. Roland apparaît. Entre l'oncle et le neveu, l'espace d'une tombe : celle de Pépé Atlan.

Un immense soulagement s'empare de Raymond. Roland est venu à l'enterrement de Pépé ! Peu importe d'où il sort, peu importe qu'il ait l'air d'un vagabond : il a rejoint le clan le jour où il le fallait. Car, pour Pépé, la présence de Roland, c'est l'assurance d'un voyage plus paisible, la promesse d'une famille enfin réunie. L'œil fixé sur les reflets du cercueil au fond du trou, Roland contourne la tombe et se place aux côtés de son oncle. Celui-ci lui saisit la main et le force à venir tout contre lui. Encore plus près... Plus près encore... La bouche de Roland est collée à l'oreille de Raymond Bettoun qui écoute, le visage dur. D'abord hésitants, les mots de la confession ont fini par venir... Ils disent, les mots de Roland, qui coulent de plus en plus vite, la déception, puis la colère et l'aveuglement... Et enfin la trahison inconsciente...

Dans l'esprit de Raymond, c'est un jour de sang et de fureur qui se lève, après la longue nuit passée à veiller Pépé. Villars ! C'était donc lui, comme il le soupçonnait... De Jacky aux filles de l'autoroute, à Larbi, la Guêpe, et Pépé, toutes les pièces du puzzle infernal trouvent enfin leur place. Et Roland, dans tout ça, qui s'est fait piéger comme un enfant...

Lassé par ce murmure à son oreille, Raymond lève les yeux vers le ciel opaque : « Pépé, mon frère, tu as entendu pourquoi tu es mort ? Pour quelques prostituées minables... pour un petit truand qui se prend pour Al Capone... Pépé, tu es mort pour rien... Et c'est moi qui suis responsable... »

A son insu, la main de Raymond s'est mise à broyer celle de Roland qui, suffoquant de douleur, le visage noyé de larmes, ne tarde pas à mettre un genou en terre devant le tombeau ouvert... Raymond Bettoun sait...

29

VIOLEMMENT projeté à l'extérieur de la CX, Bobiak roula plusieurs fois sur lui-même avant de s'immobiliser devant les grilles. Le Gitan était ligoté des pieds à la tête. En voyant converger sur lui les hommes de Bettoun qui surveillaient la maison de Meudon, il ne put réprimer un frisson d'épouvante. On le jetait dans la gueule du loup!

La tête rasée de Mohamed Bouli apparut à la fenêtre de la CX :

« Je suis venu vous livrer Bobiak. C'est mes hommes qui l'ont retrouvé hier... Ce *ben el kelb*, ce fils de chien!... Vous le cherchez, non? »

Appelé à la rescousse, Sammy venait de descendre l'allée. Il s'adressa à Bouli derrière les grilles fermées :

« Qu'est-ce que tu veux? »

Le visage de l'Arabe s'empourpra :

« A Mohamed Bouli, on lui dit pas « tu »! On lui dit « vous ». Je veux voir Raymond... »

Sammy réfléchit une seconde :

« Il veut voir personne. Il fait le deuil...

– Je veux le voir! répéta Bouli. Je suis son ami. J'ai apporté Bobiak... »

Autour de Sammy, les hommes nerveux caressaient la détente de leurs armes. L'ennemi des Bettoun enfin démasqué, la famille vivait plus que jamais en état de siège.

Sammy fit signe d'ouvrir les grilles pour laisser passer la voiture.

Max et Gégé relevaient Bobiak empêtré dans ses liens.

« Tu vas voir, promit Gégé au Gitan, tu vas parler comme un magnétophone. Tu vas même nous dire ta date et ton lieu de naissance...

— Et même l'heure... », ajouta Max avec un sourire cruel.

Mohamed Bouli ne s'était encore jamais rendu chez Raymond Bettoun. Solidement escorté, il était impressionné par les dimensions de l'imposante bâtisse. Couloirs et vestibules baignaient dans une lumière glauque de fin d'après-midi. Moquettes et tapis amortissaient les bruits. Très loin, quelqu'un remuait des assiettes. Sans doute une femme occupée à faire la vaisselle, pensa Bouli.

Encore une fois, il se demanda s'il avait agi avec sagesse en venant rencontrer Bettoun chez lui. Mais Raymond, quelques semaines plus tôt, n'avait pas hésité à venir à la Goutte-d'Or. Entretemps, c'est vrai, le sang avait coulé. Seulement, ce n'était pas lui, Bouli, qui avait pris l'initiative de cette guerre insensée. Raymond devait le savoir...

On ouvrit les portes du grand salon du rez-de-chaussée devant le chef arabe qui entra, intimidé, dans la pièce. Plusieurs têtes se tournèrent vers lui : il reconnut Maurice, Elie, Albert, le propriétaire de la Nouvelle-Algérie. Et, dans un coin, Roland. Les yeux de Bouli s'enflammèrent. Il était là, l'assassin de Larbi ! L'homme qui avait tué son compagnon de toujours ! Il dut se contenir pour ne pas lui sauter immédiatement à la gorge et le tuer sur-le-champ. Les yeux de Bouli continuaient à enregistrer mécaniquement d'autres détails. Selon la coutume antique du deuil juif, toutes les glaces et tous les miroirs de la pièce avaient été recouverts de tissus. Les Bettoun mâles vivaient ensemble dans cette pièce aux rideaux tirés et dormaient sur des matelas à même le sol. Depuis des milliers d'années, la coutume était pieusement respectée au départ d'un être cher.

« Je suis ici, Bouli. »

Il se retourna et reconnut difficilement, assis sur l'un des matelas, un homme qui n'était autre que Raymond Bettoun. En quarante-huit heures, le chef du clan avait vieilli de dix ans. Sa barbe, qu'il ne rasait pas pour suivre les préceptes religieux, venait souligner l'étendue de sa détresse. Raymond fit un geste vague de la main :

« Viens... Mohamed... viens t'asseoir... »

Atterré de le voir ainsi, Bouli se laissa tomber à ses côtés. Les autres avaient repris leurs occupations. Seul Roland demeurait immobile, accablé. Sans perdre de temps, le chef arabe entra dans le vif du sujet :

« Raymond, le Français Villars, il nous a niqué tous les deux ! A cause de lui, j'ai perdu mon frère Larbi, et toi ton frère Pépé...

– Tu vois, dit simplement Bettoun, je le pleure encore... »

Il y avait dans ses propos une indifférence qui

glaça Bouli : cet homme n'était plus de ce monde. Il était déjà parti de l'autre côté, au royaume des ombres.

« Raymond, reprit Bouli sur un ton de plus grande urgence, la guerre entre nous elle a assez duré. Avec toutes ces mitraillades, les affaires elles sont pas brillantes. Toi, tu as déjà perdu ton casino de Biarritz, et moi, à Pigalle, à dix heures du soir, tout est éteint. Les clients ils ont peur. » Bouli agrippa Raymond : « Si tu veux, je viens avec mes hommes, et le Français, il paiera pour tout le mal qu'il nous a fait...

– Non ! murmura Bettoun, je ne veux plus voir de gens mourir. C'est fini, ce massacre...

– Mais qu'est-ce qui se passe, Raymond ? se mit à murmurer Bouli qui avait cru trouver un chef de clan brûlant de l'unique désir de se venger. Tu sais ce qu'ils disent, dans la rue ? Que les Bettoun ils sont foutus ! Qu'ils sont devenus pire que des femmes ! Tu ne sais plus donner la punition, ou quoi ? »

Raymond hocha la tête et posa sa main sur celle, frémissante, de l'Arabe :

« Mohamed, tous les deux on est des vieux *chibanis*... On ne comprend plus ce qui se passe autour de nous... Regarde comment les jeunes ils tuent maintenant, pour un oui, pour un non... Tout ce que je veux, c'est finir le deuil... Pour moi, une seule chose elle passe encore avant le respect des morts. Si on vient me dire cette chose, je saurai que Dieu il m'a rayé du Livre... »

Le chef du clan passa la langue sur ses lèvres sèches. Il avait beaucoup parlé. Plus qu'il ne l'avait fait depuis la mort de Pépé.

Bouli approuvait, l'air pénétré :

« Je comprends, Raymond... Tu attends de savoir pour la petite Viviane... »

Tout naturellement, et peut-être à cause de l'ambiance mystique, un verset du Coran vint à l'esprit de Bouli qui le cita pour conjurer le mauvais sort. Il venait de réaliser que, quelque part, dans la grande maison, la fille de Pépé luttait contre la mort. De nouveau, son regard vint se poser sur Roland tassé sur le divan. Le pouls de Bouli s'accéléra :

« Raymond, je t'ai apporté le Gitan... Il te dira ce que tu veux savoir. Alors donne-moi celui-ci en échange, celui qui a tué Larbi...

– Non... » La réponse de Bettoun ne s'était pas fait attendre. « Mohamed, ce que tu me demandes là, je ne peux pas l'accepter. » Les yeux du chef du clan brûlaient ceux de Bouli : « Mais fais-moi confiance, Larbi sera vengé... »

Bouli voulut protester.

« Fais-moi confiance, répéta Raymond. Tu verras... Larbi sera vengé. »

Bouli haussa les épaules :

« De toute manière, dès qu'il sort... »

Il avait fait le geste ancestral par lequel on tranche la gorge au mouton pantelant.

En quittant la maison, Mohamed Bouli entendit les premiers cris étouffés de Bobiak que l'on torturait à la cave selon la méthode préférée des Bettoun : le chalumeau...

La longue et sale attente de la mort... Il n'y avait rien d'autre à faire qu'attendre... Attendre en guettant au premier étage le moindre bruit de pas, de fioles entrechoquées, la moindre parole murmurée. En haut s'accomplissait un grand mystère : le premier et le seul véritable dans l'existence d'un homme. La Guêpe d'abord, puis Pépé avaient franchi le seuil. Et maintenant, c'était au tour de Viviane. Viviane qui n'était que jeunesse, grâce et beauté et amour, passerait bientôt de l'autre côté. Viviane, sa fille chérie autant que celle de Pépé, bientôt ne serait plus! Trop de malheur, vraiment trop!

Seul dans son bureau, Raymond fut pris d'une crise de sanglots désespérés qui secouaient son grand corps comme celui d'un enfant accablé de chagrin.

Main sur la poignée de la porte, Carole avait perçu les échos de cette crise de larmes. Elle frappa légèrement pour permettre à Raymond de se reprendre. Il s'essuyait les yeux du revers de la manche quand elle pénétra dans la pièce où seul l'aquarium faiblement éclairé mettait une tache de couleur. Tous deux se revoyaient pour la première fois depuis le week-end à Biarritz. Il y eut entre eux un regard chargé de mille regrets informulables. Cet homme, Carole l'avait compris, n'était ni le monstre d'égoïsme qu'elle avait fui à Biarritz, ni la victime innocente d'un système qui avait fini par l'écraser. Il faisait partie, tout simplement, de ce système absurde, de ce monde sanguinaire qui voulait que des jeunes femmes connussent l'agonie la plus douloureuse, celle que procure un morceau de plomb logé dans le ventre.

Raymond Bettoun était un gangster. Il subissait aujourd'hui dans sa chair ce qu'il avait lui-même infligé à d'autres sans guère y attacher d'importance. Le reste ne comptait pas... Ces gens-là vivent ainsi, pensait Carole, et ils n'ont que faire de nos jugements et de nos condamnations...

« Alors ? fit Raymond.

– C'est fini... Elle vous demande... »

Il ferma les yeux un instant. Mais le spectacle de cette douleur ne fit qu'énerver davantage le jeune médecin. Elle était revenue à Meudon uniquement pour Viviane...

« Vous souffrez, dit-elle froidement, mais c'est elle qui va mourir. »

Elle aurait voulu trouver d'autres paroles plus dures encore pour crier son dégoût, mais elle se détourna brusquement pour ne pas offrir à Raymond le spectacle de sa propre détresse. Celui-ci soupira et se prépara à vivre son calvaire jusqu'au bout.

Dans le vestibule, Maurice et Roland, impeccablement vêtus et rasés de près, l'attendaient. Ils partaient en mission. Raymond saisit Roland aux épaules. Roland par qui tout était arrivé... Le menton du garçon tremblait légèrement, comme s'il était au bord des larmes. Une dernière fois, Raymond le regarda, désireux de s'imprégner des moindres détails de ce visage aimé. Lui aussi s'en allait à jamais... Raymond l'attira et déposa un baiser sur son front...

Vers deux heures du matin, dans sa chambre de jeune fille transformée en chambre d'hôpital, Viviane ouvrit brusquement les yeux. Le tintement du tuyau de perfusion contre le trapèze de suspension avait alerté ceux qui la veillaient. Elle avait un regard extraordinairement lucide et observa tour à tour Blanche, Hélène, Albert et Carole bouleversés. Ses yeux cernés de fatigue s'arrêtèrent sur Raymond, penché sur elle et qui tentait de lui insuffler désespérément tout son amour. Elle s'en imprégna comme une plante trop longtemps asséchée, mais une marée obscure montait en elle et emportait ses dernières défenses. Viviane eut un soubresaut et Raymond déchiré, tandis qu'elle expirait dans ses bras, murmura à son oreille les derniers mots qu'un juif doit entendre en ce monde, son précieux passeport pour l'éternité :

« *Chema Israël, adonaï elohenou, adonaï erad...* »

Il sembla à Raymond que Viviane souriait, mais elle était déjà loin...

A l'autre bout de Paris, sous une pluie battante, Roland, qui venait d'abattre le Sacristain en train de festoyer dans un cabaret de gitans, laissa tomber son pistolet en voyant disparaître son seul espoir de fuite : la voiture de Maurice. C'était mieux ainsi...

30

UNE aube comme les autres. Plus fraîche, peut-être, et plus neuve, car la pluie de la nuit avait nettoyé les rues. Sous les derniers lampadaires allumés, le macadam luisait faiblement. Autour de l'hôtel de l'Espérance, près de Ville-d'Avray, quelques oiseaux commençaient à chanter timidement. Ce serait une belle journée d'automne, pensa Maurice qui faisait les cent pas devant l'hôtel. Une voiture passa dans un chuintement de pneus. Il s'assura une dernière fois que le dispositif de sécurité n'offrait aucune faille. Les hommes avaient reçu leurs ordres. Chacun avait réagi avec efficacité et dans le plus grand silence. Une véritable opération de commando. Raymond serait satisfait...

Dans la Rolls-Royce qui l'emportait vers l'hôtel de l'Espérance et le rendez-vous fixé par Maurice, le chef du clan se sentait d'un calme absolu. Il descendit légèrement la vitre pour mieux goûter le parfum du petit matin. Son visage s'offrit à l'air vif et piquant, comme s'il voulait le laver de cette nuit d'horreur qui avait vu la mort de Viviane.

Le temps de la justice était enfin venu...

Contre ses côtes, Raymond sentait la masse encombrante du pistolet dans son holster. Tout à l'heure, le renseignement avait été arraché à un Bobiak moribond dont les pieds n'étaient plus que des moignons calcinés. Maurice et les hommes s'étaient immédiatement rendus sur place.

C'est avec lenteur et solennité que Raymond s'était rasé puis habillé. Trottinant derrière lui de pièce en pièce, Blanche épiait et suivait le moindre de ses mouvements. Entre la mère et le fils, nul besoin d'échanger un mot. Elle savait ce qu'il se préparait à faire et l'approuvait de toute son âme. En ce jour sacré entre tous les autres, Blanche Bettoun, aussi religieuse fût-elle, aurait elle-même appuyé sur la détente si cela s'était révélé nécessaire...

Sur le seuil de la maison, Raymond s'était incliné, toujours sans prononcer un mot, pour baiser le cher vieux visage ridé. Quand la voiture avait démarré, emportant son fils, Blanche avait jeté à sa suite un verre d'eau, tradition juive nord-africaine. Mais reviendrait-il jamais ?

« On y est », dit Sammy au volant.

Raymond aperçut les hommes qui l'attendaient devant un hôtel modeste. L'isolement de l'établissement indiquait que, faute de voyageurs, il devait plutôt faire dans les couples illégitimes. Les visages étaient graves et tendus. Maurice venait vers la Rolls et amortit lui-même le bruit de la portière. Le chef du clan posa la main sur la nuque de son fils. Qu'il avait changé aussi, le petit Maurice !... Fini le gandin de l'Odyssée, un homme venait de se révéler dans le malheur. Et cet homme, un jour prochain, remplacerait Raymond à la tête de la famille reconstituée...

« Tout est prêt... murmura-t-il. C'est au premier étage... »

Il désignait une fenêtre aux volets clos. Raymond sentit ses poings se serrer malgré lui. Que la bête meure !...

« Tu veux vraiment le faire ? Tu ne préfères pas que... », demanda Maurice.

Pour toute réponse, Raymond se dirigea vers l'entrée de l'hôtel.

« Tu te rappelles quel jour on est ? » insista Maurice.

Le chef de clan, insensible au spectacle du portier et d'une femme de chambre bâillonnés sous l'œil vigilant de Gégé, grimpait déjà le petit escalier. Il se tourna vers son fils qui le suivait de près :

« C'est ici ? »

Maurice sortit une clef de sa poche :

« Double porte. Le verrou est silencieux. » Il posa la main sur le bras de Raymond : « Papa... »

Il ne l'avait plus appelé « papa » depuis si longtemps... Si longtemps que chacun avait vécu de son côté et que l'incompréhension s'était installée entre eux. Pourtant, il était son fils, son sang et sa chair... Les deux hommes se sentirent envahis d'une émotion chaude et intense. Leur communion dans ce qui allait s'accomplir contre Dieu était totale. « Il est beau, mon fils, pensa Raymond, et je l'aime... Je les aimais tous... Et on en a tué tellement... Mais lui restera pour témoigner, pour reconstruire, pour poursuivre... » Il le serra dans ses bras à l'étouffer, conscient que les sanglots de Maurice étaient aussi des sanglots de joie...

D'un bloc, Raymond se retourna et enfonça la clef dans la serrure.

Ce ne fut d'abord, au sein du sommeil, qu'une sorte de préoccupation, un agacement confus, difficile à cerner... Le souffle restait égal, la poitrine se soulevait sur un rythme paisible et lent, mais l'homme était déjà alerté. Il y eut cet infime frémissement des globes oculaires... Il revenait à l'état de veille comme le nageur affolé remonte vers la lumière du jour. L'homme bougea légèrement dans le lit, à la recherche de la peau fine et douce dont il avait usé et abusé durant la nuit. Sa main glissa sur un dos harmonieux, puis une hanche ronde. Non, ce n'était pas un mouvement de l'autre corps qui l'avait éveillé. Mais alors... L'homme se sentit soudain envahi d'une sueur glacée et lentement, très lentement, il entrouvrit ses paupières...

« Ils étaient beaux à leur manière », pensa Raymond, assis auprès du lit où reposaient Pascal Villars et son ami. Deux hommes ensemble, il avait toujours cru que c'était un spectacle abominable, mais devant les deux corps dénudés et gracieux, le chef de clan éprouvait une certaine émotion esthétique. Si on n'imaginait pas la suite, c'était même plutôt innocent... Le petit copain de Villars ne pouvait pas avoir plus de dix-huit ans, et sa peau était lisse comme celle d'une fille. Raymond contempla en silence le désordre du lit, les vêtements épars jetés à même le sol, la bouteille de champagne vide...

Dès son entrée dans la pièce, il avait empoché l'arme de Villars qui traînait sur une chaise. Il avait dû s'en passer de belles, ici... Etonnant, quand même, que personne n'eût jamais parlé de l'homosexualité de Villars... Pas une remarque, pas une allusion, rien! Qu'il soit pédé, se demanda Raymond, est-ce que cela avait pu changer quelque chose? Qu'il soit pédé, non, mais qu'il le dissimule aussi soigneusement, oui... Si lui, Bettoun, avait appris ce secret si jalousement gardé, alors comme il se serait méfié de Villars! Parce qu'un homme du Milieu qui peut cacher qu'il est pédé, cet homme peut tout cacher!... Terrifiant Villars, avec ses petits airs innocents et ses sourires en coin...

Raymond se pencha pour mieux observer le doux visage endormi. Qui aurait pensé que c'est par cette tapette que le malheur viendrait? Qui aurait soupçonné les capacités dévastatrices de cette petite frappe à dresser les gens les uns contre les autres, comme il l'avait fait de Maurice et de Roland?

Derrière ce front pur et ces cils candides fonctionnait un cerveau machiavélique, une machine à trahir parfaitement huilée, qui avait broyé Jacky Azoulay, puis Larbi, Pépé, Viviane, et Roland... Tant de vies interrompues, coupées net par un seul homme. Attention, il venait de bouger. Il allait se réveiller! La main de Raymond Bettoun se referma sur le mince poignet, comme un étau de mort.

Les yeux de Villars furent d'abord des boules exorbitées. Puis il sut et comprit sans encore admettre...

Penché sur lui, Raymond n'est plus que ce souffle fiévreux qui balaie la peau du jeune gangster et fait naître des picotements de terreur dans son cuir chevelu. A ses côtés, l'amant geint et se retourne vers le mur.

« Chut, fait Raymond Bettoun, chut... Ne dis rien, Pascal... Reste tranquille... ne bouge pas... Tu vas réveiller ton ami... On a entouré l'hôtel... On est partout... C'est Bobiak qui nous a donné ton adresse... Tu te cachais ? »

Le souffle de Villars s'est accéléré jusqu'à n'être plus qu'une transe convulsive, un halètement précipité qui rappelle à Raymond les derniers instants de Viviane, il y a quelques heures à peine. Cet enculé, il a tué Viviane ! hurle silencieusement Bettoun.

« Ça va, Pascal ? reprend-il en grinçant des dents. Qu'est-ce que tu as ? Pourquoi tu regardes à droite et à gauche comme ça ? Tu cherches ton pistolet ? Il est dans ma poche, idiot ! Dis-moi, tu n'as pas peur, au moins ? Parce que tu n'as aucune raison d'avoir peur... »

Le halètement de Villars s'interrompt une seconde. Pour la première fois, ses yeux écarquillés trouvent ceux de Bettoun qui explique, en relâchant légèrement la pression de sa main :

« Eh oui ! Figure-toi qu'aujourd'hui, chez les juifs, c'est Yom Kippour ! Tu te rends compte, cette chance que tu as, Pascal ? Tu sais ce que c'est pour nous, Kippour ? » Raymond penche affectueusement la tête de côté : « C'est le Grand Pardon. Ce jour-là, on peut rien faire : ni travailler, ni recevoir de l'argent, rien... Sinon, on est rayé du Livre ! Aujourd'hui, dans le monde entier, les juifs ils pardonnent à ceux qui leur ont fait du mal... »

Les yeux de Raymond étincellent soudain d'un feu sombre et douloureux, tandis que sa voix n'est plus qu'un grondement sourd :

« Tous les juifs, sauf un : moi. Moi, je ne pardonne pas ! »

Villars sentira encore son visage broyé par les doigts puissants. Sa bouche s'ouvre sur un hurlement aussitôt étouffé par le canon du 11,43 qui s'enfonce jusqu'au gosier, blessant la langue et cassant les dents sur son passage. Raymond Bettoun a tiré jusqu'à épuisement du chargeur, comme si sa volonté était d'enlever à Pascal Villars toute apparence humaine, de le rayer de la surface du monde dans un éclaboussement d'os et de cervelle.

Dans la grande synagogue de la rue Buffault, le rite de Kippour, Jour des Jours pour tous les juifs, déployait ses fastes millénaires. Entouré de Maurice et des hommes du clan, Raymond Bettoun entonna avec amour et respect le dernier psaume. Mais sa gorge se noua cependant qu'il observait une dernière fois ce décor grandiose, baigné d'une lumière dorée, qui était celui de sa foi. Les rabbins en tenue blanche d'apparat, les Tables de la Loi, les chandeliers à sept branches, l'étoile de David, plus jamais il ne reverrait cela... Car, ayant tué un jour de Grand Pardon, il n'est nul homme qui puisse trouver grâce aux yeux de Dieu.

Raymond sentit son cœur se serrer : juif il le serait toujours, et le Dieu de courroux, mais aussi de justice, verrait bien la nécessité de son acte...

A la fin du psaume, selon la coutume, tous les chefs de famille déployèrent leur châle de prière pour s'en coiffer, ainsi que les plus jeunes membres de la communauté, formant une surface ondoyante. Sur l'autel, les rabbins soufflaient dans les cornes de bélier, les *schoffars* dont la musique rude et déchirante emplissait au même instant toutes les synagogues d'Europe.

C'était l'instant choisi par Raymond pour quitter physiquement ce rassemblement auquel il n'appartenait plus. Lentement, il fit glisser de ses épaules son châle de prière, si précieux à sa mère Blanche, et l'ajusta sur la tête de Maurice. Celui-ci le reçut gravement, comme un prince héritier la couronne, et à son tour recouvrit les membres de la famille.

« Voilà, pensa Raymond, les larmes aux yeux, maintenant c'est lui qui commande... Il sera un bon père et un bon chef... »

Evitant de regarder vers le balcon de la synagogue où priaient les femmes, il gagna l'allée centrale. Sa haute silhouette dominait les hommes assemblés en prière sous les châles. Une dernière fois, Raymond Bettoun se retourna, interloqué. De Constantine à la minute présente, que de chemin et que de fatigue...

Il avait joué et avait perdu... Il lui sembla que l'écho rauque et batailleur des *schoffars* lui intimait l'ordre impératif de quitter la synagogue, de ne plus souiller ce lieu sacré par sa présence. Très droit sur l'autel, le vieux rabbin Isaac observait le chef de clan d'un regard qui lui brûla les épaules lorsqu'il se mit à remonter l'allée, suivi par un bruissement de curiosité. Derrière Raymond, les portes de la synagogue retentirent lourdement, comme le reniement divin. Il était seul dans la plus grande solitude qu'un juif puisse connaître.

Duché venait à sa rencontre...

DE DANIEL SAINT-HAMONT

Chez le même éditeur :

LE BOURRICOT.
L'EMPIRE DES CAFARDS.
LE COUP DE SIROCCO, 1978 (Grand Prix du Cercle algérianiste).
LE MACHO.
LA VALISE À L'EAU OU LE VOYAGE EN ALGER.

Aux Éditions Tchou :

ET SI L'OTAGE ÉTAIT PARIS ? (avec Patrick Moreau).
HISTOIRES ALGÉRIENNES.

R. Bertoun : R. Hanin.
Sa nièce : Clio Goldsmith.
: B. Giraudeau.
le fils : R. Berry.

« Composition réalisée en ordinateur par IOTA »

IMPRIMÉ EN FRANCE PAR BRODARD ET TAUPIN
7, bd Romain-Rolland - Montrouge - Usine de La Flèche.
LIBRAIRIE GÉNÉRALE FRANÇAISE - 14, rue de l'Ancienne-Comédie - Paris.
ISBN : 2 - 253 - 03036 - 8

30/7462/2